人生戏码

刘一达"虫儿系列"
京味小说丛书

EX·LIBRIS

一篷山書

人虫儿 修订版

刘一达 著

作家出版社

目录

序

　　虫儿，地道的北京土话。虫儿者，行家里手之意，并无褒贬。古人有望子成龙之美好愿望；京城有：不成龙，也要成条虫儿之如意期盼。京城乃八百七十多载皇都，自古即首善之区，政治文化中心。帝都虽有皇家文化统领八方，传统习俗潜移默化，但天子脚下之臣民，并非多出本土，居民五方杂处，背景不一，地位参差，性格迥异，既有帝都文化之奴性，圆滑，温顺；又有燕赵故地文化之刚烈，豪爽，热情，真率。文化不同，性格使然，数百年间，演绎出许许多多悲天悯人，壮怀激烈，可歌可泣之人物和故事，然纵观这些人物故事，达官显贵，名流翘楚树碑者多，市井小民，凡夫俗子立传者少。其实，论人生之精彩，故事之曲折，当属市井小民，凡夫俗子。"虫儿系列"即是为小人物立传之书。作者乃老北京人，从事职业记者二十多年，深入胡同，采访了近万人，不乏小人物中之虫儿者，其奇端异事，匠心独具，故事妙趣横生，闻所未闻。之前，作者对虫儿多有描写，或报刊连载，或成书出版，或改编影视，在社会广有传播，经数年，《虫儿》之拥趸粉丝者众多。为满足读者阅读之快意，藏书之乐趣，从众《虫儿》之中，选取《人虫儿》《画虫儿》《酒虫儿》，成"虫儿系列"，以飨诸君，供后世玩赏。

　　《人虫儿》的第一版，是 1995 年由中国文联出版社出版的。此书出版发行后，很快就成为畅销书。

　　《人虫儿》畅销之后，被多家影视公司追逐，最后于 1998 年，由新纪元影业公司改编成同名电视连续剧，2000 年，该剧在全国 50 多家电视台热播，使这本书洛阳纸贵，很快就在市场上难觅。为了填补市场空缺，中国文联出版社抓住时机，于 2001 年，再版了《人虫儿》，即《人虫儿》第二版，重新设计了封面和版式，开本也变了。由于电视剧的影响，《人虫儿》第二版在市场依然畅销，很快在市场上又成了稀缺品。

　　十多年后，《人虫儿》一书已经在市场上断销。考虑到市场的缺口和读者的需要，北京联合出版社及时出手，在 2014 年出版了《人虫儿》第三版，这版《人虫儿》在市场上依然有卖点。2018 年，华文书局出版了《刘一达京味儿长篇小说集》，一共有 11 部长篇小说，其中也有《人虫儿》。这样算下来，已经出版的《人虫儿》一共有四个版本。前三个版本的《人虫儿》，已经成了收藏版，在市场上几乎见不到了。现在人们能买到的多是《长篇小说集》里的《人虫儿》，但也以二手书为主。

作家出版社正是根据这种情况，不失时宜地再次出版《人虫儿》，这次出版的《人虫儿》，算是第五版了。由此可见《人虫儿》一书的影响力。从我 1994 年创作《人虫儿》，到现在已经 30 年了。一本书伴随着电视剧的深入人心，畅销 30 年而历久不衰，也算是京味儿作品除了前辈老舍先生之外的特例，有人将其称为经典之作，也许并不为过。

与前四版《人虫儿》所不同的是，第五版《人虫儿》是修订版，而且不是"单枪匹马"，作家出版社把它与我之后创作的《画虫儿》《酒虫儿》一起，合并为"虫儿系列"并驾齐驱，一起出版。可谓版本创新，别具特色。

"虫儿"是老北京的土话，把人称为"虫儿"，本身就风趣幽默，故事性强，吸引眼球儿，现在几个"虫儿"凑到一起，肯定是一台好戏，透着热闹，看上去那么好玩儿。

《人虫儿》修订版与之前的版本，有了很大变化。"修订"二字并非只是冠名，而是实打实的修订。

说老实话，之前，把《人虫儿》这本书归类到"长篇小说集"有些勉强。因为这本书的主要篇章，是纪实性的社会特写，或者说是社会生活实录，也就是说它是写实的。尽管它用的是京味儿语言，也有一定的故事性和文学性，但还不能说是纯粹的小说，况且在篇幅上也构不成长篇。由于这次《人虫儿》是与《画虫儿》《酒虫儿》一起作为"虫儿系列"出版的，而《画虫儿》《酒虫儿》是纯文学的京味儿长篇小说，为了让《人虫儿》跟两本长篇小说保持一致，我对《人虫儿》做了重要修改。

首先，把原来书里的"虫儿"做了删减和归类，只保留故事性强、带有文学色彩的五个"虫儿"，即："房虫儿""古玩虫儿""买卖虫儿""票虫儿""鱼虫儿"。

其次，我在保留原作纪实风格的基础上，增添了许多文学性的描写，加强了故事性，我把它称之为"纪实小说"。五个"虫儿"，相当于五个中篇小说。也就是说，您现在看到的《人虫儿》修订版，已经面目一新，它是一部纪实性的中篇小说集。需要说明的是，《人虫儿》修订版的内容，基本保留了原来的面目。一是因为这些故事本来就来自现实生活，包括人物形象也都是有原型的，他们的传奇经历，我编是编不出来的。

第三就是现在书里的五个"虫儿"，有四个已经被改编成电视连续剧播出，即"房虫儿""古玩虫儿""买卖虫儿""票虫儿"，有一个被改编为话剧公演，即"鱼虫儿"。也就是说这五个"虫儿"，已经通过电视剧和话剧的形式，被大众所认知，所以本次是保留了最经典的故事，同时进行了再创作。

"闲云潭影日悠悠，物换星移几度秋。"从《人虫儿》的写作完成到现在，已经整整30年了。这30年，随着时光的流逝和岁月的蹉跎，不论是社会的发展，还是每个人的生活状况都发生了巨大的变化。在这种风云际会、时代更替的过程中，每个人的命运和人生遭际是不尽相同的，有的人成了"龙"，有的人成了"虫儿"。但不论每个人的命运有怎样的变化，我们都是社会变革的一个缩影，或者说在我们每个人的人生经历中，都可以折射出时代发展的大背景。这正是《人虫儿》历久不衰的意义所在。

换句话说，人们可以从这些"虫儿"的人生轨迹中，体会到社会发展的脉搏，感受到时代进步的脚步。您会从这些"虫儿"身处逆境顽强拼搏，面对多舛的命运，努力奋斗的历程中，领悟到"人往高处走，水往低处流"的人生境界；也可以在他们的生活挫折中，在他们处事的成败里，感知到"未曾做事，先学做人"的人生哲理。

俗话说，风水轮流转。"三十年河东，三十年河西。"从1978年的改革开放到现在，当年在改革浪潮中奋斗的那拨人已经老去，跟社会舞台渐行渐远。新一茬人开始步入社会，在就业与创业中，他们与三四十年前父辈们面临着相同的课题，在社会舞台上是成"龙"，还是当"虫儿"？这个时候看看《人虫儿》，或许会有许多启示。

《人虫儿》从出版发行到现在，没有获得过什么奖项，但再版多次而不衰，现在依然让读者津津乐道，也许这本身就是最好的奖励。读者的眼里是不揉沙子的。只有真实地写老百姓的故事，只有接地气的作品，老百姓才喜欢。一千个奖杯，不如老百姓的口碑。这次《人虫儿》再版，又一次证明了这个真理！

作者诚挚地感激每一位《人虫儿》的读者。一切尽在不言中。最后仅以黄庭坚的话："文章最忌随人后，道德无多只本心。"和老舍先生的话："付出九牛二虎力，不作七拼八凑文。"与大家共勉。

以上是为序。

刘一达

2024年3月28日

北京　如一斋

一炮打响成名作

《人虫儿》这本书最早是 1995 年出版的，当时，它是《北京十记者社会纪实丛书》中的一部。以后，我将它改编为纪实小说，又再版了一次，这次重新出版，要算第三版了。

现如今，写书的人挺多，全国每年出版的新书大约有几十万种（具体数字实难统计），虽说看书的人越来越少，但写书的和出书的却不管这一套，因为写书的想出名，出书的想吃饭。在这种社会背景下，一本书能在几年内再版两次，也算是读者够给我面子了。

当然，《人虫儿》此次再版，是因为根据此书改编的二十一集电视连续剧要在中央电视台播出。在电视里看到了"人虫儿"，很容易让人回过头来再看《人虫儿》这本书。所以，出版社再版此书，还是能在书市上找到"卖点"的。

这年头，甭管哪行哪业都讲究人缘儿。开饭馆讲究回头客，做买卖讲究照顾主儿，当演员的讲究观众缘儿，写书的也不例外，讲究读者缘儿。您的人缘儿好，自然就会有人读您的书。没人缘儿，您再卖力气吆喝，也没人给您捧场。就是这么回事儿。我已然出了十多本书，别的书不敢说大话，这本《人虫儿》却让我维了不少人缘儿。

何以见得呢？我是当记者的，一天到晚都在街面儿上"漂"着，打头碰脸的生人很多。每当熟人向生人介绍我时，总短不了要饶上一句："他是写'虫儿'的。《人虫儿》这本书的作者。"好像《人虫儿》成了我的代表作，或者说是我的一面招牌。

让我感到纳闷儿的是十个生人里有九个，听到"人虫儿"，会露出一脸惊讶，大声说道："噢，《人虫儿》是你写的！"好像他们只知道"人虫儿"，并不认识刘一达似的。

可见《人虫儿》在读者中，是多有人缘儿。

当然，《人虫儿》这本书出版前，书中的几个"虫儿"的故事在报上连载过。书出版后，我又先后写了二十多个"虫儿"的故事，这无形中扩大了它的影响，以至于有人把我说成专写"虫儿"的记者。

前几年，《北京广播电视报》的记者马上（人名）采访我后，写了篇专访，题目就叫《"京虫儿"刘一达》。您瞧，写着写着，我自己也成了"虫儿"。

"虫儿"的名称是好词

"人虫儿"并不是贬义词。在老北京的土话中，"虫儿"还是个好词儿呢。

在徐世荣先生编的《北京土语辞典》（北京出版社 1990 年版）里，专有"虫儿"的词条。它的解释是："喻指具有专业知识，详知一切的内行。"

徐先生举了个老北京人的说话例子："说起收购旧货，这里头的细情可瞒不了我，我在收购站干过十年，是这里头的'虫儿'。"

您看，"虫儿"是不是个褒义词。

在陈刚先生编的《北京方言词典》（商务印书馆 1985 年版）里，也有"虫儿"的词条，其解释是："精通某行业务或知道某行内情的人。"

陈先生与徐先生的解释大致相同。可见挂在北京人嘴边儿上的"虫儿"，并非是挤对谁，而是指谁成了某一行当里的"腕儿"，也就是行家里手。

有人把"人虫儿"比作"人精"，从词义上讲，这是不恰当的。

在《北京土语辞典》里，"人精"的词条注释是：指特别聪明懂事的儿童，如："这孩子成了人精了，没有他不懂的。"《北京方言词典》里，"人精"词条的解释是：聪明的小孩。

显然，"虫儿"跟"人精"是两回事儿。"人精"在北京土话里，只能用在小孩儿身上，形容大人就不合适了。

我写的是"人虫儿"，不是"人精"，因为这里头没有小孩儿的事儿。

徐公力保"虫儿"之名

北京土话的词义太丰富。不是长期在北京小胡同里生活过的人,听着确实有点儿费劲。

可是,一旦您听懂了北京土话,就会越咂摸越有味儿。就跟您喝豆汁似的,刚开始喝,您会觉得它的味又酸又涩,像馊泔水味儿,一旦您喝习惯了,就会觉得它的味儿很有特色。喝上了瘾,不喝,还感到馋得慌。

《人虫儿》拍成电视剧以后,中央电视台准备买断播放权。此片儿要在"央视"播出,自然要审一下。

审片的时候我去了。审片组的几位专家对这部电视剧给予了挺高的评价,但是对《人虫儿》这个片名儿观众能不能看懂,却有点儿犯嘀咕。因为参加审片的专家里有两位是南方人。

"人虫儿"? "人虫儿"会不会让南方人以为他们就是虫子呢?

他们的这种担心不是没道理。因为想让南方人听懂北京话,确实得需要解释一番。不过,北京的土话,比上海话和闽语、粤语要好懂得多。

您别忘了,普通话就是以北京语音为标准音,以北方话为基础方言,以典范的现代白话文著作作为语法规范的。

有许多北京土话经过反复使用,已经被广大受众所认知,慢慢儿地变成了"熟语"。据说话剧《鸟人》开始上演时,也有这样的疑虑。演了几场以后,也就没人再说什么了。

说起来是一次巧合,参加"央视"审片的专家中有位徐起先生,是地道的老北京人。

他给众人解释了半天"虫儿"这个词儿的来历和用法。但那两位专家依然认为,《人虫儿》的名字不好听,容易被人误解。

其中一位专家,根据电视剧的内容,想起一句成语:人往高处走,水往低处流。提议把《人虫儿》改为《人往高处走》。

"这个名字可不合适。别说一点京味儿也没有,谁知道它是什么内容呢?"徐起先生对《人往高处走》评论了一番,并且把自己坚持不能改名的意见,掰开了揉碎了陈述了一遍。

这位中央电视台的高级编辑认为,在"虫儿"这个北京土语前面加上一个人字,很有京味儿特色,只要让更多的读者了解"虫儿"这个词的本义,是能够咂摸出味儿来的。

徐起先生费了半天唇舌,才说服了那两位南方籍的专家,否则的话,您现在看到的《人虫儿》这部电视剧的名字,就成了《人往高处走》了。

散会后,我跟这位力保《人虫儿》的老北京徐起先生一聊才知道,敢情他是《北京土语辞典》的主编徐世荣先生的儿子。

"真是太巧了!也太难得了!"我握着他的手,半天没撒开。

我几年前曾采访过徐世荣先生,当时他已七十八岁,身子骨还算硬朗。想不到徐起告诉我,老先生已在两年前"走"了。

大概是受老爷子的熏陶,徐起先生对北京的方言土语也小有研究,也有情怀。《人虫儿》这部电视剧能留住初始的片名,真应该感谢徐公子。

一下钻到"虫眼"里

《人虫儿》最初是纪实文学，后来改成了小说。由于是以纪实打底儿的，所以即便成了小说，也有"实录"的痕迹，写的几乎都是现实生活中的事，人物也是有生活原型的，只不过出于众所周知的原因，书里的人名都虚化了。

写这种由纪实文学改编的小说（我把它叫"纪实小说"），要比写通常的小说费事。首先说采访要占很长时间，要想写出彩儿来，您得一个猛子扎下去，深入底层，行话叫"卧底"。可以说我写的每个"虫儿"，都是打入他们的内幕，"挖"出来的。

您会问了：你是怎么打入他们内幕的？

我理解所谓内幕，就是他们的活动圈儿。说起来，这是挺让人提心吊胆的事儿。不过，要想获得真实的素材，不深入采访是不行的。当然，要想深入，没点胆儿还真不灵。

您也许有所不知，要想进每个"虫儿"的活动圈儿，必须得有点儿道。

什么叫有道？也就是要讲究策略。比如说"古玩虫儿"，您要想深入采访，先得跟他们打交道。跟他们打交道，您多少得懂点儿门里的事儿。如果您是个生瓜蛋子，一点儿古玩的常识都没有，人家只能"逗你玩"。

我在跟"古玩虫儿"打交道时，就遇到一位年轻的记者。他当时把我当成了玩古玩的，愣头磕脑地上来就问："师傅，这东西是真的还是假的？您是从哪儿弄来的？"

甭问，一看就知道他是个雏儿。您说玩古玩的有这么问的吗？

即便这件玩物是假的，我能实话告诉您吗？所以，"卧底"采访，光有胆儿不行，还要有知识和经验。

"卧底"一年写"房虫儿"

您在本书中看到的"房虫儿"，是我在1994年发表的。从开始采访到把它写出来，前后用了一年多的时间。

您在书中，会看到那些倒房的"虫儿"用隐语的对话。如果不是他们"圈儿"里的人，绝对不懂这些"黑话"。写"房虫儿"，我下的功夫很大。

读者朋友，您也许难以想象那年冬天，我穿着一件军大衣，夹在"房虫儿"之中，跟他们一块"倒"房的镜头。说老实话，光"房虫儿"，就足够写一本二三十万字的书。

说起来，我关注京城的私房和公房地下交易是从1984年开始的。当时，我们家有十几间私房，产权人是我外祖父，属"文革产"。所谓"文革产"，也就是说房子是我们家的祖产，"文革"中被一家工厂占了。

落实私房政策时，这个单位找出各种理由不腾，那头儿又跟落实私房政策办公室玩了猫腻，"核准"其腾不出来，作价充公。

这个价"作"出来，少得可怜，以我们家的房子为例，两套院子外加一个小跨院儿，十几间规规矩矩的"三合房"，最后作价只给了四千多块钱。用法治社会的标准来权衡，这种做法，无法让人服气。

这一段的细节咱就不提了，就说这事儿。因为我们家老老少少十多口子，都有点儿忤窝子。"私房落实办"一说给钱，大家伙儿都没了脾气，以息事宁人的态度，把这口窝囊气咽到了肚子里，还就是我和我舅舅不服气。

公民的私有财产受不受法律保护？为了较这个真儿，我为这十几间房产，跑东跑西地折腾了三四年，当然，在法治不健全的社会，老百姓要想讨到真理太难了，何况这房产又是"文革产"。

最后的结果，我不说，您也能猜到，胳膊能拧过大腿吗？虽说折腾了三四年，到了儿弄了个竹篮子打水——一场空。但我接触了许多房管部门的人和一些"房虫儿"。

那时，京城老百姓的住房非常紧张，有"一间房子半间炕，找着对象上不了炕"的民谚。可是平民百姓住房难，有些当官的住房却挺宽绰，而且有些人非法进行出租和倒卖，靠吃"瓦片儿"发了财。这事儿刨到根儿上就是腐败。所以我想写写这些人。

要想写"房虫儿"，就得打进他们的活动圈儿，正好我认识的两个人，几年不见，突然成了大款，跟他们一聊，敢情二位爷当了"房虫儿"。

他们跟我泄底，倒卖一套房，弄好了能从中拿十几万的"喜儿"。十几万，在1990年前后可是个大数儿。由这二位爷给我引道儿，我进了"房虫儿"的圈儿，跟他们摸爬滚打，一混就是一年多。

当然，您现在看到的"房虫儿"，有些更深层的东西，我没往外抖搂。什么原因，我不说你也能猜到。说得白点儿，腕儿级的"房虫儿"是"黑白"两道儿通吃，他们跟房管部门和落实私房政策部门都勾着呢。

自然，我没写出来，您也能咂摸出来。

市长点将戏问"虫儿"

"房虫儿"这篇纪实小说，最早是以纪实文学发表在《开发区导刊》上的，以后在《北京晚报》等五六家报纸上连载，在社会上引起很大反响。

此文如同在"房虫儿"的活动圈儿里，扔了一枚炸弹。那一段时间，我几乎每天都能接到几个恐吓电话，有几个"房虫儿"甚至给我写恐吓信，说一周之内要我的耳朵和大腿。其中有封恐吓信用红钢笔水表示鲜血，说要在一月之内让我见血。

您说邪乎不？胆儿小的得躲出去。当初给我引道儿的那两位爷，也跟我翻了脸，他们差点儿跟我动刀子。

我当时心里虽说也打鼓，但并没发怵。我觉得披露了"房虫儿"的倒房内幕，对社会对老百姓来说是办了一件好事。虽然伤了一些"房虫儿"，但我对得起自己当记者的良心。

当时京城的公房和私房的私下交易活动非常活跃。"房虫儿"从中搅和，有发财的，就有倒霉的。这种地下非法交易很乱，政府也没有相应的管理条例。

我的这篇报道引起了市政府的重视。促使政府对房屋交易管理规定的出台，并且由此诞生了一个新的行当：房屋中介。

在北京市政府研究相关政策时，当时北京市政府主管城建的常务副市长张百发亲自点将，让我参加。

百发市长见了我，笑着问道："你怎么知道那么多'房虫儿'

的事儿呀？"

我开玩笑说："我就是'房虫儿'呀！"

虽说这是一句玩笑，但我跟"房虫儿"打了一年多的交道，到了最后，还真是经常被人当成"房虫儿"。

当时，我的小本上记着几百个买房和卖房人的信息。不瞒您说，直到现在，有人想买私房还找我呢。

采访每个"虫儿"的经历，都有一些有意思的故事。可以说新闻背后的故事，有些比新闻本身更精彩。

所以，电视连续剧《人虫儿》的导演陈燕民，听了我的采访经历后，在改编"票虫儿"时，给记者这个角儿加了不少戏。

触"电"成了香饽饽

说起《人虫儿》这部电视连续剧，里头的故事也不少。世上的事儿也怪了，甭管什么事儿，到了我这儿没有顺顺当当的，总得弄点儿"段子"出来。

《人虫儿》这本书1995年出版后，一下儿成了畅销书。当然，这书是《北京十记者社会纪实丛书》之一，其他九本也卖得不错。此书面世不久，就有两家影视公司盯上了。

最先下手的是北京亚细亚经济文化发展中心，中心的经理叫娄杰。当时，他想拍一部反映社会现实题材的电视连续剧。北京电影学院的教师王瑞，把《人虫儿》推荐给他。

后来，王瑞告诉我，他是到外地拍片儿时，在书摊儿上，偶然看到这本书的。他跟我说，他是一气呵成看完这本书的。他被书里的京味儿语言和这些"虫儿"吸引住了，决定要把它改编成电视剧。

王瑞很忙，又要教学，又要拍片儿，便把改编《人虫儿》的事儿，交给了娄杰。

娄杰找了我两个月，才在1996年的夏天，跟我见了面。

我们聊得挺投机，他说看了这本书爱不释手，发誓要把它拍成电视剧。我说要拍电视剧，我只有两条意见：一要拍得有京味儿，二要有纪实感。

这两条意见他举双手赞成，而且表示要拍出一部京味儿电视剧的精品。

当时，中央电视台正重播根据老舍先生原作改编的电视连续剧《四世同堂》。我说，《四世同堂》很有京味儿特色，虽说演的是二十世纪三十年代的事，而且电视台已播过几次，但是每次重播，观众都爱看。《人虫儿》也应该拍出这样的效果来。娄杰对此很有信心。

他原本让我亲自把《人虫儿》改编成剧本，但我在报社当记者，负责一块正版的采编任务，平时采访的工作量很大，没有充足的时间承担此任。

几经切磋，最后我把《人虫儿》的影视改编权，出让给娄杰的亚细亚经济文化交流中心，并承诺义务参与改编剧本的工作。

剧名险些被"枪毙"

按说剧本的改编本该顺利地进行，因为"亚细亚"是文化部下属的一个文化公司，娄杰本人当过五六部电视连续剧的制片人，不能说没有经验。但是好事多磨，《人虫儿》这部电视剧，从改编剧本开始，就一直不顺。

最早是王瑞想担纲此剧的导演。他立意把此剧改编成类似《九一八大案纪实》那种纪实性的电视剧，当时这部剧特别红火。可是，刚想涉足"虫儿"，就接受了一部大片的导演任务，对于此片儿只能忍痛割爱了。

王瑞那儿一撒手，娄杰这儿慌了，他一方面马不停蹄地寻找导演，另一方面紧锣密鼓地四处张罗找编剧，不管怎么说，首先得把剧本改编出来。

在长达两年多的时间里，娄杰先后找了十几位有名的和没名的编剧。改编的结果都令娄杰和我觉得不满意。

娄杰有些着急，最后找到了《九一八大案纪实》的编剧李功达。李功达开始是答应了，但手里又有了新活儿，不得不放弃了。

到 1998 年，娄杰找到了小说《天怒》的作者陈放和北京电视艺术中心的导演陈燕民。二人用了半年左右的时间，将《人虫儿》一书中的"房虫儿""瓦片虫儿""票虫儿""古玩虫儿""买卖虫儿""票虫儿"改编成电视系列剧本。

这些剧本虽属毛坯，但是娄杰觉得还说得过去，于是他便开始筹措拍摄经费，寻找投资人。这时，正赶上东南亚金融危机，国内经济受到影响，筹款的事儿折腾了一年多。

这期间，影视圈儿介入《人虫儿》的人很多，包括陈凯歌等腕级导演，但苦于经费问题，到 1998 年底仍没着落，改编的《人虫儿》剧本也随之束之高阁。

该着《人虫儿》大难不死。在《人虫儿》剧本进入"冷藏室"的时候，北京新纪元电影发展公司看中了《人虫儿》这个剧本。

"新纪元"董事长姚云，经过与娄杰协商，将《人虫儿》一书的影视改编权和剧本一次性买断。

娄杰做出此举实属出于无奈。从他本心来说，他矢志不移，一心想把《人虫儿》拍成电视剧，尽管这几年他费尽周折，欠了不少债。但是他的父母均在美国洛杉矶，老父老母身体状况不佳，急需他这个独生子赴美。正是在这种情况下，他才放弃了《人虫儿》。

"新纪元"接拍电视剧

"新纪元"拿到《人虫儿》的剧本后才发现，这些剧本改编得很乱，根本无法拍摄，于是他们又翻回头找到了我。

我忘不了1998年的那个夏天，《人虫儿》电视剧的制片主任田春圃，骑着自行车，四脖子汗流地跑到我家的情景。

田春圃到2000年已六十四岁。退休前，他是广电部电影局的处长，担任过《周恩来》《红楼梦》等几十部电影的制片主任和制片人，可以说是老电影工作者。他为人非常诚恳热情，人们习惯叫他田大爷。

田大爷对我说，他多年以来，一直想拍一部反映普通老百姓在改革开放以后心灵历程变化的电视剧，苦于没有好剧本。

田大爷说《人虫儿》这本书他看了多遍，可以说它是描写小人物，刻画他们性格比较成功的作品。所以，他觉得把这部书改编成电视剧，不但能反映社会现实，同时，也对启发人、教育人有积极意义。

天气很热，我跟老爷子在我们家，吹着电风扇，就着爆米花，喝着凉啤酒，聊了一下午。我们越聊心越近，越聊越有信心，对改编《人虫儿》这部电视剧的主题思想也达成了共识。

我们共同的意见是，此剧的编剧和导演应由陈燕民担纲。

一、陈导是北京生北京长大的，跟我同龄，在基层工作过，非常喜欢京味儿，这几年他导了十多部电视连续剧，在影视圈儿已小有名气。

二、陈导拍片极为认真，他有能力将《人虫儿》拍成精品。

三、陈导对《人虫儿》比较熟悉，前期他做了许多工作，并且参与了剧本的改编。

改编剧本眼出血

自然，陈燕民导演早就对《人虫儿》情有独钟，此番担纲，他义不容辞。我和田大爷加上陈导，就《人虫儿》这本书改编成电视连续剧，做了细致的研究和分析。

我们认为《人虫儿》作为一本纪实文学看，没的说。但是要改编成电视剧，在电视台播放，必须弘扬主旋律，以正面歌颂为主。否则难以通过审查这一关，所以由我和陈导执笔，对《人虫儿》的原作进行了修改。

我在原作的基础上，补充了很多素材，重新编排了故事情节。原来陈放和陈导编的剧本基本没用上。不过，陈放为此剧确实尽了一份力。

陈燕民改编《人虫儿》剧本前，刚刚导完电视连续剧《追踪墨尔本》。为改编此剧，他有时在电脑前几天几夜不合眼，最后熬得眼底出了血。

田大爷在运筹投拍资金上，几次因血压升高而病倒，最后总算投资到位，剧本于 1999 年 10 月开了机。

可见《人虫儿》这部戏，能和观众见面是多么不易。

现已在美国旅居的娄杰，一直牵挂着《人虫儿》。《人虫儿》在电视台播出后，他还专门从美国给我打电话，对《人虫儿》的拍摄成功表示祝贺。

纪实小说《人虫儿》经过改编，有四个"虫儿"先期亮相，他们是："房虫儿""买卖虫儿""古玩虫儿"和"票虫儿"。

在《人虫儿》剧本改编时，影视圈内的一些名演员便跃跃欲试，经过田大爷和陈导挑选，最后确定李丁演"房虫儿"、刘威演"买卖虫儿"、李诚儒演"古玩虫儿"、洪宇宙演"票虫儿"，王辉演"记者"。

这些在国内也算是小有名气的演员，用自己的努力，在刻画人物性格上，下了很大功夫，终于使《人虫儿》走上了银屏。

您在剧中能欣赏到活灵活现的"人虫儿"。当然，电视剧中的"人虫儿"，跟这本书的"人虫儿"已经有了很大变化。这部戏如何，我不能自卖自夸，读者朋友可以自己去品。

愿以此书多会友

《人虫儿》这本书是 1994 年写的，一晃儿六年了，可以肯定现在市面儿上的事儿，跟那会儿相比会有很大变化。

本来我寻思着借再版的机会，对原书做些修改，或者把我后来写的一些"虫儿"加进去。但考虑到我后来写的一些"虫儿"，已收到另外的一本作品集里，而原作虽然带有纪实性，但主要写的是"虫儿"，刻画的是社会生活中的典型人物。您现在看或再过几十年以后看，都不会有"过时"的感觉。想来想去，还是忠实于原作的好，所以没作大的改动。

为了增加此书的可读性，我请画家配了十多幅插图，此外增加了一些电视剧《人虫儿》的剧照。

《人虫儿》这本书写的是北京的事儿，北京的人儿，还有北京的魂儿，反映的是当代京城社会生活的一个侧面，采用地道的京味儿语言，加以描述和人物性格刻画。

但愿您能开卷有益，从这些"虫儿"的故事中受到一些人生启示，同时也从书中咂摸出京味儿来。我愿以此书会友，成为您的朋友。

以上是为序。

刘一达

2000 年 4 月 20 日

于北京建国门

『房虫儿』真相

另辟财路吃"瓦片儿"

北京的"房虫儿",假如您不跟他们打交道,绝想不到他们的能量。

"房虫儿"的"道"有多深?可以说像是深山峡谷间的一条河。如果您冒冒失失地往里迈腿,等着瞧吧,十有八九您得掉进去,也许一步就让您没顶。可是您如果只看表面,那是一潭宁静的碧水。

笔者也是跟他们接触了几年,才"悟"出他们的一点儿"道"。尽管如此,事后,跟一个老"房虫儿""盘道",他讪笑我只知道一点儿皮毛。

当记者的如果只是"蜻蜓点水"似的采访,往往会被一种表面现象所迷惑。现实生活中的许多事儿,真是"不入虎穴,焉得虎子"。如果不是笔者隐匿真实身份,"混迹"其间,很难把有些事儿摸个"底儿掉"。虽然说有些事儿看起来像一层窗户纸,一捅就破,可是没有交情，谁让您捅这层窗户纸呢?

提到北京的"房虫儿"，先得从"吃瓦片儿的"说起。

解放初期，房地产实行国有化，城市除少量的民宅为私有外，一律被国家赎买。"文革"时期，所有住房，包括解放后手里握着房契的那些私房主的房子全部上交国家，这种"一刀切"的变相"没收"，是极左的产物，给后来的国家房产管理留下了许多"后遗症"。"文革"结束以后，国家开始为这一部分私房主落实政策，凡能退还的基本上还给了本人。

我们所说的"吃瓦片儿的"就包括这一部分人。政策落实了，原来交公的私房又归了个人，自己住着有富余，又赶上房子地理位置不错，"吃瓦片儿"就成了理所当然的事儿。

"吃瓦片儿的"还包括两类人：一类是家住城乡接合部的半农户，一套院子几间房压根儿就是自己的，随着城市向外扩展，原是荒郊野地，现在成了繁华热闹的住宅小区，他的房子自然身价倍增。

另一类"吃瓦片儿的"属于沾了"官房"光的人，凭借着权力地位老资格老关系，在单位分房时多占了两套住房。谁都知道，眼下单位分房是一种福利，分到手的房，等于吃进嘴里的肉，很难再吐出来。于是，他们就用公家的房子做交易，为自己谋取非法的收入。

我们所说的"房虫儿"就是专吃"吃瓦片儿"的人。手头有房的"吃瓦片儿"，"房虫儿"又吃他们，在当前城市住房空前紧张的时期，这无疑是一种黑"吃"黑的社会现象。透过这一现象，可以看到社会最阴暗的角落。

社会怪胎说"房虫儿"

细分析起来,"房虫儿"与房地产的"炒家"有所不同,虽然"房虫儿"吃房吃地,与"炒"房地产在做投机生意上大同小异。但是,"炒"房地产干的是大买卖,行话叫"大出大进"。他们一般是公开打出自己的招牌,光明正大,甭管房源地源是什么来路,人家能往明面儿上摆。

而"房虫儿"的买卖,一般都是暗里来暗里去,他们绝对不敢亮出自己的身份,所有交易都属非法,既无营业执照,又无正当的手续制度;既没有银行账号,又没纳税义务。说白了就是"吃"进多少是多少,出了问题,自己扛着,触了雷,"折"进去,也是自己的娄子自己补。

因为,绝大多数"房虫儿"是跑单帮,单线联系,尽管他们有一个庞大的关系网,但互相之间谁也不摸底,也许连名字都是假的。当然"道"里的规矩,一般是不问其姓名和地址身份的,只知他的绰号:"老大""老吴"或"老猫"。

当然"房虫儿"里头也分着档次,有"大纤儿""小纤儿"之分,有"大蔓儿""小蔓儿"之别。一般是"大纤儿"手下有几个或十几个"小纤儿",用他们的话说是"眼"。

"大纤儿"是"房虫儿"的头目,有一定的资历和"道行",手里起码有十套八套的房源,他手下有一帮"眼",这些被称为"眼"的"房虫儿"到处去捕捉房屋买卖的信息,帮助牵线搭桥,此外还负责跑"信儿"、跑腿儿、约期"照眼"、递价儿等活动。"大纤儿"需要这种眼,以便自己业务的开展,在过手的买卖当中不至于"放鹰"（放跑了买卖）。

"房虫儿"活动的面儿几乎覆盖了京城的犄角旮旯。有的"大纤儿"也有跨入河北、天津、山东等城圈儿的时候。在长期的"业务"往来中，"房虫儿"们已形成了各自的活动范围，他们的门里话叫"吃地皮"，各霸一方，外人往往插不进腿来。有的吃东城，有的吃南城，有的吃朝阳门外，有的吃海淀，分区划片儿，各有各的山头头。

"房虫儿"的人员构成极其复杂，有社会闲散人员，有干买卖赔了本改"道"的，有房管部门退休的职工，有解放前就吃这碗饭的老"拉房纤儿的"，有在家吃"劳保"挣大钱没"道儿"的，有自己开着买卖，又入了这个"道"的，也有一些离退休人员或在职的干部子女等等。总之，"房虫儿"可以说包括社会上的三教九流，五行八作。

"房虫儿"能成虫儿并非等闲之辈，有的"通天"，有的"入地"，总之，他们与社会各界、各个行业、各色人等有着极其广泛的联系。

他们不但对"吃瓦片儿的"以及商号、铺户、新老暴发户、外来流动人口部落群、房地产管理部门、工商、税务、公安等有着直接或间接的了解，而且对某区某条胡同某个院落有几间空出来的平房，或对某住宅小区某楼某单元某室有几套空房，甚至这些空出来的房的家庭背景，人员状况，有什么人在什么机关工作，有没有出国的，有没有家务纠纷，近来家庭经济状况如何，是否储备购房租房或是卖房的资金，都能通过各种渠道，了解个"底儿掉"。

只有心里有底，才能对被"咬"的主儿手拿把攥。"房虫儿"

能成为"大纤儿",主要依靠的是这些"眼",用"房虫儿"们门内的话说这叫"靠底"。

"房虫儿"们"咬"的对象并不是城里的普通老百姓,尽管普通老百姓因为住房紧张或结婚等房,或因为闹家庭纠纷急于想找间房分居单过,也急于想找一间或两间能租用的房子,但是,他们轻易不去找"房虫儿",而"房虫儿"们也不管这种事,一句话,管这种事没多大的"卤"。因为这一类急等房的主儿都属工薪阶层,不但对高价房租望而却步,而且容易"招"事儿,"房虫儿"们不愿给自己添这份"堵"。

另外,有几类人,"房虫儿"们是绝不敢沾的,诸如国家机关公务员、公安、工商、税务、法院做事的、房管部门的等等,道理不言而喻。"房虫儿"们主要是"吃"个体工商户、私营企业主、外地进京做买卖的商人、企事业单位办公司的、文化部门以及合资企业的员工。一是这一类人手里有钱,买卖成交,给的"喜儿"大;二是通过出手房子,"房虫儿"可以跟他们"攀"上关系,遇有周转不灵的时候,可以找他们"接个短儿",在生意上缓一"闸"。

进入二十世纪九十年代,"房虫儿""咬"人的注意力,主要是经商的老板和外来流动人口。

从八十年代起,中国的都市面临着前所未有的人口大膨胀,有人把这称之为都市人口大爆炸。这种"人口大爆炸"的迹象是"农村包围城市,城市吞并农村"。据权威部门提供的信息,截至1999年8月,北京的外来人口已达到二百六十万,广州已临近二百一十万,上海突破三百万。这一数字表明,每四个甚至三个城市人口中就有一个是外来人口。

随着市场经济的形成，这些外来人口已经成为城市的"准居民"。他们将在这里"落脚生根"，不但要居住，还要开商店、办工厂。左右他们生存的是市场，而他们要进入市场，首先要解决住的地方，解决做买卖的地方。于是他们成了"房虫儿"们"餐桌"上的肥肉。

"房虫儿"吃外地人，有几种考虑，一是可以漫天要价，外地的商人进京，人地两生，对房地产的价码儿一点不摸门儿，找"房虫儿"租房或买房，可以省心。

因为有的"房虫儿"不但能帮他们办一切过户手续，甚至连开买卖起"照"的事也满应满许。"房虫儿"可以帮他们打通一切关节。只要他们肯多掏钱。而外地的商人又往往在钱上并不计较。"房虫儿"可以狠咬他一口，而且能咬住不撒嘴，吃肥了算。

二是外地人进城两眼一抹黑。"房虫儿"吃他们可以拿大头而没有后顾之忧，不会出现找后账的事。而且"吃瓦片儿"的也愿意把房租给他们，除了房价吃进来的多以外，还可以瞒天过海，掩人耳目。

三是"房虫儿"吃外地人可以独闷儿，不必让"纤儿"分食。

总之，就目前的行市，"房虫儿"们吃外地人要比吃城里人划得来。因为外地人的特点是人生。"欺生"是任何买卖人的惯招儿。所以"房虫儿"们吃外地人一般都把握很大，很少有"放鹰"的时候。

空手也能套"白狼"

近两年，一些外地的投机商人也加入了"房虫儿"之列。笔者在采访过程中结识了一个姓徐的浙江人。他可以说在北京混了几年，已经是入了道的"房虫儿"。

徐某是手里攥着二十万元进京闯天下的，在永定门外的浙江村"猫"了一年多，没混出什么模样，以后，他通过关系认识了一个绰号"老七"的"房虫儿"。"老七"给他引道儿，他承包了坐落在西单繁华地段的一个二百平方米的商店。

这家商店是某部委办的"三产"，开张一年，赔了四十万，背了一屁股债，实在赔不起了，决定把门脸儿盘出去。

"老七"通过撒出去的"眼"，得到了这个信息，亲自出马跟这家商店的经理斗法。

他首先出了个高价："商店租期三年，每年的租金三十五万，此外有个附加条件，把亏的那四十万的窟窿给填上。"

经理是个生虎子（没经验的人），一听能把四十万的亏空堵上，当然很高兴。

"我们什么时候签合同？"他生怕到嘴边的肉跑了，恨不得立马儿就要签合同。

"老七"一下把住了他的脉，微微一笑说："做这买卖是合伙儿，这么大的事儿，怎么着也要跟合伙人合计一下。"

"嗯，也是。"经理一听也在理，便点头答应了。

过了几天，经理主动给"老七"打电话，问："你们商量得怎么样了？赶紧把合同签了，我可以腾出精力干别的事儿了。"

"老七"在电话里不紧不慢地说:"合伙人都在外地,你再等两天。"

几天之后,经理又打电话催。"老七"对他说:"跟合伙人说了,地方也看了,他们都很满意,但手头一时没那么多钱,等把你亏的那四十万筹集到手,我们再签合同。"

这话当然没一点毛病,也合情合理,经理也说不出什么来。

其实,"老七"看出经理有心要租房,玩了一手"拖刀之计",故意抻着他。

几天之后,"老七"找了几个哥们儿,装作"大款",找这家经理说也要"盘"这商店,并且放出口风说:"老七"手里并没那么多钱,他不过是在你这儿虚晃一枪。然后,他们又煞有介事地说,这家商店的地理位置虽然不错,但是风水不好,否则做买卖不会赔钱。

接着他们又挑出许多毛病,说这商店如何做买卖不利,年租金三十五万,价儿太高了,撑死了二十万。弄得经理乱了阵脚。

这之后,"老七"主动出面找经理。他不提房子的事,先做东请经理在"明珠海鲜"撮了一顿,然后摊牌:他找人合计了,拿不出四十万现金来。

"您这是什么意思?"经理一时糊涂了。

"老七"哭穷道:"现在买卖不好做,弄不好就赔钱。"他找人看了看房,说顶多年租金十五万。如果答应呢,他们就借债把四十万窟窿给补上,然后就签合同;如果不答应呢,这笔生意就吹灯拔蜡。

这等于将了经理一军。这回经理一下乱了方寸。

其实"老七"早已把这经理的背景摸了个底儿掉,他想急于"跳槽"到另一家商场当经理,所以他最关心的并不是年租金是多少,而是能不能把四十万的窟窿补上。

经过几轮"拉锯战",经理最后点了头,以年租金十八万跟"老七"签了三年合同。当然补那四十万的窟窿是附加条件。

其实,"老七"在跟这家商店经理谈这笔买卖的同时,在外边早放出"眼"去,那位浙江的徐某就是那些"眼"套上的"狼"。

"老七"当然不能直接让徐某跟经理见面,他找到徐某,把这家商场的情况天花乱坠地吹了一通儿,然后亮底牌:每年的租金六十万,先交四十万的定金。

徐某早就相中了西单的地面儿,以他的精明,不愁在这块地皮上刨食,只要经营对路,一年下来,挣不到二百万,一百多万也能坦坦地到手。所以,他以为捡了个大漏儿,没一点儿犹豫就立马儿答应了,跟"老七"签了三年的合同,并且很大方地拿出了四十万的"折子"。

实际上,"老七"早已通过"眼",了解到徐某手头上不差钱。

"房虫儿"的这笔买卖算是成交了。

徐某花了二十万把商店重新装修了一下,商店改为商场,从老家拉过一拨人马,经营的品种上千,生意"火"了一段。

他苦干一年多,挣了一百多万,可是到年根底下一算账,刨去房租、税和其他费用,没赚多少。于是他灵机一动,决定转舵。

他以年租金七十万,合同期两年,把商场"盘"给了一个浙江老乡。这样,他从中扒了一层皮,干赚十万的租金,然后腾出手来,又重打鼓另开张做起了别的买卖。

笔者跟徐某接触过十几次，慢慢混熟了，一摸底，敢情他的"道行"挺深，跟几个区的"房虫儿"们都有联系。虽然跟他这种人"盘道"，他绝不会说出这些"房虫儿"的姓字名谁，但是他说出了一些事，我影影绰绰能对上号。

徐某看上去四十出头，瘦长身子，方脸圆眼，看上去挺实在，肚子里却有小算盘。他在浙江某县城也算是个"顽主"，所以进京做生意透着"浑身是胆雄赳赳"。如今，他在京城有三处住房：方庄小区有个两居室，西北三环路有个一居室，西四有一套两居室。

方庄和西北四环的房是他买的，西四的这套房子是租的，租金每月两千块钱，因为离他开的商店很近，这套房还兼做办公室。他掏钱安了一部电话，屋里布置得挺像那么回事儿。

笔者跟徐某混熟了，短不了要套他的底。原来这三处房，他吃进来并没走"房虫儿"的道。换句话说是他自己叨来的食儿。

徐某在京城生意口上混了八九年，结交了一些狐朋狗友，其中也有自己的"眼"。方庄小区那两居室，他只花了八万块，就弄到手了。

这套房是某机关一小干部的，这位小干部三年前奔了加拿大。老婆带着孩子留守，守了两年，守不住了，也办了出国手续。

临行缺笔钱，于是她想到了这套两居室。房子是自己掏腰包，按优惠价从单位买下来的，所以想出手也显得心安理得，再说人已奔异国他乡，撂在京城一套房子也没多大用。

小干部的老婆口风一放，立马儿就有几只"眼"瞄上了。徐某动作比较快，谈了两次就成交了。一手交钱，一手交钥匙，手续办得挺脆。

西北三环那一套一居室，据徐某讲花了五万，也是快刀斩乱麻，没有犹豫就下手捡的便宜。

徐某在浙江老家有老婆孩子，在北京"泡"着两个妞儿，都是外来妹。据他讲北京的姑娘对他们这些外地大款太"黑"，"泡"不起。

这两个外来妹，在他开的商店当伙计，长得白白净净，都挺顺溜儿，但他并不打算娶她们。他说这要犯重婚罪。他跟她俩只是"玩玩"而已，此外，利用她俩给他看房。

笔者问徐某："你一人要几处房有什么用，为什么不把那两间房倒腾出去？"

他对笔者说："卖房要看行市，现在还不到火候儿。"

因为这两年北京的房价，虽然往上连翻了几个跟头，但还有上升的空间，他还没有选准时机。

不过，早有买主儿瞄上他的房了。他的在浙江村安营扎寨发起来的一个本家，已经相中了方庄那两居室，答应给他四十五万，他愣没舍得撒手。

毫无疑问，徐某在"房虫儿"的眼里，只是个外来的"串秧儿"，他的"道行"还差远了。然而，一个外地人，在京城混了五六年，居然把着三处房，实在令我感到吃惊。

门里暗语有"道行"

"房虫儿"过手房屋，虽然没有什么手续制度一说，可是"门"里人有一套"规矩"，他们的行话叫"礼数"。

　　在现代化的城市生活中，信息对于"房虫儿"来讲是至关重要的，不论是找房源，还是找买房的主儿或租房的主儿，都离不开耳目。所以"房虫儿"们一般都配有现代化的通信工具，电话、寻呼机、"大哥大"都是必备的，有的还有汽车。一个绰号叫"大头"的"房虫儿"订了几十份报纸，还专门雇了一个人，为他剪报上有关租房的信息。

　　为了相互沟通和传递信息，各片儿的"房虫儿"们还私下定有每天聚会的场所。这些场所通常设在换房站、个体餐馆、公园等处。有时这种聚会的点儿就在某一个"房虫儿"家里。"房虫儿"们管这种聚会叫"碰影壁"或"串门子"。

　　"碰影壁"时，一般都不"泄底"，只是沟通卖方的信息，至于自己手里握着多少房源，绝对保密。

　　"房虫儿"们在沟通信息时，都是闪烁其词，里面有许多"黑话"和暗语。

　　比如，某"房虫儿"得到一卖方的信息，跟另外一"房虫儿"过话：

　　A：哥们儿，手里有货（房子）没？

　　B：朝阳门外有块瓦要出手？

　　A：什么长相？

　　B：不难看，南三（间）北两（间）。

　　A：有没有工程（装修之类的活）？

　　B：分你干什么？住人，刷刷墙就得。

　　A：空的？满的（还住着人）？

　　B：满的。想要，立马儿能空。

A：谁靠底？

B：我一哥们儿，铁瓷（关系莫逆）。

A：什么时候能过眼（看房）？

B：单等你这边儿的话儿。

这种对话谈的是卖方信息。只有门内的人能听懂。

如果是两个人对话，谈的是买方信息，一般是这样过话：

A：有个哥们儿想置块地（买套房）。

B：种庄稼（做买卖），还是存粮食（住人）？

A：种庄稼。

B：想要几亩地（多少米）？

A：百十来亩吧。

B：瓦（平房）还是砖（楼房）？

A：都行。

B：准备选哪儿的坑儿（地方）？

A：西单、东四、王府井最好，前门、东单也凑合。

B：他有多大尿儿（本钱）？

A：七位数（百万元）。

B：谁托帮（担保）？

A：哥们儿我就行。

这种带暗坎儿的交谈方式，一般是在公众场合进行的。假如两个"房虫儿"是在家里，或只有两个人的时候，就真刀真枪地明侃了。

如果想卖房或租房，经过介绍，遇到"房虫儿"手里有买主儿或租主儿，那么卖方这边的"房虫儿"，就可以与买方这边的"房虫儿"初步达成某种默契，双方约定时间看房。

他们"门儿"内管这叫"照眼"。由"房虫儿"掂量买房这边的人能不能接受这种条件。看房的时候，房主一般不出面，看过房后，双方再递价儿。

但是甭管卖方的这方"房虫儿"提多少价码儿，买方的"房虫儿"绝不讨价还价，而只是说回去跟这边的人商量商量，几天以后，再看房。用"房虫儿"的行话说这叫"复眼"，说明已经有了要买下这套房的意思。此时，买方的"房虫儿"与卖方的"房虫儿"便可以讨价还价了。

如果是达成了成交协议，卖方的"房虫儿"要收取买方的定金，定金的比例没有一定之规，通常是百分之十，有的高些，有的低些。收定金只由卖方的"房虫儿"开一纸收条，并不相互立字据。交了定金后，由买方的一方定日期和地点立字（交换房契）过款（付房款）。

如果买方的主儿是用房子开买卖的，一般是在新店开业之前，把房款交给"房虫儿"，由"房虫儿"交给卖方的"房虫儿"。如果买房的主儿是为了住人，那么要在搬迁之前交房款。

总之，买房和卖房的人基本上见不到面，一切手续，全由"房虫儿"办理。当然，真正的房价是多少，只有"房虫儿"知道。"房虫儿"之间也有默契，他们各自绝对不把真实的价码儿透给外人。

所谓"立字"，并不惊官动府，甚至没有公证。这种"字据"由"房虫儿"之间签订，上面主要是写明，某处有一套什么样的房，现已过户给某某人，过的是几成款，定好某年某月腾出，如不腾出将怎样。如果房子是空着的，这种字据就免了。一手交钱，一手交房契即可。过户手续由住户自己找单位开证明办理，"房虫儿"不管。

假如"立字"时，房子没腾出来，"房虫儿"将按老北京的习俗"典三卖四"，限期让卖方腾空。所谓"典三卖四"，就是典押的房要在三个月内腾空，卖方的要在四个月之内腾空。否则，将按一定的比例，从买房的房款中扣出"罚金"。一般情况只有等买房的人全部搬进去，才交全部房款，在此之前只交房价的七成。这些做法都沿用老北京买房卖房的规矩，约定俗成。大凡"房虫儿"对此都很清楚。

"房虫儿"成交一笔买卖，除了他们之间的猫腻外，卖房的主儿和买房的主儿，要付给"房虫儿"一定的"回扣"，这种"回扣"是明面上的，一般的"回扣"比例是"成三破五"。

"成"即按之前约定的价，买房或租房成功了，买房的或租房的人，要以房价总额的百分之三给您打"喜儿"（钱）。"破"，即突破之意，指超出之前的约定价位。比如一套房要往外卖，房主定的价是二百万，结果您三百万把它卖出去了，那么，房主就要以房价总额的百分之五给您打"喜儿"。

有时，"房虫儿"是两头吃。当然这种回扣比例也不是死的，碰上开面儿的主儿，也许是"成九破十"，或者更高。

自然，这种"回扣"，在"房虫儿"之间的交易当中，只能算是"小头"。真正的"大头"是在他们之间的交易过程中，私下吞了。

瞒天过海"黑"房主

杜三是笔者采访到的"房虫儿"里比较年轻的一个，他三十挂零，出道时还不到二十岁。他中等个儿，身体微胖，长脸小眼，有时戴着眼镜，看上去比较斯文，不像是在"道"上混的人。

杜三的一个姐姐在房管所当管理员，父亲也在房管局当干部，不过，在杜三十几岁的时候，父亲因病去世了，他一直跟着姐姐生活。

当时的房管所管理员如同家庭的"管家"，在杜三刚懂事的时候，就满耳朵的"房子"二字。他姐姐是管理员，房管所对住户的吃喝拉撒几乎无所不管，住户安个灯、接个水管子都找管理员。

自然，房管所的管理员成了"香饽饽"，虽然没有多少实权，但是在房子上说话还能占地方，所以住户找杜三的姐姐办事的时候较多，杜三一来二去地听多了，对房管所内部的事多少有所了解。

以后，他姐姐又负责落实私房政策，找她的人越来越多。杜三有时也帮助招待这些找上门来的人，从中了解到很多信息，包括房地产管理方面的有关政策法规。

杜三加入"房虫儿"之列是上世纪八十年代初，当时，他已经在一家国有企业当了工人，但有一次在工厂犯"小"（偷东西），东窗事发，受到了留厂察看的处分。

其实，所谓犯"小"，杜三是为给他师傅盖小厨房，偷的工厂的铁板，并不是为了自己，但事出来之后，他师傅不但没保他，反倒落井下石，这让他感到窝火。

他想来想去，与其"察看"，不如回家，干点儿别的，重新蹚出一条生活的道儿来。于是写了份辞职报告，打道回府。

杜三在家闲散了一年多，一时找不到更合适的工作。偏巧，此时一个朋友找他说想开买卖，要找两间房。他通过他姐姐的路子，找到了一个私房主，谈了几个来回，把这档子买卖做成了。

买房的和卖房的"成三破五"，他得到了一笔可观"回扣"，乐得屁颠屁颠儿的。可是事后一打听，敢情他的这个朋友是个"房虫儿"，买房不是做买卖，而是往外过手。自然"大头"让这个朋友拿去了，他得到的只是"残羹"，为此心中好不懊丧。

有了这次经历，杜三看清了里面的"棱缝儿"，按他的路数和能量，他比那个"咬"他一下的朋友不在以下，既然他那个朋友敢走这条道，他为什么不能？试了试步儿，他尝到了甜头，爽性儿撒开了巴掌。

杜三的姐姐对这里头的道儿明镜一般，劝了他几回，见他没有回心转意的意思，为了避嫌，只好调动了工作，离开了房管系统。可是至今，杜三依然把她的关系网作为一面招牌。

笔者跟杜三深聊过几次，他向我讲了这么一件事：

1994年夏天，前门外大街有一开服装店的大款，"泡"上一个姐儿。大款家里有老婆孩子，为了"障眼"，想买一套二居室的单元楼房，而且点的地方是南城。

杜三通过"眼"得到这个信息，把这"活儿"应了下来。大款要房心挺急，期限两个月，房价另议。其实，当时杜三手里并没有"货"。可是为什么他敢应呢？因为他手下有"眼"。

他跟一个吃南城的"眼"透出口风。"眼"很卖力气，了解到西罗园有一套二居室，双气儿，带阳台，交通便利；这家人两口子正闹离婚，男的家有房，女的没房，而房子是女方单位分的，以后花一万一千块钱优惠价买了下来。

杜三摸到这一情况，怕"眼"出面放了"鹰"，决定亲自出马。他先找那女的"套磁"，说既然离了婚，再住在原先的房子，睹物伤情，应该另找房，而孤身独处，要二居室显得空荡荡的，不如找个独居。离婚吧，经济上自然受到影响，应该找点儿外财，这外财的来源，就是把这二居室的楼房卖了。

那女的被他的花言巧语说动了心。然后，杜三再翻第二道牌：他可以找个朋友把这两居室卖了，然后拿这笔钱，再买个离单位近便一点的独居室。这样，她反倒能净落几万块钱。女的一听乐了，请杜三帮她这个忙。

其实，杜三跟这女的玩了个"花屁股"，他手头正好有一套独居室的楼房，他想以此作为交换条件。

沉了一星期，杜三找那女的说合此事，先用五万块钱把这两居室买下来，然后让这女的再出两万把他的独居"买"去。这样这女的赚了三万块钱，何乐而不为？

为了感谢杜三的劳神费心，这女的玩了一次"慷慨"，给了他五千块钱的"谢仪"，这样杜三里外里等于花了二万五千块钱，买了一套两居室，当然他也搭进去一套一居室。表面上他没多大的赚头，可是他到了那个买房的"大款"那儿，房价就翻了十几个跟头。

"大款"并不知道这里头的猫腻，只当是杜三路子野，门子宽，办事牢靠，对他颇感敬佩。

这两居室，杜三开价是十七万，按照当时市场楼房的牌价，这个数并不贵。1993年，北京市房地产交易所公开出售的住宅楼，建筑面积每平米是七千元到八千元。当然这个价码的住宅楼是"一水儿"新，此外，室内都做了装修。而杜三卖给"大款"的住宅楼则属于使用过的旧楼。

"大款"对房地产的行情并不摸门，他过了过眼，答应给十六万。按"房虫儿"们的交易手段，杜三早找出两万块钱的杀价空当儿，他没承想"大款"只杀了一万。买卖很快成交了。大款给杜三的回扣更透着大方，一万块，杀下去的那个数又回来了。

这套房，杜三净赚了起码十万。当然，事成之后他按"成三破五"给的"眼"。这点钱不过是"大头"的小数点后的数儿。

通过这档子买卖，可知"房虫儿"的手有多"黑"了。

老院翻新"吃"大户

姜是老的辣。"房虫儿"的年龄多在三四十岁，但也有一些老"房虫儿"。他们在"咬"人方面更透着机敏和精明。

笔者曾采访过一个姓冯的老"房虫儿"，他有六十多岁，是某工厂的退休工人，一天到晚，忙忙叨叨的，身上总不离一个六十年代的黑人造革挎包，里面装着十几个翻得油糊糊的小本，上面记着密密匝匝的人名地址和联系电话。

他自称手里握着许多房，可是当我问他做了五六年"房虫儿"成交了几档子买卖时，他不吭气了。事后，他跟我"泄底"，只办成了一档子，而且"大头"还让给他搭桥的"房虫儿"给戗去了。

当然，他在那些"大纤儿"面前，只能算是个"眼"，尽管他的岁数比人家大许多，可是他的观念已然落伍，而且作为老派的

"房虫儿"，他并不清楚"房虫儿"新生代的"路数"。

"房虫儿"之间的尔虞我诈、互相斗法的事是不言而喻的。"房虫儿"们坐到一起，没有几句是真话，这一点，"门儿"里人都清楚。"房虫儿"黑"房虫儿"，相互间的设局是经常发生的事。

但是有一样，不管他们之间怎么斗，却从来不往外露，即使是相互间咬得遍体鳞伤，也不外扬。这是一条攻守同盟。因为"房虫儿"所从事的都是非法交易，甭管他们是"大虫儿""小虫儿"，都属于严厉打击的对象，所以法律像一条无形的锁链，把他们绑到了一起。

这个"门儿"里的人，有如一个松散的组织，形同一个"黑社会"。如果有谁敢把"门儿"里的人给卖了，等待他的将是不堪设想的后果。

1991 年的春天，一个"房虫儿"在交易一档子买卖时触了雷（黑话，撞上了执法人员），"折"了进去，供出了一个"大纤儿"。但是他从班房出来没两天，就让人给废了一条腿和一只眼，可见这个"黑社会"的厉害。

"房虫儿"们的政治嗅觉相当敏感，他们并不是"法盲"，遇有风吹草动，一个个便收敛起来，像蛇到了冬天冬眠一样隐藏于地下，观察动向，此时即使有甜买卖找上门来，他们也不敢轻举妄动。比如政府提出打击非法倒卖公房风声最紧的时候，他们一个个都将尾巴藏了起来。等风头一过，再从地里爬出来。

当然，他们的敏感还在于对所"吃"对象的观察，一般不摸底不"靠底"的人，只能跑单帮。他们决不会轻易牵线搭桥。

"房虫儿"们是以年龄和交情划分"圈"的。入"圈"的一般岁数在三四十岁，老的往往打不进他们的圈里去，只能跑单帮。不过讲"道"深"道"浅，还是老的做事"稳当"。

笔者在采访过程中，结识了一个老"房虫儿"，此人绰号"老胡"。这个绰号大概是取"老狐狸"的意思，从模样上看他有六十出头，其实已然七十开外。

"老胡"的道行在于含而不露，平时穿一件洗得发白的中山装，嘴边叼着烟，手头拎着一个上了罩的鸟笼子，也不知里面有没有鸟，反正我接触过他十几次，从没听见过笼子里有什么动静儿。

他瘦骨嶙峋，背已经塌了，鹤骨鸡肤的样子有点可怜巴巴的，腮已然往里嗫了。一双永远睁不大的眼睛，在你跟他说话时，总是"关"着，只有触到他的心病，他才猛然睁一睁，看着你，露出狡黠的光。这光虽然并不锐利，可也灼人。

他步入此道，纯是看到眼下新起的这拨"房虫儿"大把大把地捞钱，心痒难耐，故态复萌，因为他解放前就是吃这碗饭的。想当初，他在北城，是小有名气的拉房纤儿的。

据他本人讲，某王府的一套院子，就是经他的手，过手给一美国传教士。那当儿北京城已临近和平解放，这档子买卖让他净"吃"了两根金条。解放以后，他用这两根金条买下了一套十八间房的四合院。

令他至今想起来懊丧不已的是，这套四合院在"文革"期间被某机关占用，而他却使尽浑身解数在"文革"之后，把这套处在落实政策"边缘"的院子要回来不久，他所住的那条胡同就被列为危房改造的区域，眼睁睁地看着争到嘴的食"跑"了。

当推土机推倒院墙那一刻，他忍不住号啕起来，哭得像个三岁小孩。唯一值得安慰的是这笔房产，给他带来了几万块钱的压箱子底儿钱。这笔钱，他压根儿没想压箱子底，现在已被他用作当"房虫儿"的资本。

自从他重披"战袍"打入"房虫儿"的黑道之后，究竟办成了多少笔买卖，笔者无从知晓，他也绝不会跟我口吐真言。但是，从他跟我讲到的一档买卖上，我已对他的老谋深算拍案惊奇。

像任何一个"大纤儿"一样，"老胡"的手下也有几只"眼"。1991年的冬天，他从一只"眼"那里得到一个信息，一个香港的大亨，想在京城买套四合院。

这个大亨的老娘是个老北京，1948年北平和平解放时去的台湾，以后又久居英国，现在叶落归根，回到北京安居。

在国外住了多年洋楼，老太太依然留恋老北京的四合院。儿子有钱，为了让老母安度晚年，提出只要这套四合院老母看了满意，出多少钱也掏。

"老胡"认准这是千载难逢的机会，到嘴边的肥肉，说什么也不能让它跑了，他许下大愿，要找的这套四合院，一定能让老太太看了以后开颜。

其实，他在城里上哪儿找像样儿的四合院去。但是他先要把这笔生意揽到手，行话叫"拴桩"。

"老胡"在"房虫儿"们聚会的时候，放出大话，谁能帮他找到这么一座四合院，给谁三万的"喜儿"。

说来也巧，东城的一个"房虫儿"刚刚得到一个信息，某胡同有套四合院要卖，房主是个老教授，要随儿子到美国定居，人已然走了，卖房的事全权交给了他的侄子。嘿，真是踏破铁鞋无觅处，

老胡半个房虫儿
赚钱心痒难耐

纯是看到眼前新起的这拨房虫大把
故态复萌干起老本行

得来全不费工夫。"老胡"一下咬住了这块肉。

老胡到这家看了看房，房子北五南四，东西厢各三间，北房带廊子，后面有个小套院，有三间小南房。房子已经年久失修，但布局还可以，除了院里有两间接出来的小厨房碍眼以外。

他先跟卖房的主儿交谈，摸清了底数。老头儿的侄子挺轴，提出的房价一百二十万现金，合适就要，不合适拉倒，没有一点商量的余地。

"老胡"看到了这一点，沉了两天，答应了这个价，并按老规矩，先给了定金。"老胡"有他的主意，房子不是样儿，可以改造，地却是多少钱也难淘换到的。

他开始实施自己的"工程"，请来瓦工、木工、油工，把碍眼的小厨房拆掉。北房内的大柁是杨木，他让油工将明柱打血料腻子底，然后表面油成红漆木，院子全部油漆成红门绿窗。院内外墙皮是碎砖砌成，他让瓦工把下嵌儿抹层水泥，画出一个个小方格，上半截抹月白灰，再用青灰浆勾成"三丁一横"的砖缝，房檐下的椽头也油成绿色墙头指金的口字。

总之，经过这么一番修饰，原先破败得不能入眼的老四合院，焕然一新。他特地在院里摆一个大鱼缸，种了两棵石榴树，门外还摆了一对小石狮子。

这些精心的设计，果然收到奇效。买房的那个老太太看了以后连连称道，竟舍不得挪步了，死活就要它了。老胡心里乐了，他为自己的"杰作"而得意。

老胡一转手，这套四合院卖了一百万美金。据说，这个数还打了五十万的"谎"。您说他赚了多少吧？此事让那些小"房虫儿"

嫉妒了一年多。"老胡"怕有人脚下使绊儿，见好就收，从此"歇菜"。

关于私房和公房严禁非法倒卖的问题，政府已三令五申。前些年，北京市政府还专门成立了"打击办"，对非法倒卖私房和公房的"房虫儿"进行了围剿，但是成果并不尽如人意。

主要是市场经济的需要，尽管都知道"房虫儿"手黑，但是买房租房的人，事到临头不得不找他们。虽然政府也有房地产交易所，但是由于收的税高，手续繁杂，宣传上不到位，人们不愿登门，或根本不知道有这样一个交易所。

有识之士认为，要根除"房虫儿"唯一的良策是建立多种经营形式的房地产交易市场，即从事房屋买卖和租赁的中介公司。为了活跃市场，机制要灵活多样，有官办的，也有民办的。在法律法规健全的机制下，宏观调控，微观搞活，这样才能堵住"房虫儿"后路，使他们没有生存的土壤。

京城有个"高老头"

孙博文老爷子透着邪性。

每天，他例行公事一样，出入官园的鸟市，有时也到西直门的热带鱼市溜达一圈儿。玩鸟，他并不在行，手里拎着的那个鸟笼里，一只"红子"，半死不活，押出的音儿，都是"脏口儿"。懂眼的人说，这只鸟，五块钱也没人要。

玩鱼？他连"银龙"与"带鱼"，恐怕也分不清。那他玩什么？八成只有他自己"门儿清"。

七十三岁了，正是"坎年"。他幽灵一般在人们的眼前打晃儿。

弓腰塌背，牙掉得没剩几颗，腮已然嗫了进去，眼神也不济，眼眶子上总趴着点眼屎。那身"行头"，让人瞅着寒酸，洗得发白的劳动布工作服，还缺两个扣子，菜汤儿留下的痕迹总是在显眼的位置。嘴上叼着不带嘴的劣质烟卷——"香山"或是"大婴孩"。这种烟，连捡烂纸的老头儿都不会抽它。

穷。这老爷子真够可怜的！这副尊容够十五个人看半个月的。

十个人有九个人瞅见他，会这样说。

他听了很得意，仿佛他在街面上踽踽独行，专为了听这一耳朵。

他的得意是含而不露的。喜怒哀乐，在他的脸上都品不出来。一年到头，他似乎总是一种表情——苦相儿。

他很少与人交谈，嘴上像贴着封条，透出迟缓与木讷。他似乎没有什么亲近的人，尽管他的人缘儿是那么地说不上来是好是坏。他好像并不在乎街坊四邻的眉眼高低。

老年人的孤僻和苦寂是很可怕的，即使最不合群的老人，总希望找个能说话的"伴儿"。他却不然，总是独往独来，形单影只，似乎没有体己的人。

他的穷途潦倒的形象，也许连街头捡破烂的老头儿都不如，虽说，谁瞅见他，都会很自然地与捡破烂的联系起来。

他真是穷到这份儿上了吗？

只有知根知底儿的人才会知道，孙老爷子是个吃瓦片的"房虫儿"，他"吃"瓦片儿，已吃出个百万富翁来。而这老爷子是根"油条"，他在跟人们玩"花屁股"——有意遮人耳目，掩饰他家财万贯的真相。

若不是笔者费了九牛二虎之力，去抠他的底牌，绝对想象不到他是"大款族"里的一员。

他到底存了多少钱？至今是个难以破译的谜底。

不过有一点，他最后向我透露：不少于五十万！

妈爷子！五十万！九十年代，这个数赶上五百人的工厂一年的产值。

当然，按他的人头儿，他说出的这个数，毫无疑问是打了马虎眼的。

他说出的话，有一半是掺了水，另一半是兑了"油"的。

"京油子"，一点儿不假，孙老头儿绝对是个典型。

孙老头有俩儿子俩闺女，都已成家，另起炉灶。按道理说，他这么大岁数，身边该留住一个，儿子或是女儿。但是，他一个也不要。据说，并不是儿女不守孝道，而是他坚决不要。

"想沾我的光，姥姥！"

别看他是"闷坛子"，说出话来能把人噎一溜儿跟头。

"骨肉亲情呢？您难道不讲这个？您可是个老派人呀！"有一次，我斗胆相问。

"骨肉亲情？扯臊！儿女就那么回事。来了，没别的，眼睛盯着我的钱袋呢。嘴，一个人就是一张嘴，虎口！我不指望沾他们的光，也甭想。老了，我有钱，这年头，有钱什么也不怕。"

他梗梗着脖子，干瘪的脸涨得通红。

他的儿子叫他"高老头"。这是巴尔扎克笔下的一个畸形老吝啬鬼的形象。

我实在佩服孙老头儿子的想象力。

他跟我讲了这样一件事：

孙老头儿七十岁时，四个儿女合计了一下，不管老爷子怎么抠门，也算是"老家儿"，该给他祝寿。

自然，为老爷子祝寿，从他身上拔毛是不可能的。于是四个儿女凑了四百块钱，在西四的"同和居"摆了一桌。

虽说孙老头儿不掏一个大子儿，但是，他却把儿子为其祝寿，当成了向他敲竹杠的机会，死活不去。

二儿子舍着脸跟他说，二女儿耐着性儿跟他央告，真是"三顾茅庐"，寿星老儿最后才开了面儿。

本来，他要走着去，可是从西直门外到西四，坐公交七八站路地，二女儿让他雇辆"三轮"或打"的"，老爷子不肯花这脚钱，最后是坐公共汽车去的。

下了汽车，他见到二女儿，二话不说，拿出汽车票说："谁让你们请我来的。这两毛钱车票，你得给我报销。"他二女儿一听，差点没背过气去。

两毛钱！孙老头儿的账居然算得这么细。

采访遭遇"铁公鸡"

我第一次采访他，碰了个软钉子。

"你走错门了吧？"他跟我装傻充愣玩儿。

"没有，听说您最近淘换了一对'三河刘'的蛐蛐葫芦。我想见识一下。"

根据我的经验，采访孙老头儿这样的人，切忌单刀直入，得跟他玩"弯弯儿绕"。否则他两句话就把你打发了。即使他能舍下脸来接待你，但想从他嘴里掏出实话来，也是休想。

我是从官园的一个练古玩摊儿的老人那里，听说孙老头儿平时也好摆弄个古玩什么的。他的"玩"法各色，专门去那"捡漏儿"的。

据说他解放前做小买卖时，玩过古玩，多少懂点儿眼，可是他向来不露，见到好玩意儿，他跟你装大瓣蒜，直到您说漏了嘴，或是让他说动了心，本来卖五百的玩意儿，他能掏二百块买了去。

据笔者观察，现今京城练古玩摊儿的有两路人，一路是正儿八经的玩家，真懂眼，出售的玩意儿也地道。另一路有点儿起哄架秧子的劲头，往那儿一蹲，像是行家里手，其实，草包一个。

摊儿上的玩意儿呢，有的是"老家儿"留下来的家底，有些是从别的地方荁来的旧物，多一半属赝品。但是有时候，也能从这路摊儿上沙里淘金，发现真玩意儿，那就得凭买主儿的眼力了。而卖主儿呢，有的也稀松二五眼，您说什么是什么。所谓的"捡漏儿"，就是指的这种。

孙老头儿正是在这路练摊儿的主儿那里，花五十块钱淘换到一对"三河刘"的蛐蛐儿葫芦的。

老北京人玩蛐蛐儿讲究盆和葫芦。蛐蛐儿葫芦有瓦模、纸模、本长三种。瓦模就是用瓦做模子，纸模就是用纸浆做模子，本长是葫芦本身自然长成的，不用给它带模子。

摘下葫芦，锯掉头上的部分，配上桐木或紫檀、象牙的口，再配上玳瑁或虬角、象牙芯子。芯子上可以雕刻得玲珑剔透，一般刻有花卉、山水、人物或象征吉祥如意、健康长寿的图案。刻葫芦芯，是京城古老的工艺，现在已基本失传，所以传下来的算是珍品了。

老北京做蛐蛐儿葫芦最有名的是"三河刘"。他是现在河北省三河县人，姓刘，没有留下名字。据行家考证，他是清代咸丰年间的人。

"三河刘"的蛐蛐儿葫芦在他活着的时候就已经很有名了。把蛐蛐儿放进"三河刘"的葫芦里，叫出的音儿透着清脆豁亮，与众不同。

解放后，北京人玩蛐蛐儿的风俗几乎绝迹了，玩蛐蛐儿葫芦的主儿更是少有。所以蛐蛐儿葫芦成了真正的古董。偶尔在一些练古玩摊儿上能见到蛐蛐儿葫芦，但卖的主儿也未准真懂眼。

孙老头儿就是在一个不懂眼的卖主儿摊上"捡漏儿"的。

一般的主儿辨认不出"三河刘"的蛐蛐儿葫芦。因为"三河刘"的蛐蛐儿葫芦，并没有在葫芦上刻着"三河刘"仨字。

那么，孙老头儿是怎么认定他花五十块钱买的这对，是"三河刘"的蛐蛐儿葫芦呢？

这是笔者花七十多块钱，请这位老爷子撮了一顿饭，讨教来的学问。

我采访他的目的，并不是跟他切磋蛐蛐儿葫芦什么的。蛐蛐儿葫芦，这不过是个幌子。我前面说了，要想知道他的发家史，即成为"房虫儿"的秘密，不能跟他直来直去，要先跟他交朋友，拿话套他。

老北京人管这叫"盘道"，新北京人管这叫"套磁"。"套磁"得有话把儿，这个话把儿就是蛐蛐儿葫芦。

我自认为自己一知半解的古玩知识，还能应付得了孙老头儿，于是，才敢冒充是蛐蛐儿葫芦的玩家。

孙老头儿见我提起他刚弄到手的那对蛐蛐儿葫芦，揉了一下怎么睁也睁不大的眼睛，让我进了屋。

显然，他对这个话题挺感兴趣。

寒暄了几句，又扯了一会儿蛐蛐儿盆呀罐呀葫芦儿呀什么的。我问他怎么一眼就看出那是"三河刘"的呢？

他颤颤巍巍地拿出那对葫芦儿，让我观赏。我不失时机地夸了他几句。

"嗯，你这么年轻就懂这个，跟谁学的？'老家儿'也玩蛐蛐儿吗？"

他疑疑惑惑地问。

"我在您面前可是学生，不敢班门弄斧。谈不上懂，瞎玩呗。"

"现而今，真懂蛐蛐儿葫芦的主儿可是打着灯笼没地方找去了。"

"是呀，要不您怎么成了活古董了呢？"

他沉吟半天，凝视着我说：

"你是想听我怎么辨认出'三河刘'的葫芦的是吗？"

"是。"我连连点头。

他小心翼翼地把葫芦收好，咧了咧嘴，说：

"那可对不住了，您得交学费。"

我愣住了。

"不多要，我这葫芦是五十块钱买的，您就掏五十吧。"

采访要交采访费，我是头一次碰到这事。这种采访本身就是新闻，可是我并没打出记者的招牌。他是把我当成玩蛐蛐儿葫芦的主儿了，我向他讨教的也是这方面的学问。这年头，什么不讲等价交换？学问——这老头儿肚里的玩意儿，自然也得有价。

他见我有些犹豫，把眼睛眯成了一道细缝儿，顿了顿说："嗯，我就是这么一说。甭掏钱了，看你挺厚道的。咱们找地方喝两盅。边喝边聊。"

这老家伙，是想在饭桌上找齐儿。敲我一顿饭，比我给他五十块钱更"黑"。

我已然被他逼到虎背上了，还有什么话说？

出了他的家门，我们找了一家个体餐馆。

餐馆人不多，七八个桌子都空着。我们拣了个僻静的位子坐下。他瞅瞅我，干笑了一下，拿起菜谱。

"甭多点菜，就来盘油焖大虾、清蒸鱼、炒海参就得，如果有鲍鱼汤，也来一碗。甭要别的了。酒呢，'二锅头'就行！"

哎哟，我的天，他还不要什么呢！这几样菜，少说也宰掉我一个月工资，一个鲍鱼汤就得几十块！他是跟我这儿打牙祭来了。

万幸的是他点的这几样菜，这家餐馆都没有。

"得了，来个炒肝尖、烧牛鞭、铁板牛肉吧，凑合凑合得了。"

他可真敢开牙！

这顿饭花了七十多块，末了，他还来了句凑合。

不过，说起来这钱花得也不冤，也许他几十年攒的话加在一块，也没有这顿饭上跟我说的话多，冲这个也值了。

酒一沾唇，自然先说"三河刘"，我们这位当家子让我花了七十多块钱的"学费"。

"'三河刘'的蛐蛐儿葫芦，没刻着'三河刘'，这你知道吧？"

"知道。"我点点头。

"烟呢？我的忘带了，抽你一支吧。你的烟是'外贸儿'，我抽不惯，劳驾，你去买一盒，我喜欢抽云烟，甭买好的，'红塔山'就行。"

这老家伙到我这儿，抽烟都换口儿了。"红塔山"？他平时可抽的是四毛钱一盒的"大婴孩"。他一准认定我是大款，不然不会这么"黑"。在以后的几次采访中，我兜里总要给他预备下"红塔山"，不然，他不跟你掏真话。

"'三河刘'的蛐蛐儿葫芦，有三大特点，你想不想听？"

"当然想听。"我点点头。

"那什么，再添个菜吧，软点儿的。我牙口不好，甭来好菜，菜谱上不有'滑熘里脊'吗，来这个就得。"

他妈的！我几乎要骂出来，他真是拿小刀片儿一点一点儿地旋我呢。

我想起侯宝林说的相声《三棒鼓》来："老妈开膛，咚咚咚，拿钱来吧您呐！"我有点含糊啦。

"滑熘里脊"端上来，他夹了一筷子，细细地嚼着，抿了口酒。

"这三大特点，你知道是什么吗？"

他咳嗽了一下，我有点肝儿颤，生怕他又拿"刀片儿"。

"嗯，这三大特点，那什么……"

我赶紧接过话茬儿："要不然咱们换个话题吧。"

"怎么，你不想听了？"

"不是，我是……"

"放心，我对你不掖着藏着，我看你这人挺厚道的。"

是厚道，要不然你也不至于这么三番五次地动"刀子"。我心里说。

"那什么，这'三河刘'，你知道吧，是三河县人。跟你是同姓。"

"知道，您往下说吧。"

我倒霉就倒霉在这"三河刘"上了。

"这三大特点，你猜是什么吧？"

"您就说吧。"

"这三大特点，第一呢，是葫芦的高矮，高矮要合适。"

他用手比画着。

"这么高，对，有的这么长。葫芦的腰儿，也就是中间那一段，知道吧？粗细宽窄，长短要相称。蛐蛐儿放进去，发出的声是又亮又宽又响。这是凭眼力看。第二呢，那什么……"

一听他说"那什么"，我心就打闪，以为他又要动"刀子"。他扬了扬手，招呼服务员。

"添点盐，我口重。"他指着盘子里的里脊。

"这第二呢，葫芦皮儿老，用布盘磨，磨不透。这皮老到什么样儿呢，干脆说吧，像磁一样。而且是越盘越亮，里子发糠。行家管这叫皮磁里糠。所以说，当初'三河刘'选葫芦的时候，要了功夫钱，嫩了不行、忒老了也不行，要正好。第三个特点是葫芦的底儿有双脐。这真得凭眼力，不价，您准上当。有一路安新模的葫芦，瞅着吧真像'三河刘'的葫芦，真一模一样。不懂眼的，分辨不清。跟你实端了吧，卖我葫芦这位，就稀松二五眼。我一'诈'他，他就吱歪了。"

"哦，让你给诈了？"

"是呀，我说这葫芦是后来安的模，不是'三河刘'的。错来，他也不懂'三河刘'。因为葫芦上没写着这仨字不是。我说新安的模可就差着行市了，不是一星半点儿，是一大截子。他信了。真懂'三河刘'的没几个人了，再则说，真玩葫芦儿的也没几个。可这东西是稀世珍品，故宫里也未准真会有，我去故宫参观过，蛐蛐儿盆，知道吧，就是澄泥盆，像什么赵子玉的了、万里张的了（作者注：赵、张均是清末民初制蛐蛐儿盆的名家），宫里都有，可是'三河刘'的蛐蛐儿葫芦，我却没见着，也可能有，没拿出来展览。甭管怎么说吧，这一对'三河刘'算是文物了。既是文物，那就没价儿。说五十块是它，说五万块也是它，知道吧？"

瞧他说出"三大特点"这劲费的。借他的这个话茬儿，我追问道：

"这么说，您是'捡'了五万块钱的漏儿。"

"怎么着，你想买？"

他的小眼睛放出点亮光。

"我哪儿买得起。不过随口这么一说。老爷子，听说您家里的'箱子底儿'，可比五万这个数大。"

"你听谁说的？"

"这还用问吗？您那九间房可都是临街，租出好几年了。您怎么着每月不收个三万五万的租金？"

一听这话，像挠了他的痒痒肉，他疑惑地盯着我，瘪腮帮子嘿喽了几下，撷出一口痰，啐在地上，用鞋蹭了蹭。

"怎么个话茬儿这是？您跑我这儿是来听'三河刘'的，还是琢磨我的家私的？"

我生怕话漏了，连忙解释：

"当然是听您谈蛐蛐儿葫芦来了。"

"那你就甭跟我提什么家底儿家帮儿的。"

"我是随便问问，跟您聊天儿嘛。"

"聊天儿，你说别的，套我的家底儿，姥姥！听见没有。三万五万的？我有那么多钱，能让你掏钱做东吗？你看我的这身行头，像有那么多钱的主儿吗？甭揣着明白跟我使糊涂，我的眼睛留着神呢，听见没有。甭跟我来'哩哏儿愣'。"

完菜！这顿饭算是白饶。

这位"高老头"，真是实打实的"铁公鸡"。

施计要回"政策房"

从表面看，孙老头儿已然没有多余的精力去琢磨房地产。

我曾多次揣摩他，倒退三十年，他会奋不顾身地加入九十年代"炒"房地产的"集团军"。

他实在是精得不能再精的"房虫儿"。

我的外祖父也有十几间私房，在我的记忆中，那是挺不错的一套小"三合院"。"文革"期间，这十几间房充了公，被一家街道工厂占用。

上世纪七十年代末，为了落实这十几间私房的"政策"，我的舅舅绞尽了脑汁，像大多数老派人一样，我舅舅坚持要原房。尽管那家街道工厂提出给一套"两居室"外加一万多块钱（当时一万块钱还是不得了的数），但是我舅舅依然不答应。

按"政策"办事，他的要求并不过分，然而那家街道工厂的头儿，也是个有"眼光"的人，坚决不肯撒手这十几间房，于是双方"打"到了法院。

结果，我舅舅被碰得头破血流，尽管直到那家工厂把这十几间房改造成商店和饭馆，他也并不甘心，不断向有关部门寻求"真理"。他几乎为这十几间房得了神经病。

也许有了这个话口儿，孙老头儿才跟我讲起自己"吃"瓦片儿的发家史。自然，我没断了给他上供"红塔山"。那"小白棍"有时比用钢钎子掰开他的嘴容易一些。

对于人的智商高低，我以前总不太信服，我对马克思那句"天才就是勤奋"的名言深信不疑。其实，在现实生活中，人的智力高低，里面的差异大了去了。甭别的，拿我舅舅跟孙老头儿比，也许十个绑到一块，也不如孙老头儿一个。

大智若愚，一点不假！孙老头儿就是这路人，他的精明并没有写在脸上。

按他的岁数推算，北京城解放那年，他不到三十岁。据他讲，他十四岁进布铺学徒，那家布铺是山西人开的，并不是老字号。

但是那个山西人做买卖的精明不亚于"瑞蚨祥"。干到二十四岁，他觉得翅膀硬了，便自己闯天下。也不知怎么搞的，像旧北京多如牛毛的做小买卖的人一样，他一直干到北平解放，也没发起来，尽管他比一般人透着精明。

"本儿太小，这是一。也没有那么大的胆儿，去做投机生意，这是二。最主要的是那当儿税多。不纳税，逮住，真罚。国民党腐败这单说，可是治税上，有一套。"

孙老头儿大发感慨地说。

"您瞧，眼下，卖西瓜的，卖茶叶蛋的，卖冰棍儿的，马路边擦汽车的，一年都能闹个万元户，可是照解放前，您累塌了腰，辛苦一年，能混口粥喝就不错。现在是赚一个子儿是一个子儿，是多是少，都进了个人腰包。税是什么，谁管你税不税的！左不是也没人管。你说能不赚钱吗？"

孙老头儿并不想去做买卖了，尽管他瞅着那些摆烟摊儿的、摆煎饼果子摊儿的大把大把赚钱，也眼馋，但是他不走这一根筋了。他有九间房呢。吃"瓦片儿"，身不动膀不摇，他一年的进项，够百十号人吃一年的。

孙老头儿的私房有十一间，这是他解放前在生意口上扑腾十多年留下的基业。其实，刨根儿的话，这十一间房产也属"捡漏儿"。

1948 年，解放军包围北平城的时候，与孙老头儿住一条街上的姓李的大户人家，准备举家携细软逃往台湾。孙老头儿拿出家里仅有的一根金条，把李家的这十一间房买了下来。

解放后，孙老头儿的房子除自己住外，还租出去四间，不过那时的租金十分有限。"瓦片儿"并不值钱。"文革"时，孙老头儿的十一间私房除了自家住三间，其余八间临街房及独院被三家单位瓜分，一家是某公司的幼儿园，一家是粮店，另一家是体育用品商店。

据笔者所知，北京市的私房政策是从上世纪八十年代初开始落实的，政策主要解决"文革产"。到 1990 年，先后下达过不下三十多个有关政策的文件，其中以公占私房落实起来最困难。

您想呀，单位几十口子甚至几百口子人，没了房，就等于没了窝儿，上哪找"饭辙"去！所以，您让他腾退原房，等于让他扒骨抽筋，他绝不会轻易撒手。从政府来说，也不忍心让几十口子人挨饿，尽管按"政策"规定，有些私房本该归还给个人。但"政策"界限的边缘有时很模糊，那就看落实"政策"的人的倾向性了。稍微往这边偏一点，这房子是占住单位的；往那边偏一点，这房子就得归还给个人。

许多人不愿打"持久战"，耗不起这份神，所以，几轮拉锯战下来，便自动"缴械"，把私房给了单位。这里似乎没有什么"觉悟"可言。当然，"猫腻"的事是避免不了的。如果不屈心说的话。

孙老头儿早就看出这一步，他那被三家单位占用的私房，老实说，都处在落实政策的"边缘"。为了达到把原房要到手的目的，他对照着政策条文琢磨了一个多月。

他并不是像我舅舅那样地愚笨，听说要落实政策，像猴儿屁股着了火，急赤白脸地直奔"房落办"。结果狗咬刺猬不知从哪儿下嘴，两句话便让你没了词儿。在动手之前，他要详细地观察，运筹一番，该迈哪条腿，该蹬哪条道儿，该找什么神，他都要掰扯清楚。他不能像没头苍蝇乱撞一气。

"政策"条文下来一年，他按兵不动，并且撒出风去，他要把房交公，使占他私房的单位并没有看到别的单位纷纷腾退私房，而手忙脚乱地打什么主意。稳稳当当地，他们没有多心，没有猜忌孙老头儿在玩什么"花屁股"，因为照他们看来，孙老头儿猥猥琐琐的样子，没有多大的尿儿。

孙老头儿的高明之处，就在以假象迷惑人，狐狸的尾巴总是藏着的。姜还是老的辣，您不服不行。

孙老头儿表面上只字不提落实私房政策的事儿，可暗地里却把这三家单位内部情况，摸了个底儿掉。

你让人腾房，先得弄清楚人家别的地方有没有房，他的上级部门能不能给他房，他腾了房对工作有没有影响，这种影响有多大，他的上级部门对他是什么态度，等等，孙老头儿通过明察暗访，知道得一清二楚。

然后，他又去区"房落办"，打听谁负责他这几间房的落实政策的事。打听出来以后，他又从正面侧面反面，了解这个人的基本情况，包括家庭背景、个人经历、兴趣爱好等等，及至这些底都门儿清了，他才开始动作。

管他们那片儿的"房落办"干部姓冯，四十多岁，也是古董的玩家，尤其喜好收藏字画碑帖。但是爱好与真懂行是两码事儿，按他的岁数，孙老头儿认为是属于附庸风雅、玩不好瞎玩那一类。

他又打听到这名姓冯的干部，是某某中学"六七届"的学生，正好跟他二儿子是校友，又正好他的二儿子的一个朋友，跟他是一起上山下乡的"老插"。

于是孙老头儿找到了突破口。

他吝啬，而且吝啬到让人难以容忍的地步，但他是买卖人，买卖人在生意口上是讲"效益"的。他懂得钱捏在手心里，"下"不出小的来，好钢要使在刀刃上。他知道舍不了金弹子，打不着凤凰鸟。当他巧于心计，利用什么人时，也会在万不得已的情况下，吐几口血。

请客。孙老头儿这辈子做东开"饭局"有数的那么两回，请

"房落办"姓冯的干部算是一回。

"房落办"的这位冯干部比孙老头儿年轻。按孙老头儿的岁数和他的阅历，及北京的老礼儿，不该叫他老冯，可是孙老头儿觉得有求于人，叫一声老冯亏面子，并不亏实用价值。

他在称谓上，也能悟出高低贵贱和不用花钱所能达到的效果。拴"套"有多种方法，叫一声好听的，谁心里不觉得舒坦呢？

"老冯，请吧！"孙老头儿见到冯干部，屈尊地一连叫了好几声老冯。

酒过三巡，孙老头儿二儿子的那个朋友捅了老冯一下。也没说别的，干巴巴一句话："往后，孙大爷的事，就拜托给你了，冯哥。"

老冯这种事遇到得多了，自然心领神会。

孙老头儿在一边察言观色，他是在看钩上的鱼饵，拿得住拿不住这条"鱼"。

他一声不言语，只是想笑不肯笑地劝酒。这顿饭，他没露出一个"房"字。

临散席的时候，他指了指餐厅里墙上挂着的一幅山水画。

"玩吗？这个。"

"嗨，我是跟着哄。"

"得，我这个'老迫子'可圣人面前卖《三字经》啦。"

"您有？"老冯问。

"不多。"

"古的，还是'今'的？"

"不古，也没什么名气大的。有两张'扬州八怪'的。"

"嘿！行呀！这可是文物级的画啦。"

"不算什么，一幅是李方膺的，一幅是黄慎的。真不算什么。"

孙老头儿点到为止，不再说别的了。

几天以后，一幅黄慎画的山水画，由孙老头儿二儿子的朋友之手，交给了老冯。

老冯大大方方地收下了。

"这幅画绝对是真迹，故宫里的专家作过鉴定。"孙老头儿事后对我说。

孙老头儿见老冯把画收下，吃了"定心丸"。及至这时，他才"打开天窗说亮话"——甭费话，那八间房是我的，原物归还吧您呐。

孙老头儿此时才找占他房的主人说话。

某公司的幼儿园，自动让步，那家体育用品商店不甘心，找了几次"房落办"。有老冯在那儿戳着，孙老头儿心里有底。

再者说，他也打探出商店的上级公司有闲房。叫了一次板，体育用品商店打了退堂鼓，把房乖乖给孙老头儿腾了出来。

最难啃的是那家粮店。他一没房，二又拿出不能让老百姓饿肚子这面招牌挡驾，弄得孙老头儿有点儿坐蜡。粮店占的房子最多——四间。孙老头儿怎肯善罢甘休。

老冯真给他作劲，咬住了口——坚决腾原房。而且两天一道"令"，弄得粮店的头儿喘不过气来，最后由上级单位出面，不得不在另外一条胡同，现买了三间平房，找到了落脚之地，把孙老头儿的房退了出来。

真脆！孙老头儿稳扎稳打，不出一年，愣把别人看来根本要不回的房子，给"啃"了下来。

单凭这一手，凡是摸底的人，没有不佩服老爷子的精明的。

更绝的还在后头。

赶到孙老头儿把房契拿到手，房子关系什么的都办利落了，他玩了手"黑"的。

又是"同和居"。他做东，把上一回那拨人请到了一块。他要意思意思。

二儿子为老爷子的旗开得胜、马到成功举杯庆贺。

老冯自以为功不可没，难免不在众人面前扬扬脑袋。当然，他不愿意捅破那层窗户纸。

孙老头儿依然一脸木讷，不过脸比上一次更发沉，几乎能拧出水来，他不言声，只是时不时给大家满酒。

酒喝得差不多了，众人脸上挂了色儿。

孙老头儿凑到老冯跟前。

"老冯，我的那幅画儿，黄慎的'山水'，您赏得差不多了吧？"

老冯一怔："您这是……"

"噢，那幅画是我祖上传下来的，您看了以后以为如何呀？"

"……真迹，真迹。我请专家看过。"

"是呀，您品得差不多了，该还我了吧。"

"什么？"

老冯此时方知孙老头儿在跟他玩家伙，可是他久在街面儿上混，也不是软棉花套。

"那幅画，我送人啦。"

他也来了手硬的。

"噢，您送人啦？好好，送哪位爷啦？"

孙老头儿盯着老冯问。

"您以为您那八间私房，就那么好要回来吗？说句实话，不冲您家老二的面子，我不会使这么大劲，一幅画就能蹚出路子来？您想得忒容易了。我得跟头儿作揖去。我上头还有五六道关呢！您的画儿是好，可轮不到我头上，我给局长啦。"

老冯狠狠噎了孙老头儿一下。

"啊啊。好。好。"孙老头儿咧咧嘴不吭气了。

其实他早已把住了老冯的脉。老冯说的这些，只能给小孩听。他，孙博文，您想拿他当猴儿耍，真是错翻了眼珠儿。

两天以后，孙老头儿让二儿子的朋友给老冯递过话去，他要上法院告那位拿了他的画儿的局长。

老冯傻眼了。他万万没想到，末了儿让孙老头儿给涮登了。

"瞎菜"。老冯一点没脾气了！没得说，立马交枪吧。他不敢再斗下去了。

过了一个礼拜，那幅黄慎的"山水"，原封不动地回到了孙老头儿的手里。

孙老头儿——您说您不服他行吗？

还是那句话，姜是老的辣！

"斗法"袭用潜规则

八间私房顺顺当当地回来了。加上自住的三间，一共十一间。有这十一间私房，孙老头儿还怕什么？

做买卖？做买卖分做什么买卖。除了"官倒"，除了投机商人，孙老头儿以为，做什么买卖也没有"吃瓦片儿"来钱。

当然"吃瓦片儿"，也得会"吃"。"吃"不好，也有得"噎嗝"的时候。

他脑子里的小算盘又开始拨拉了。

先把十一间房拾掇得像那么回事，然后再找"鸡"来"下蛋"。

孙老头儿要回私房那一年，正是改革开放、国内掀起新一轮的"经商热"的时候。推倒山墙开门脸、做生意——服装店、百货店、饭馆……商潮滚滚，热浪灼人。

许多"下海"经商的人，相中了孙老头儿的十一间房，地理位置好，临街，交通方便，紧邻闹市区。上哪儿淘换这么地道的地界去？

许多"下海"扑腾的主儿相中了这十一间房，不断有人来踏孙老头儿的家门槛。

孙老头儿死不撒嘴。他觉得房子租给北京人开买卖，不牢靠。这些做买卖的主儿，不是"玩闹儿"，就是"生瓜蛋子"。租金说得挺好，回头买卖做得把他自己都赔进去了，还指望收租金？

孙老头儿的眼"毒"，租房先瞅人。您就是名片上印着合资公司的董事长或总经理，告诉他"家底"有几千万，他也绝不听你"白话"。

这年头，人嘴两张皮，能把死人说活的事一点不新鲜。任租房的主儿怎么诅咒发誓，孙老头儿"我自岿然不动"。您有脾气没有吧？

房子空一天，就是白白扔一把钞票，孙老头儿心里难道不起急吗？

起急归起急，老谋深算的孙老头儿是不见兔子不撒鹰。倒不是他想一口吃个胖子，而是求稳求准求狠。他手里的"刀"比谁都快。

两个月后，一位广东客商找上门来。

凭孙老头儿的眼力，头一面，他就瞅出这位"底儿"不潮，胃口也大。对孙老头儿提出的每间房出租的钱数一点不打折扣。孙老头儿先查人家的证件，后查人家的资金。这年头骗子多，他不能不防。

按孙老头儿的本意，把房子租给外地客商比较把稳。

其一，照当时的政策规定，落实政策的私房是不允许私自出租给他人的，出租给外地人，可以谎称是自己的亲属，随便说出个七姑八姨三舅五叔的，别人也不会去翻你的家谱。

其二，外地人敢进京做买卖，孙老头儿认为他怎么着手里也得有个几十万块钱垫底儿，甭管他生意如何，不至于赖房租。

其三，把房租给外地人，由于他对北京街面上的事不熟，可以小的溜儿地敲他的竹杠。

其四，他可以两头蒙事，瞒天过海，偷税漏税。

孙老头儿并不糊涂。他是"稳、准、狠"三个字并用。

广东客确是"大剌手"，为表示租房的决心，先请了孙老头儿一顿。

"全聚德"。广东人以为这是北京的正宗饮食文化。

孙老头儿把他的毛料子建设服，从箱子底翻了出来。三十多年没动，衣服锁在箱子里，小虫咬了两个小洞，他并不以为然。

体面。孙老头儿并不总是破衣拉撒的，他穿衣戴帽，也像花钱一样，懂得什么时候要"排场"。尽管这身早已过了时的行头，让人看了同样感到了那么不舒服。他想在广东人前摆摆谱儿，因为要谈生意。

广东人，不是北京人。他以为对付广东人，不能像对付北京人那样来弯弯儿绕，对广东人，上来就要来下马威。

广东离北京几千里，广东人不知他的根底。拿"款儿"，你说你是溥仪的小舅子，他也会信。

一只烤鸭，让孙老头儿吃了半只。老实说，常从"全聚德"门口过，就是舍不得进去一次。

酒，孙老头儿不喝，怕喝得晕得乎儿，谈生意时，让广东人给绕进去，焉知老广不拿"猫尿"迷糊人！

饮料，他也不喝，怕喝多了占地方，因为老广摆谱，烤鸭之外，还有五道菜，他不能让饮料把肚子占满。

不用算计，五道菜的钱，比饮料高出十几倍。再说那"可乐""雪碧"，喝那玩意儿，老肠老胃的不舒服，他以为不如回家喝茶。

老广却胃口很好，筷子一刻不停，将军肚眼瞅着又鼓起一圈儿。在孙老头儿的印象里，广东人的身上不长肉，可这位老板却膘肥体胖，一准不是那儿的"根儿"，孙老头儿不便多问。

吃，不能让话占住嘴。打了两个饱嗝儿，孙老头儿擦了擦嘴边上的油渍。

"那什么，房租的事，容我再核计一下。在你之前，有两个租房的主儿，九间房，一个月不少于一万五。按说这个价儿不高，您到北京饭店赁间房多少钱？"

广东人正眼瞅着他，心里掂量着这个数。

"你那可是旧房。怎么能拿它跟饭店比？"

老广并不是糊涂车子。

"旧房才值钱呢。您忘了那句话：东西越老越值钱不是。再者说它临街，单凭临街，就得值一万五。你不是想拿它开餐厅吗？"

"装修费得几十万。"

"你还赚呢？粤菜在北京吃香，买卖开起来准火。"

"等开了张，再给你添点儿。先给你每月一万怎么样？"

当时的一万还是个大数。孙老头儿心里有了底。

"一万？得。算您今儿这顿烤鸭白请了。我再够朋友，也不能背五千块钱的窟窿。别忘了，一个月赔五千，一年是多少？"

"您这是……"

"这九间房，我租别人了。人家可给一万五。"

孙老头儿拿起帽子，站了起来。

"等等。我再让您二千块。租就租，不租就拉倒。"

老广咬了咬牙，看起来，他也不十分地硬气。

孙老头儿又坐下了，颇显城府地说：

"一个月一万二。给现金！"

"行。"

"不过咱们既是朋友，得立下个君子协议。"

"什么协议？"

孙老头儿咧开嘴，想笑又舍不得笑。

"头一档子事，咱们得挑明，每月的月头，您得先付钱。到时，拿不出钱来，可别怪我'小人'。第二，对外您得给我保密，左邻右舍有问起这码事的，您就说每月给我点儿零花钱，您是我的远房侄子的姑爷，咱们是沾亲带故。怎么样，这两条不算我把你当'大头'吧？你能不能答应？"

老广咂摸了一下，觉得这两个"条件"尽管与租房本身不贴谱儿，但是跟自己的利益没有多大妨碍，便点了头。

"行，行。"

"你在北京街面儿不熟，有用得着我的，比方说跑外，联络个人张罗个事儿唔的，尽管说话，我能帮得上忙，不会站'干岸'。"

"那太感谢您了。"

广东人反倒觉得孙老头儿挺"仁义"。

孙老头儿东绕西绕，还是把老广给搁里头了。

他开始实施自己的第二步行动计划：让儿女们腾房，滚蛋！

私房下来后，孙老头儿的二儿子和大女儿便住了进去。当时孙老头儿如此开恩，是为遮人耳目，把单位给他腾出的空房都占住。现在他要租房。儿女，对不起了，有房没房，也得腾！孙老头儿历来是认钱不认人，儿女也如是。

大女儿央告他给两个月的宽限，她找单位头儿去"磕"房。二儿子却显得理直气壮，干脆赖着不走，他以为这八间房能要回来，他立下了汗马功劳。

孙老头儿有办法，不走没关系，九间房已出租，并且立下了"字据"，到时候，让老广找人把大女儿和二儿子的东西，都搬到他住的那两间房里，你们不是不走吗，咱们一块挤。看你有没有脾气。

大女儿先没了脾气，她丈夫在科学院工作，分得的房子还没下来，先租了两间农民房，不跟老头儿喘这份气了。

二儿子有脾气，他是中学教员，没处现淘换住房去，他赌着气跟老头儿一块住，那意思是想把老头儿挤对急了，让步。

孙老头儿可不是那么好捏鼓的，你不是不走吗？好办。他来了个"徐庶进曹营，一言不发"。但是他养了两只猫、一窝家雀儿，跟你添堵，起腻。

二儿子结婚晚，小孩刚三岁，怕猫，整天吓得嗷嗷叫。孙老头儿还有"黑"的，买了一包泻药，抽不冷子，往自己亲孙子的饭碗里撒点，弄得孩子成天价跑肚拉稀。

更绝的一招儿是，大夏天的，他只穿一个三角裤衩，鹤骨鸡肤地在二儿媳妇面前晃来晃去，有时干脆光眼子往床上一躺。七十好几的人了，他满不在乎，弄得儿媳妇臊眉耷眼的，在家里没法睁眼。

媳妇最后跟丈夫摊了牌，不找地方走人，干脆就离婚。不出两个月，二儿子的脾气也没了，跟朋友张嘴，临时租了间房，溜之乎也。

孙老头儿把儿女们统统赶走，自己占着两间房，尽够住的了。每月干拿一万二的房租。他身不动膀不摇地吃起"瓦片儿"来。

"'瓦片儿'比人民币值钱！"

他自认为这个理论高明。

"算算吧，九间房，一年是多少钱？"

我听后哑然了。

老广把那九间房扒倒，重盖了两层楼的粤菜馆，门面装修得挺豪华，生意透着红火。他每月按时交房租，一分不少。

孙老头儿真是锅沿上的油渣儿！

老牛花心吃"嫩草"

我曾试探着问过孙老头儿。

"您手里那么多钱，儿子闺女是不是也跟着沾了光？"

孙老头儿的小眼睛眨了眨，嗓子眼儿嘿喽了一下说："他们想沾我的光？姥姥！"

"那您留着这么多钱，带火葬场去？"

"我有我的安排，你甭操这份心。"

他说话向来不给人留面子。好在我已习惯了。

经过我的一番盘问，我才得知原来孙老头儿跟儿女们在情感上有点磕口儿。

"文革"初期，孙老头儿作为小业主，有点儿灰。按说，小业主归不到"黑四类"或"黑五类"里头去。可当时，他的两个儿子挺"革命"，把孙老头儿的隐私抖搂了出去，要造老子的反。

大儿子发现他藏着国民党时期的钞票，票面上有蒋介石的头像。二儿子从柜子里翻出个国民党党徽。这两条"罪状"，把孙老头儿弄了个"历史反革命"，撅着屁股挨了几次斗。

临完，还把家给抄了，庆幸的是老头儿预先把不多的一点儿古玩字画藏了起来，才没造成太大损失。

说起来，"文革"那会儿，"革命"口号震天响，年轻人难免有脑子一热"发高烧"的时候。再说，"文革"后期，两个儿子上山下乡之前，也一把鼻涕一把泪地给在医院里躺着的孙老头儿赔了罪。当"老家儿"的也该原谅他们，不管怎么说，也还是血缘关系，骨肉之情嘛。可是孙老头儿到死也不肯饶恕自己的儿子。

"我算把他们看透了。指望不上！"

他一提起这两个儿子，就气不打一处来，下巴上的白胡茬儿抖个不停。

大儿子从陕西回京，他问也没问。二儿子结婚办事，他一个子儿没掏。尤其是老大，他直到现在也视如路人，见面不说一句话。对老二的态度，前面那几件事已说明问题。

孙老头儿的老伴，是头几年去世的。据孙老头儿对我讲，老伴是个很本分的家庭妇女，脾气不错，家务事儿也挺能干。

我暗忖，他老伴如果不是贤妻，冲他这种"独"劲儿，气也气死了。但是也未准见得，据我后来的观察，孙老头儿"惧内"，唯一能降服他的就是女人。

老伴死后，他一直孤身独处。儿女已基本上跟他断绝了往来。1984年，他靠"吃瓦片儿"发家之后，突然感到寂寞的生活里好像缺点什么。

缺什么呢？——女人。

一个家庭，如果离开了女人，不但塌下半边天去，而且生活中也失去了阳光。

孙老头儿也是人，他也需要太阳。

按他的心气儿，不能找半路夫妻，因为他的产业并不想便宜了外姓人。按他的岁数，似乎只能找个没牙的老太太，而老太太必是有儿女牵挂的人。

他的智慧运用到找女人身上，也令人惊诧。

他不找媳妇，找保姆。而且他找保姆，专要外地的大姑娘。

他找保姆出的价儿，比一般人高出几倍，一个月五百块钱，管吃管住，当然还管其他。

他奔崇文门"三角地"和厂桥"一面墙"溜达了几趟。这两处是京城非法劳务市场，到这"撂单儿"的百分之百是外地进京淘金的主儿。他之所以上这来找人，自有一番用心。

底牌一亮，那些谋职心切的外地打工妹争先恐后。一个月五百块，这的确是个诱人的数！

孙老头儿挑来挑去，选中一个叫凤兰的安徽姑娘。

凤兰年方二十，相貌姣好，长得亭亭玉立，又知书达理。进了孙老头儿的家门，尽显女性之温柔，对老头儿关怀备至，体贴入微，而且手脚勤快，干事麻利，把孙老头儿的家拾掇得干干净净。

很显然，孙老头儿遇到这么个黄花姑娘是枯木逢春，心中自然充满喜悦。

"五百块钱。值！"

他不止一次对我念叨这事。

当然，项庄舞剑，意在沛公，孙老头儿找的绝不仅仅是能伺候他的保姆。

饱暖思淫欲，饥寒发善心。这是古人在论的。孙老头儿虽说对男女之间的事，已是强弩之末，势不能穿鲁缟。但是与年轻貌美的保姆整日厮守，怎能不生爱慕之心。何况他，找保姆并不是单为了找保姆。

不出半年，关于这个面容可人的安徽小妞，与风烛残年的孙老头儿的暧昧，便在胡同儿里飞短流长起来。

别看孙老头儿抠得都掉渣儿，但是对凤兰却显得十分慷慨。由打凤兰进了孙家门，孙老头儿便开始从头到脚地打扮她，每月花在衣服上的钱，比五百块钱薪水不少。

凤兰。我接触过几次，别瞅刚二十出头，却挺有城府，说话表情和举止，使我联想起《红楼梦》里的王熙凤。大概是近朱者赤，近墨者黑。她在孙老头儿身边已待了三四年，刚进城时的那种柴禾妞儿的淳朴厚道，已然被孙老头儿的世故所淘尽。

见她的头一面，绝对看不出她是安徽小保姆。由不得你往那方面想，她的嘴头子，尖刻得像把小刀，甚至连乡音也一丝不见。

当她花枝招展、舞眉弄姿地在胡同儿来来往往时，难免招来一些闲言碎语。可她却对这些拉舌头扯簸箕的话，置若罔闻，很大气地冲人们展示着自己的风采。

不知是钱"拿"得她如此，还是她果然入乡随俗，完全城市化了。

有人说孙老头儿最近一个时期，常到药铺买壮阳的补药，而且很快又传出凤兰到医院打胎的新闻。

不过，这些纯属人家的隐私，我不便深问。当然，即便问，又能问出什么所以然来呢？

凤兰去医院打胎的事，到了儿也没得到证实。但是孙老头儿吃壮阳的补品，却得到了印证。因为这些补品，就在屋里的桌子上摆在明面儿的。

绯闻引起了孙老头儿二儿子的忌恨。

这位被老爷子"扫地出门"的中学教师，为显示清高，已然跟老爷子彻底掰了，几乎不再登门。但是这次他实在搓了真火，他把老爷子的咨蒥和对儿女做的绝事，统统归罪于这个"柴禾妞"。凤兰在他的眼里如同《聊斋》里的狐狸精，无论如何，他也要灭这小妞儿一道。

二儿子托人，把凤兰叫出来单谈。

一是一，二是二。二儿子自认为口才在学校里出类拔萃，两句话便可以"见血"，寒碜这个小妞儿一下，让她趁早断了"吃"老头儿的念想，打道回府。

谁知，他碰上了硬茬儿。凤兰的嘴不是好惹的，她伶牙俐齿，反唇相讥。两个回合，老二便败下阵来。狐狸没打着，反倒弄了一身臊。

"也不知老头儿怎么调训的，这小妞儿，真他妈的厉害！"

老二事后，对我愤愤不平地说。

"人家已是你爹的心上人了，谁也奈何不得。"

我给老二上了点"眼药"。

"真他妈的！"

老二要不是气急了，不会有失当教师的身份，当着我的面，骂人。

"可是您真的生气了，又能怎么样呢？"

"没辙，真的，一点儿辙没有！"

他对孙老头儿算是死了心。

"你说她是怎么把老头儿的魂儿给勾了去呢？"

他不可思议地问我。

"姿色，也许是吧？在他看来姿色也是一种商品。"

"他可是快到八宝山报到的人了。"

"正因为如此，才显得更加贪婪。人的占有欲，并不因为生命的即将结束而有所节制。"

"一点儿不假。"

他似乎也赞同我的这种解释,不过对自己的父亲,他依然难以理解。

"你说这老头儿真会娶了她吗?"

"我看出来,他会便宜了这小妞儿。"

我觉得老二的书生气比我更甚。

我的话不久便得到了印证。

年初,孙老头儿与小保姆凤兰到办事处办了结婚登记手续。

凤兰——一个二十多岁的安徽小保姆,成了四十五岁的老二的"后妈"。

不管你睁眼还是闭眼,这是现实。

老二知道这个消息时,真想找个石头缝钻进去,他为那个老没出息的父亲而脸上发烧。

但是,我觉得让老二不能容忍的,不仅是有个二十多岁的"后妈",最主要的是老爷子的遗产,这下子另有归属了。

谁也束手无策。很显然孙老头儿娶下比自己小五十岁的丫头,就是要让儿女们彻底失望。

"还是那句话,闺女儿子,都给我玩去!"

孙老头儿咬牙切齿地对我说。尽管他的牙是假牙。

在商品经济的社会里,人的一切都可以成为商品,包括人的良心,也包括人本身。

不管你是否承认,但事实就是如此。

如果说一个人就是一本书的话,那么把孙老头儿的人生写成一本书,可以从中透视出人生许多最丑陋最阴暗的东西。

孙老头吃瓦片成了款爷，第一件事就是到人力市场选个伺候他的黄花大姑娘风兰当保姆，这可真让他有一种枯木逢春的感觉

很显然，在他的眼里，与其说娶了凤兰这样的一个大姑娘，不如说买了一个大姑娘。

凤兰既是他的媳妇，又是他买到的商品。

谁也能看出，他们之间根本不存在什么爱情。尽管凤兰对孙老头儿一直挺好，但这也是以牺牲自己青春为代价的一种物欲的追求。

我本来可以就这种现象本身作一些分析，但是，我依然想知道孙老头儿的真实想法。因为，仅从现象分析，难免有一些主观臆断。

我准备再请孙老头儿一次，否则他不会跟我说实话。

还是第一次吃饭的那家个体餐馆。怕他再用小刀旋我，我先入为主，点了几样菜。烟，还是不敢降低档次，"红塔山"就"红塔山"吧，反正就一盒的事儿。

老头子的那双深陷的小眼睛，闪动着狡黠的目光，他已看出来，我准备"套"他的话。

不过，他不准备打埋伏，因为我掏腰包做东，"套"他的话，也是顺情顺理的事。在他看来，他说话本身就是商品，就有价值。

我想起上次"三河刘"的话茬儿。有了那次经验，我不敢游离谈话的主题，给他来了个"单刀直入"。

"凤兰这人不错。"

我先"烧"他一句。

"怎么着，你也看上她啦？"

"我？我哪敢有这种奢望？人家可是黄花闺女进的您的门儿。"

"馋眼喽！真，你这个当记者的馋眼了。"

"怎么话儿说的呢？"

"她已然破了瓜。"

"难道说她结过婚？"

"那倒不是，现在的姑娘，唉，都难说。"

"您没刨刨根儿？"

"能不刨吗？敢情在农村，她有过一个爱人，俩人处得不错，可是家里头不愿意。他们已然有过那事儿。她没了辙。她爸爸那意思是让她嫁个小木匠，她不干。逃婚。她是逃婚，才上北京来的。瞒不过我去。别瞅我老，我那物件还管事，上床一试就全明白了。但是我不冤。真，你说凤兰的模样标致不？"

"还说得过去。"

"这不结了。我这么大岁数，还指望她跟我过几年？行嘞。到老，能搂上这么个温柔体面的姑娘，也算艳福不浅。"

"是这话。连我都羡慕您呢。"

我顺着他的话，又"烧"了他一下。

"得了，别跟我这儿玩哩哏儿愣了。你年轻轻的，会羡慕我这老头子？"

"我佩服你的手腕儿高，能把这么顺溜的大姑娘弄到手。"

"弄？说这话你就左了。不掏钱，她会跟我吗？假如说我穷得叮当响，她能登我的门槛？"

"这倒是。"我点点头。

"咱们算是友儿了。今儿是你请我，我说话不能跟你隔肚皮。我这是掏钱把她买进门的。"

"买？"

我装傻充愣地问。

"感谢共产党的好政策，让我用几间破房子发了家。你知道，我现在手里的钱，光吃利息，到死也吃不完。过去人们发财讲究买房子置地，现在人们发了财，也讲究买房买汽车买字画买宠物儿什么的。可是你说我这么大岁数了，买房买产业，我留给谁？"

"是呀，您留给谁呢？"

他苦笑道："买汽车，我也开不动；买字画，我又不愿花那份冤钱。我藏着的那几幅画，你说眼面前那些倒腾画儿的，谁有？买宠物？你没听说吗，一条上等的哈巴狗，就得交派出几十万。临完，还得伺候它。我不干那傻事。我他妈的花钱，买个大姑娘，多滋润。一个月五百块，你说是不是？甭用我操心，她伺候得你舒舒服服的，这不是一乐？何况她还跟我相依为命，疼我，照顾我。这不比花钱买只狗强？！"

我对孙老头儿的这番话，不禁脊梁沟直冒冷汗。

商品意识已渗透到了他的汗毛孔里了。

孙老头儿抿了口酒，干笑了一下。

"你说这钱，我花得值不？值！这且比把钱便宜了我那两个不孝的儿子强。人一死，万事皆空。谁也如是，钱再多也不能跟着你一块去八宝山。我已然是奔八十的人了，身子骨并不大结实，撑死了，能活上十年。而凤兰到那时不过三十出头，另找主儿也不迟。我不耽误她。她人不错。你说老了老了身边有这么个可人疼的大姑娘就伴，不比花十万二十万的弄条狗养着强吗？人非草木，都讲个良心，我不白让她为我牺牲。我跟她结婚，就是想让她得到点什么。错来，我这个岁数，结不结婚，还不是味儿事？但是我不能真拿人家姑娘当动物养着。我已然立了遗嘱，所有的产业都归凤兰。"

真是石破天惊！

孙老头儿的心计，可以说算计到家了。

原来装穷有玄机

有个谜底，我始终绕不过来。

既然孙老头儿也知道钱是身外之物，他已经成了暴发的"款爷"，装的哪门子穷呢？他这把岁数了，完全可以胡吃海花，在高消费领域里滋润滋润，干什么抠抠唆唆地委屈自己呢？

也许是越富的人，越抠门越小气。

美国有个记者为了验证此事，乔装打扮成乞丐，给他施舍的多半是贫穷的人，而那些富翁竟舍不得扔给他一个小钱。

我甬用化装成乞丐，在孙老头儿这儿已经得到了验证。

但是，我对他装穷，依然不可理解。

自从他跟凤兰登记结婚以后，他把那九间房以一百万元的高价，卖给了那个老广。之所以扔了这个"金疙瘩"，他是出于两个目的：

一是他出租九间房，五年来没交个人所得税；而他的二儿子放出风去，要告他偷税漏税。有消息说税务局也要查他，他不能往枪口上撞，见好就收。他又玩了一手，卖房的一百万，他按规定缴了所得税，不但将以前的一笔勾销，而且还受到税务所的表扬，气得老二干瞪眼。

二是，他又瞄上了一个更"黑"的赚钱之道——放高利贷。按他这五年收的租金和卖房得到一百万，加在一起，他已是有二三百万的富翁了，他把一半的积蓄存到银行里吃利息，另一半则放高利贷。他放出钱，是"驴打滚"，一年，就能把本赚回来。

我认识的一个朋友，想跟人合伙做一笔三合板的生意，当时急需三十万块钱。他找我想办法，我想到了孙老头儿。

我的那个朋友跟孙老头儿见了一面，结果没谈成。

"这老家伙太'黑'，他要百分之五十的利！少一点儿都没退身步。"

我的朋友跟我嚼牙花子。那笔生意末了还是"黄"了。不过，他对孙老头儿留下了极深的印象。

有一次，我们一起闲聊天，话题转移到孙老头儿那里。

"世界上什么人都有。真想不到会有孙老头儿这样穷酸相的'富爷'。头一眼，我还以为他是要饭的呢。"

我的这位朋友摇着脑袋说。

"他像个演员，那身行头，不过是道具罢了。"

"干吗要玩这'花屁股'呢？"

"只有他自己心里明白。"

"不可思议。"我的朋友深感疑惑。

几天以后，笔者再一次光顾孙老头儿的寒舍。

令我吃惊的是他换了一身新装。脸上的胡子也像是刚刚刮过，脑门子上泛出点红润的亮光。

凤兰笑着给我让座，并沏了一杯茶。她似乎看出我的惊诧，莞尔一笑。

"我们刚从广州回来，我们当家的这辈子还没坐过飞机，说要过过瘾。"

原来如此。

"人是衣服，马是鞍。您穿上这身衣服，起码年轻十岁。"

我跟孙老头儿打了个哈哈儿。

"好时候没有喽，老坷垃丸了。真！"

他干枣似的脸上裂开了几道核桃纹儿，头一次看他有这么得意之色。

"今儿，我请你喝两盅。"

"怎么，太阳从西边出来了？"

"不瞒你说，我活这么大，没碰上这么好的买卖。"

"什么买卖？"

"你上次看到的那对'三河刘'蛐蛐儿葫芦，让我在广州找到了买主儿，人家可是真行家。台商，也是老北京。"

"您多少钱出手的？"

"猜猜看。"

"您五十块钱买的，能卖五百不能？"

"五百？哼，五百，我还留着呢。不蒙你，五万！"

"五万？"

惊得我手里的茶杯差点儿没摔了。

"真是让人难以想象！"

我有些难以置信地惊叹道。

如果不是他得了一笔意外之财，他不会开牙请客。我踌躇一下，决定感受感受老爷子破天荒的慷慨。

不过吃他这顿饭，还不如让我回家去嚼方便面。

一盘花生豆，一盘凉拌黄瓜，四个松花蛋，一瓶"二锅头"。这就是这位百万富翁请我的"宴席"。

不过，按他的人头，也只能如此。这还得说他在这儿开了点面儿。

两杯"二锅头"下肚，我开始跟他"逗"话。

"我想您这趟广州，不会就捡这么一个便宜吧？'三河刘'，搂草打兔子，一准是捎带手的事儿。"

"还是你小子会看人。你说我能花好几千块路费，白跑一趟吗？"

"又'咬'上什么啦？"

"老本行，'吃'房地产，我这次去，把家底都扔在那儿了。"

"多少？"

"二百五十万。我在惠州买了一块地。"

"照这么说，您还想扑腾一下。"

"我琢磨着这身子骨儿还行。"

"行。我真服您了！"

"买卖地里刨食出来的，看着甜买卖不干，手痒痒。就跟你们写东西的人一样，一天不让您动笔，您心里别扭不？人吧，没辙。跟钟表一样，上满了弦，不到咽气那天，停不了摆。"

他冲我诡秘地一笑。

我突然感觉他的确年轻了，倒不是因为他换了身行头，瞅着比原先顺眼了，而是他从广州回来，心比过去年轻了，也许是受南国之风熏了一下的过。

"可是，您干吗舍不得扔那身行头呢？"

他摸着光秃秃的脑袋，喷出一口酒气，打了个沉儿道。

"问这话，你可就'年轻'啦。"

"哦？"

他跟我要了一支烟，点着，望着袅袅的氤氲，用低缓的语气道：

"我老了，真的老了！我这号的怎么敢像年轻人那样夸财显富？手无缚鸡之力，来个贼，我没有任何还手的能力。俗话说，不怕贼偷，就怕贼惦记着。眼下，黑道上的人专门盯着我们这号的大款呢。你说我花钱雇俩保镖值不当的。除了贼，税务工商，也盯着我们，生怕在我们身上跑了税。还有这个基金会、那个协会，名堂多了，到时候让你捐钱，让你出资，你说你出不出吧？出，露了富，下次还找你。不出，说你富了忘了国家，没良心。我呀，干脆，来个不露。你说我那身行头，扔不扔吧？人不能太露脸，你忘了那句话了，人怕出名，猪怕壮。猪一壮实，离挨宰就不远了。夹着尾巴做人，没错儿！"

我恍然大悟。敢情孙老头儿的"道"并不仅在生意口儿上。做人，他也另有一套"哲学"。

他实在是一本年轻人读不懂的"书"。

与其说是"房虫儿"，不如说是社会的"虫儿"。

在商品经济的海洋中，孙博文老头儿是一条"古船"。

与那些新崛起的年轻大款相比，他的观念以及他的处世之道，已然落伍。

但是，令人不可思议的是，这条已经陈旧的"古船"，为什么能再扬起风帆来呢？

『古玩虫儿』的江湖

掏钱要买正阳门

他要买前门楼子！您说邪不邪吧？！

北京的正阳门，老北京称之为前门楼子。它是故都的象征。

离此不远的大栅栏，被经济学家称作极具中国文化特色的北京"银座"。

这个弹丸之地，每天的人流量达到四十万。

改革开放之前，大栅栏地区的店铺鳞次栉比，多是"清一色"的"国营"，如今临街的低矮破旧的房屋已一个个地打开了门窗，往日不堪入目的破山墙，摇身一变成了富丽堂皇的铺面房，服装店，百货店，古玩铺，食品店，发廊，餐厅……这一地区有营业执照的个体户已达一千多，而被称之为"游击队"的无照商贩几乎是这个数的三倍。

如果在大栅栏地区，有一间八平方米的小房，即使不做买卖，干吃"瓦片儿"（房租），一年也能收入两三万元。

据工商和税务部门按照个体经营者纳税率为百分之十五至百分之五十来估算，在此安营扎寨的"坐商"平均年收入不少于二十万元。

大栅栏地区的确是淘金者的理想天地，在这儿，摆摊卖茶叶蛋，年收入都在万元以上。卖冰棍，卖大碗茶，一个月赚不到两千块钱，不是缺心眼，就属窝囊废。

历史上的大栅栏地区，是京城有名的"穷人区"。

1977 年的一份调查报告表明，当时这里的住户，人均生活费最高的为二十三元，最低的九元，平均月生活费用仅为十四元左右。而改革开放以后，这里的住户百分之六十经商，万元户在这儿已算是贫困户了。

1993 年 4 月 1 日是"愚人节"，《中国青年报》的编辑跟读者开了个不大不小的玩笑，称前门楼子要公开拍卖。大凡有点头脑的人，一看就知道这是"愚人节"的"佐料"。

可是，想不到竟有人信以为真，电话打到了拍卖市场，询问开价是多少。假设有谁幽默一下，告诉他，前门楼子拍卖价是两千万。那位敢问价的大款，一定会一口"咬"住：我要了！

这绝对不是愚人之说。

老北京有句调侃的话："你有钱不是？去买前门楼子去！"

显然这是因为"前门"与"钱"是谐音。而这句话，只是一种臆断，老北京人，即使是最富有者，家产也不过几十万。

1953 年，北京市统计局统计，全市的私营批发商二百四十八户，从业人员九千零七十人，总资本一千二百九十六万元。其中私营大批发商四百七十七户，占百分之二十三点三，从业人员五千二百一十三人，占百分之五十七点五，资本八百五十四万元。

两千多批发商的资本仅一千多万元，如果比起九十年代发迹的大款来，真是小巫见大巫了。

在受"愚弄"提出要买前门楼子的"大款"当中，有一位绰号"大鼻涕"的人。

"大鼻涕"，大号罗银水。他是从小看着前门楼子长大的。他的出生地与前门楼子仅一箭之遥。

二十年以前，在大栅栏地区，罗银水的一家属于"赤贫"。他那靠糊纸盒补贴家庭生活的母亲，在他十岁那年，因为他跟姐姐争吃一个窝头，而十分不情愿地扇了他两个耳光。这两个耳光随同母亲打他时说的一句话，深深地铭刻在他的心头。

那是北京人常说的一句话：谁让咱没钱呢！咱有钱早买前门楼子了！

可怜巴巴的罗银水，睁着一双贪婪的小眼望着那个窝头，他的肚子饿得咕咕直叫。而姐姐正准备用这个窝头垫底，参加初中升高中的考试。

"我们为什么这么穷？"

"怨你命不好，落生在这个家。你要是生在阔人家呢？我不会因为一个窝头打你的嘴巴。"

母亲似乎所答非所问。

"等着吧，我长大要当富翁，有好多好多的钱。"罗银水赌着气，随口这么一说。

"你呀，做梦去吧！你要有钱，我把前门楼子卖给你。"

母亲哪有资格去卖前门楼子？买前门楼子像梦一样，离现实那么遥远。

二十年后，罗银水真成了百万富翁。他也许还记得母亲说过的那句话。

母亲早已经作古。她的遗体已经化作一缕青烟，假如照迷信的话说，她的灵魂还在，一定会为当年的那两巴掌而感到惶愧，也会为儿子的富有而觉得欣慰。

是为了母亲当年的那句话，才动意去买前门楼子吗？甚至忘记了那本是一个荒唐的玩笑。

罗银水不置可否。

他淡淡地一笑，对我这个贸然光顾其豪华寓所的记者，说了一句令人玩味的话：

"我只是想证明，我有能力买前门楼子，而并不在乎它是否真的要卖。"

前门楼子是国家一级文物保护单位，它怎么会卖呢？但是我的同行们的一句玩笑，却引出了许多荒诞的故事，以及当你咀嚼这些荒诞故事之后的丰富联想。

想买前门楼子的人到底有什么背景？他是怎样的一个人呢？

一个嘴巴终身痛

罗银水不会忘记自己凄惨的童年，就像如今他衣冠楚楚地手提"大哥大"，驾着自己的"奥迪"，在胡同儿里炫耀时，人们没有忘记他的"大鼻涕"外号一样。

愚人节这一天大鼻涕还真要买前门楼子

他的父亲老罗，一个解放前靠拉洋车蹬平板，解放后当了送煤工奔嚼谷的典型的老北京城市贫民。

像许多老北京一样，老罗啃着窝头就大腌萝卜，并没耽误娶妻生子，而且一口气儿生了三男四女。

尽管老罗坚信"早生儿子早得济""多子多孙多福气"这些古训的真实性，但是多生一个孩子，多添一张嘴。他的幻想被严酷的生活现实所破灭，他掉进了难以摆脱的贫穷之中，直到他咽气，他也没有享受到"得济"的滋润。

解放后，这位"骆驼祥子"成了送煤工，他的工资在这个九口之家，成了杯水车薪。那时，他全家的平均生活费仅为九元。让他百思不解的是当时社会的贫困线是八元，也就是说只有每月不足八元钱生活费的人，才能享受到国家的救济金，而他不多不少刚好在贫困线的边缘。

他没有资格去向国家申请救济金，也许这是对他一口气生了七个孩子的惩罚。这一点，直到他临去"八宝山"才幡然悔悟。可是假若他悔悟得早一些，也许就没有了本篇的主人公罗银水。

罗银水的母亲尽管为老罗生了九个孩子（另外两个在月子里夭折），但是依然保持着壮实的体格。老罗套上了那副活"枷板"，似乎永无"卸套"之日。

为了解脱不能助丈夫一臂之力的隐忧，她只好去街道纸盒厂，拉回一车车纸壳板，每天靠糊纸盒来贴补清寒的生活。

糊一个鞋盒二分钱，糊一个点心"匣子"三分。一天糊一百个，才两块钱。罗银水的母亲没有那种神奇的速度，一天最多只能糊五十个，挣一块钱。殊不知，当时的一块钱，也许比二十年后罗银水在高级饭店里花两千块钱摆的一桌酒席"金贵"得多。

穷。罗银水一家穷到什么份儿上呢？据他本人回忆，七个兄弟姐妹睡在一张木板床上，而他的大姐那时已经上了高中。他的父母睡在一张单人床上。他们一家人的住房面积仅为十一平方米。平均每人不够两平方米。每天早饭是窝头，中午饭是窝头，只有晚饭能吃上米饭或白面馒头。

母亲为心疼劳累一天的父亲，有时特地炒两个菜，七个孩子先让父亲吃，吃剩下才有他们的份儿，而那两个盘子里往往仅剩下一些不见油星儿的菜汤。

有时父亲也怜悯自己的儿女，母亲端上来的菜，他只动两筷子，便说吃饱了。而孩子们见此状却又舍不得去争去抢了。家里只有到逢年过节，才能吃上一顿饺子，吃上带点荤腥儿的菜。但是碟子里的肉，也轮不上一人一块。

罗家的穿衣很有特色，母亲会过日子，算计得很周全。一件新衣先让老大穿，然后按顺序往下排。罗银水是"老疙瘩"，轮到他这儿，不是缝满补丁，就是长袖衣服，让母亲改成坎肩了。

在罗银水的记忆中，长到十岁还没有穿过一双新鞋，也没有穿过一身新衣服。

有一次，他的小学教师，看他穿的裤子已经露出了身体最隐秘的部位，觉得有伤风化，掏钱为罗银水买了一身新衣服，送给他，但是母亲觉得新衣服让"老疙瘩"穿委实可惜了，便把衣服让给了他的哥哥。

挨饿是罗银水常有的事。冬天，他穿着缝着补丁的棉袄，在夜深人静的时候，悄悄地溜到副食店门口，在人家扔出的筐里捡"洋落儿"。

他的脸上永远挂着黄黄的鼻涕嘎巴,那嘎巴好像洗也洗不掉,所以胡同里的大人孩子都叫他"大鼻涕"。这个不雅的绰号,直到1971年,他分配到京郊的一家酱油厂当学徒工以后才改口。

笔者在这里如此详细地记录下罗银水一家昔日的困境,绝没有"忆苦思甜"的意思,而只是想向读者提供用来前后对比的背景材料。因为用罗银水自己的话说,他十六岁以前,一直生活在"地狱"之中,而三十六岁以后,是生活在"天堂"里。

何谓"地狱"?何谓"天堂"?细心的读者自会辨析。

有一件事,罗银水是终生难忘的。就像有人在他脸上捅了一刀,留下一道痕迹一样。什么时候照镜子,都会想到这个疤痕的来历,记起给他留下这道疤的那个人。

那年冬天,林子家里来了个坐卧车的阔亲戚。

林子比罗银水大三岁,是他哥哥的同学。林子的父亲是中学教师,母亲是医生,他的爷爷是解放前上海的资本家。他家虽算不上富有者,但是在这条居住着以普通劳动者为主体的胡同儿里,已属"大宅门"了,他家是独门独院。

当那辆半新不旧的"伏尔加",停在林子家门口时,立刻成了胡同儿里那群孩子眼里的新奇物。孩子们好奇地摸着汽车上作为标志的那只电镀的小鹿,摸着尾灯,摸着车门。

也许他们在用惊羡的心理,做出这些抚摩动作时,会生出种种属于少年世界的奇妙联想。罗银水当时是什么想法,我们不得而知。但是看马路上奔驰的汽车,是每个顽皮的男孩所共有的偏爱。

罗银水正是出于这种童心，才使他一时忘掉了自己"大鼻涕"的绰号，忘掉了自己生活的凄楚给他留下的阴影，他甚至像当时的阔家子弟拿到父母所购的玩具汽车一样欢喜，尽管在他的记忆当中，他从来没有享受过这种欢愉。

他的父母没有给他买过一件玩具，他能回忆起来儿时的两样玩具是烟盒叠成的"三角"和玻璃弹球。"三角"是用捡来的废烟盒叠的。弹球，则是他用"三角"跟别的孩子换的。父亲给他买过的唯一玩物是两张"洋画"，那还是厂甸上出售的处理品，一大张两分钱。

"伏尔加"的诱惑，使罗银水忘乎所以，他沉浸在幻想之中了。他的手不由自主地拉开了车门，并且淘气地坐在了驾驶员的座位上，学着司机的样子，握住了方向盘，也不知道怎么搞的，他按响了汽车的喇叭。

他没想到这下惹了祸。

喇叭声提醒了正在林子家喝茶的汽车司机，刚才进门时，他一时大意，忘了锁车门。当他出来，看到一群孩子围着汽车连摸带上时，一股无名火撞击着他。

他一把拽住了在车里正扬扬自得的罗银水，二话不说就是一记耳光。只有十一岁的罗银水便被这突如其来的羞辱，惊得哭了起来。

林子不知什么时候从司机身后闪出来，照着罗银水的屁股狠狠地踹了两脚。

罗银水打了个趔趄，倒在了地上。

"就你那操性，还想摸汽车！"

林子的这句污蔑性的话，像一把刀戳在了罗银水的心口上，比踹他那两脚更让他受刺激。尽管他只有十一岁，他已经懂得人格所应有的尊严。

直到现在，想起这一幕，罗银水也会耳朵根子发热。

当罗银水成为大款，他首先想到的是买一辆汽车，而且要最高级的。

如果我们了解了罗银水的这一段经历，就会理解他发财后急于买车是为什么。

也许不仅仅是为圆一个儿时的梦。

他是想向世人证实点什么。

证实什么呢？

不用他本人来讲，读者也会得出答案。

为表蒙冤蹲"大狱"

人有时被逼到绝路以后，反而会振作起来，重新塑造自己的人生。

人穷，并不能完全使人产生致富的强烈欲望。

中国人穷惯了。六七十年代，像罗银水似的生活窘迫的家庭，在中国有千千万万。而九十年代成为百万富翁者却凤毛麟角。

因为受穷，才拼命地致富。这显然是缺乏生活逻辑的。穷与富是生活境况的"两极"。而"两极"的转化，真正的动因是自身的价值取向的醒悟。

容易满足的中国人，当餐桌上的窝头变成了白面馒头，大腌萝卜换成了猪肉炒蒜苗，就会心满意足地赞叹活着的滋润了。

罗银水也是如此。

1971 年，他赶上了好的机遇，没有像他的几个哥哥姐姐那样加入上山下乡的行列。他成了酱油厂的工人，尽管学徒工的月薪只有十七块零八分。但他留城了，而且是国营企业的正式职工，仅凭这一点，就使他的内心感到一种骄傲和满足。

罗银水的父亲老罗没上过一天学，他也不主张儿女们去考大学。他像那些知足者长乐的老北京一样，认为孩子学一门手艺，比手里拿着一张大学文凭更有实用价值。

"一招鲜，吃遍天。"老罗希望他的儿女们都成为有一门手艺、有一门技术的人，踏踏实实过日子。他从不高攀，也从没幻想过有朝一日，七个儿女当中出来个富翁。即便有人白送给他一辆汽车，或是几万块钱，他也不会要。他觉得作为一个普通百姓，不够那个派。而任何意外之财，他以为都会成为隐藏的祸根。即便在他最穷的时候。

有一次，他在送煤的路上捡到了一个皮包，打开一看，里面装着一摞钱和一条金项链，他毫不犹豫地把这个皮包送到了派出所。后来，失主对他的拾金不昧表示感激，拿出了二百块钱做谢仪，他摆了摆手，坚决不要。

事后他所在单位的领导，在会上对他的义举进行表扬时，赞赏他的共产主义思想觉悟高，而他却说了一句令领导扫兴、令在场的职工�然不解的话："我不是觉悟高，我是信命。那东西本来不是我的，我昧着良心要了，烫手不说，也脏心。我想我不会得好报。我一个普通工人，没有雷锋那种觉悟，谁也别高抬我。"

本来，单位领导是想让他当先进的，可是冲他这段没"水平"的话，自然把上报的劳模名单里他的名字抹掉了。然而，他知道这件事以后，并不感到沮丧和懊恼。

"我本来就不是先进人物，即使领导把我抬得那样高，我早晚也会摔下来，我真谢谢领导这样做。"

老罗呀，他的最高理想就是没灾没祸稳稳当当地过日子。穷，那是命里注定，争也没有用，恼也没有用。谁不想日子过得滋润一点？当然，他能过上滋润的日子，也是一种福分。但那只能靠自己去奔。他从不幻想天上会掉馅饼。假若真掉下来，他也不会弯腰去捡。

罗银水有这样极守本分的父亲，而他自身的素养和气质也难以超越父亲的思维方式。所以假如在他的生活中，不发生重大的变故，他是不会成为今天的大款的。他也许会效仿父亲的路走下去。

当然，他不可能完全像父亲那样安于贫穷，自得其乐，因为他毕竟是八十年代的青年，但是，可以想象，他的生活不会出现大起大落，大风大浪，从"南极"走入"北极"。

笔者详细地考察分析了罗银水发家的经历之后，发现使他的灵魂受到大的震颤，使他与父亲的思维定式产生大的背离，使他的人生价值观念产生大的转变的重要原因，是他二十四岁时的那次人生大的挫折和生活经历的大的波动。

我曾试图做出这样的推断，假如没有那次挫折，今天的罗银水也许像千千万万个普通工人一样，每天按部就班地工作，下了班回到自己生活的小巢，与妻子和儿子或是女儿共度良宵。日子过得平淡如水，但是却自有其与众相同的欢乐。但是，人生的挫折，往往能极容易地改变一个人的生活轨迹。

法国作家司汤达的《红与黑》，为人们塑造了一个性格鲜明的典型形象于连。于连也是出身于贫穷之家，但是知识使他不甘于贫穷，世人对他的冷漠，反倒膨胀起他向上爬的野心。

毫无疑问，罗银水最初并没有向上爬的欲望，尽管他也像许多凡人一样对金钱有一种占有欲，但是他并不表现得那么贪婪。他也没有改变自己命运的种种愿望。因为按照通常人们对"学而优则仕"的理解，唯有读书，具备一定文化素养，才有可能改写自己生活的坐标。

然而罗银水作为"七一届"的初中生，在中学，基本上没有学到什么文化知识，走上工作岗位后，他对政治学习和文化补习之类的毫无兴趣，他醉心于打牌，下棋，饮酒，甚至过早地谈了恋爱。

儿时因贫穷带来的羞辱，尽管使他难以忘记，但走上社会以后，还说得过去的平静生活，似乎已弥补了心灵中的那个空白。他找到了聊以自慰的得以使心理平衡的支撑点，那就是他没有上山下乡，他是国营企业的正式职工，他享受到了青春的欢乐——因为当时他的未婚妻很爱他。

罗银水没想到一件很寻常的小事，断送了他自认为美妙的前程。

下面这件事，把罗银水逼上了梁山。

罗银水属于内向性格，平时沉默寡言，不大合群，而且，由于他从小受穷受窘的缘故，他在为人处世上有些抠抠唆唆，一毛不拔。比如某个同事结婚，大家凑份子，他一般情况下是不参与的，即便参与，也只是掏个块儿八毛的，令对方感到难堪。他平时也很爱占小便宜，给人留下的印象是灰暗的。

所以，当他的师傅老权刚买的一块上海牌手表在宿舍里不翼而飞时，他，首先成了重点怀疑对象。

七十年代初，价值百元的上海牌手表，在人们的眼里不亚于现在一块上万元的瑞士雷达表。老权在丢表的当天晚上，就把这件令他光火的事，报告了厂保卫科，而保卫科则把这作为一个案子，上报给当地派出所。由此可知问题的严重性。

当时买上海表要用票。老权作为厂级先进享受到了这个优先权。他是借的钱买的这块表，所以丢表的当晚，他血压升高，险些因脑溢血而丧命，这更引起人们对他的同情和对偷表人的气愤。

谁会偷老权的手表呢？

与老权住同一个宿舍的有三个人，一个是五十多岁的工程师，当时是戴帽右派，正被群众监督改造；此人与妻子离异，孤身独处，生活上自给自足有余；再说按他的身份，不会去当"三只手"。一个是与罗银水一同进厂的青工小赵。小赵的父亲算是高干，尽管当时作为"走资派"，被下放到江西干校接受改造，但他为人豪爽，自小生活在殷实之家。而且政治上积极进步，是团小组长，按他平时的表现，他不会做"梁上君子"。再一个就是罗银水。

按我们现在了解罗银水的出身、性格和他的平时表现，他成为怀疑对象是不足为奇的。

然而，这块手表，却偏偏真的不是他偷走的。

于是才有后面的结局。

派出所接到报案后，十分重视这起盗窃案，专门派了一名民警，协助厂保卫科调查此事。按当时的不成文的规定，丢失五十元以上的财产，即可在派出所立案。

民警和保卫科的干部，将一切与老权接触过的人过了一遍"筛子"，最后，把"准星"对准了罗银水。

罗银水也是，既然不是自己偷的，就大大方方地择清自己不就完了吗。偏偏他这个人一遇到这种事就脸红，自己先心虚起来，这反而给人留下了疑点。

小赵一口咬定偷表人是罗银水，因为老权丢表的当天，罗银水神色慌张，匆匆洗过澡就提前走了，而平时，他下了班并不着急回家，总要找人下盘棋或打一会儿牌。

但是，罗银水说，那天晚上，他是去景山公园与女朋友约会，所以才……

突破口选择在罗银水的女朋友身上。

当公安人员和厂保卫科的干部找到罗银水的女朋友小胡时，小胡又提供了一些"线索"：那天晚上，他们从景山公园出来，罗银水提出要给小胡买块手表。他们还溜达到东四人民市场，在手表柜台看了看。

小胡并不知道罗银水的师傅老权丢了手表，更不知道罗银水是偷表的"嫌疑犯"。所以她说的这些刚好与小赵提供的"线索"相吻合。

下一步，就是重点对罗银水打"攻心战"了。

罗银水不善言谈，说的话缺乏逻辑性。尽管他把"这表不是我偷的"这句话说了不下一百遍，但仍无法自圆其说，抹去别人心里的疑点和由印象而产生的某种偏见。

案情还没有水落石出，厂里的职工中间就已飞短流长：罗银水偷走了老权的上海牌手表。似乎是确有其事，甚至有人添枝加叶地说，看到了罗银水去东四信托商店。

罗银水的父亲也被惊动了。老爷子一辈子要强，被儿子的不光彩行为弄得无地自容。他拄着拐杖，来到工厂，扬言要亲手打死这个不肖子孙。

罗银水不敢在家里露面了。

而他的未婚妻小胡得知他的"可耻"行为，十分果断地提出，终止他们保持了两年多的恋爱关系。

罗银水是自己把自己摆到了一个极荒唐的圈子里。

现在我们分析，也许是父亲的指责，同事的猜忌，还有小胡的分手，种种意外的打击使他的神经受到某种刺激。而人在受到这种打击时，往往容易产生心理变态。总之，事情后来的发展，使他最终掉入泥潭。

那天，他神情沮丧地从食堂打饭出来，走到篮球场时，他看见小赵正跟两个青年悄声说话。看到他走过来，小赵挤了挤眼，不说了。那两个青年转身用鄙夷的目光看着罗银水。

罗银水马上意识到小赵是在议论他。他的无名火腾地燃烧起来。

他走了过去，两眼直勾勾地盯着小赵。

"你他妈是不是在咬我的舌头根儿。"

话是横着出来的。火星儿溅到了小赵的自尊心上。

"说你丫挺的呢，又怎么样？"

小赵不甘示弱。

"你是不是怀疑权师傅的表是我偷的？"

罗银水的脑子里还想着一小时前保卫科干部的"攻心战"。

"谁偷的，谁心里明白。"

小赵的嘴角挤出一个轻蔑的笑纹。他没想到这句话连同这个笑纹会断送了罗银水。

就在他的话音落地的那一刹那，暴怒的罗银水将手里的饭盆，照着他的脸，重重地砸了过来。结果可想而知。

小赵向罗银水扑了过来。

罗银水的脸上挨了一拳。他转身跑到球场边上的砖垛，操起一块板砖，照小赵的脑袋砸下去。

不偏不倚，正中脑际，顿时小赵的脑袋开了花。庆幸的是那两个青年及时抱住了罗银水，而小赵被厂里的汽车送到医院，及时抢救，脱离了生命危险，否则，罗银水早已挨了枪子。

突如其来的事件，省去了保卫科干部的许多唇舌。板砖结束了马拉松式的攻心战。

一切仿佛无可置疑，罗银水偷了师傅的手表，又行凶打人，将小赵几乎打成残废。

当天下午，罗银水便被公安局的警车带走。从那天起，开始了他五年零三个月的铁窗生涯。

其实，就在他被判刑两个月后，他的师傅老权在宿舍里床的缝隙发现了那块"上海"牌手表。

事后，老权追悔莫及，他本想到保卫科说明情况，到罗银水家负荆请罪，但被小赵给拦住了。

小赵对老权说："这件事已经木已成舟了，您再翻这旧账，自己找麻烦不说，还会名誉扫地。这件事，天知地知你知我知，到此为止吧。"

不过，老权还算是有良知，在他退休的时候，托人找到了罗银水，把找到手表的事儿告诉了他，求他谅解。

此时的罗银水已经是腰缠万贯的富翁。他对老权付之一笑道："人生没有后悔药。我还要感谢你和小赵呢。没你们的那一出儿，我也不会有今天。"

且说等到罗银水刑满释放，回到这座城市时，面对生活中的变故，恍若隔世。他几乎变了一个人。

他的那位极重脸面的父亲，因为他的"倒行逆施"，已撒手人寰。他的母亲在他的父亲去世一年之后，也到另一个世界去了。就在法院宣判他刑期的同时，工厂已宣布将他除名。

他成了彻头彻尾的光棍汉，地地道道的无业青年。而且在他的人生档案里留下了永远抹不掉的污点。

从此，他的日子翻了篇儿。

初入"商海"难起浪

笔者曾试图解开一个谜底：为什么改革开放以后，最早"下海"经商的那一拨人里，有"两劳"前科的人员占了相当大的比例？

为此，我曾做过一番社会调查，也曾采访过一些当事人。

他们的回答往往含糊其词："生活所迫呗。不做买卖，不当'倒儿爷'又能干什么？"

"没别的更好的辙，当'倒儿爷'是最佳选择方式。"

"从那地方出来，再怎么干，也挣不出脸来。国营，集体，我们这号人，人家不要，只有自己'跑单帮'。"

"你没到这步呢。真走到了这一步，你也会脱光了衣服，下

'海'扑腾。"

……

七十年代末，尽管改革开放的春风已吹拂中国大地，但是还没有唤醒人们的商品意识。经商，并不是一件光彩的事，尤其是个体经商。这也许与个体户的成分复杂有关。

罗银水之所以当了个体户，除了生计所迫，还与受他人的影响有关。

与他在同一个劳改农场改造，早他两年刑满释放的齐子，出来没多久，就在三里屯练服装摊儿发了家。

罗银水最初依然迷恋国营企业的"铁饭碗"，然而，手持求职证，在家等了半年多，没有单位接受。

那一阵，他十分苦恼，内心空虚，精神压抑，只要兜里有钱，就奔小酒馆，灌它个一醉方休。

正在这时，他遇到了齐子。

齐子似乎比他明白，用自己的现身说法，指给他一条道。

"咱们这号的，想上国营企业，门儿也没有。还是正经八百地干点儿实事吧。个体，这年头比在'国营'挣那几十'大毛'活泛。"

齐子只干了两年，就已然是万元户了。他倒腾一批服装，比一个局长的年薪不少。

罗银水动心了。

齐子还算够意思，答应帮他一把，借给他五千块钱做本儿。

五千块钱，在八十年代初，是个大数。

罗银水正是在这种走投无路的情况下，无可奈何地投身"商海"的。

1979 年，北京市的个体工商户（这里指的是领营业执照的）只有五千多，罗银水是其中一分子。

最早"下海"的个体户，十有八九是"倒儿爷"。

"倒儿爷"的本领就是倒买倒卖。也就是曾几何时，在共和国的土地上，被视为非法行为的"投机倒把"。

然而，有谁能否认这样一个事实：商人的本性，就是倒买倒卖。

商品的价值规律，往往是人的主观意志所左右不了的。既然法律允许个体户的存在——在改革开放之初，国家采取的是扶持个体经济发展的政策。

应该说罗银水赶上了好时候，如果他放开手脚去干，他很快就可以步入"先富起来"的那个层次。

第一笔买卖，他赚了几千块钱。他去了一趟广州，正值夏季，当时北京市场上的柔姿纱连衣裙十分走俏，他大着胆子趸了二百件。想不到在他的摊上，不到一个月告罄。

初战告捷，他尝到了做买卖的甜头。

他开始倒第二批，第三批……

令他百思不解的是，在广州已经"臭"了街的服装，拿到北京的摊儿上，却成了抢手货。这使他头脑发热，飘飘然起来，导致了后来的失败。

罗银水事后总结这次失败的教训，是自己太爱占小便宜。

广州有一个体户，也是倒服装的，比北京的"倒儿爷"们先行一步的是他不但卖服装，也生产加工服装。在离广州城一百多公里的东莞，有他的一个服装厂。

1982 年，这位广州个体户加工的上万套时装，不合潮流，在市场上滞销，压了库。压库意味着占压资金，这是商家的大忌。他的脑袋灵活，把眼光盯住南下的"北方佬"。

这位"老广"使了个很拙劣的招数，雇了二十多个人，装作服装商，每到"北方佬"来看货时，他便把积压的服装样品拿出来，那些假冒的"服装商"像演戏一样，便争着要。不知端倪的北方"倒儿爷"以为这种式样的服装在广州走俏，于是也不甘落后地大批大批地"吃"进。"老广"积压在手里的上万套服装，不足一个月，便被"北方佬"稀里糊涂地趸走了。

罗银水也趸了一千套。

等到他把这批服装运到北京，上了摊儿，才知道这种款式的服装已经落了潮，北京的姑娘小伙儿根本不认。他想压低价码批出去，谁知摆出了二十件，一个月也没有卖出一件。

他本想用这批服装，赚笔大钱，没想到竟砸在手里。几万块钱压着，他失去了干别的买卖的资本。他此时方知上了那个广东个体户的当。

齐子的精明在于他有买卖人的眼光。他为人还算仗义，给罗银水出了个主意：吐血大甩卖。八十块钱一件进的货，到这份儿，甭指望它赚了，来个脆声的，四十块钱一件，把它抛出去。时装这玩意儿，得赶潮流，过了这股热乎劲，一切全完。

罗银水舍不得，他觉着"吐血"等于要他的"盒钱"（骨灰盒钱，即要他的命）。尽管齐子为他担保，如果他同意四十块钱抛，他帮助找路子。但是罗银水掂来掂去，还是没有答应。

"四十块钱？太便宜了，我连路费都赚不回来。"他说，"怎么着也得卖八十块钱呀！"

"你呀，真他妈的'一根筋'。到这份儿上你还不认赔。那好，再过几个月，你这衣服也许连二十块钱也没人要了。"

"我真不能'吐'这个血。"

"那好，我再给你出个主意，你索性一件卖二百块钱，卖出一件是一件，怎么样？"

"不行，不行，我卖九十块钱都没有人要，卖二百块钱，那不是更没人要了吗？"

齐子苦笑了。

"你真他妈的天生不是买卖人，跟你说也没用。我把这话撂在这儿，我给你出的这两个主意，你不用，到时候，你这一千套衣服要不当破烂卖，我他妈的倒着走！"

"你甭吓唬我，这么好的衣服当破烂卖？"

"咱们骑驴看账本，走着瞧吧。"

齐子当时的懊恼是可想而知的。

罗银水果然被齐子言中。他的那一千套服装是一年以后，以每件二十元的价码儿，被顺义县城的一服装个体户包圆儿的。

几年以后，罗银水在跟笔者谈起这次"呛水"时，还懊悔当时自己在商战中的幼稚。

的确，拿当时的罗银水与齐子作比较的话，罗银水表现的不仅仅是幼稚，换句话说是贪心过大。而且反映出他根本不具备商人所应有的精明。

做买卖当然是为了赚钱，而且还是为了不赔钱才赚钱。这里面有着深奥的学问。

由此，我想到了流传于当时的两句民谚，一句是：三年能学出一个手艺人，十年却学不出一个买卖人。另一句是：一等智商者从商，二等智商者从政，三等智商者从文。这两句民谚虽有一定的主观片面性，或是看问题角度上的差异，但起码说明做买卖搞经营并不是像人们想象的那么容易。

笔者手头有一份资料：

1980年，北京市从事个体经营的个体工商户为五万人左右，到1992年，这批人里，真正成为大款的却只有百分之二十。另有百分之二十的人，则由于种种原因而改行。

由此可见并非所有做买卖的人，都可以轻而易举地当大款。如同并不是所有搞写作的人，都能成为作家一样。

罗银水说："怨我当时的心眼忒死，眼睛只盯着那一千套服装了。我就没想想，赶快把这批卖不动的服装倒出去，哪怕是'吐血'赔本呢，我可以利用这笔钱去做别的生意。做买卖重要的是手里有资金，而手里有东西卖不出去，就等于手里拿着钱，往枯井里扔。况且这钱是随着时间的推移，逐渐贬值的。齐子的确比我聪明，除了他信息灵，关键是人家有市场意识，钱攥在手里是死的，只有进入市场才能'借鸡下蛋'。这批服装，我干赔了两万多块，这还不算耽误的时间。不过，它让我花钱买了聪明，等于我交了一份学费。"

罗银水在做服装生意失败之后，又练过西瓜摊儿，练过餐馆，练过百货。但是他混得并不如意，以至于他在"商海"沉浮了五年，也没找到一个落脚点。他甚至没有积蓄到足够的资金，有能力自己去开一个门脸儿。用他的话说，这几年，只积攒了一些混世经验。

这里不能不提到一件让罗银水感受最深的小事。也许正因为感受太深，他跟我翻来覆去地讲了五遍。

那年（哪一年，他的记忆已模糊不清），他去青岛趸皮鞋。在青岛的旅馆里，他结识了一个上海人，同住一个房间。没两天，他们混熟了。

那个上海人是一个普通的工人，不是跑买卖的。四十岁的人了，玩心很重。时值盛夏，他去医院开了一个星期的病假，单独出来到青岛旅游。他的姐姐是上海一家皮鞋厂的副厂长。他答应罗银水，通过他姐姐的关系，帮忙弄一批皮鞋，价码按出厂价来算。罗银水决定随他一起乘船走水路去上海。

正是旅游旺季，由青岛去上海的船票极难买。罗银水在青岛没有熟人，只能到港务局的售票处去排队。排了两天，也没买到。

"你怎么这么笨呢？"那个上海人以为罗银水是买卖人，买两张船票自然不会费很大的劲，便把买票的事托给他，自己到崂山玩去了。等他回来一看，两天了，票仍没买到，自然有些搓火。

罗银水这里还一肚子委屈呢。

"你真是站着说话不腰疼，你去看看就知道了，售票处排着上千人，每天卖票要发'号'。"

"发'号'？"

"一天只发一百五十个'号'。"

那个上海人说："好了，我不跟你伤脑筋了。明天，我自己买吧。"

第二天，罗银水跟着那个上海人到了售票处。站了一会儿，那个上海人摸清了这里的行市。售票口站着几个警察，加塞根本不可能。

开始售票时，上海人走到一个领到"号"的人面前，跟人"套磁"，把人家的"号"要过来看了看，又还给人家，转身走了。

其实，所谓的"号"，就是一张粉纸，上面按顺序写着阿拉伯数字。一个"号"只能卖两张船票。

上海人鬼使神差地跑到附近的文具店，不一会儿出来了。

此时，卖船票的"号"，已到了二十四。

上海人不知什么时候，弄到了一个"号"，他走到售票口对民警说："我的'号'是五十三，只差几个号，可是我爱人刚刚被车撞了，我实在等不及得马上去医院，先卖给我吧。"

民警看了看他手里的"号"，出于同情心让他先买了，而且还是最难买的二等舱。

上海人毫不费劲地把票买到手了。

罗银水到这时才明戏，原来上海人到文具店买了张粉纸，做了个假号儿。

"我怎么就没想出这种招儿来呢？我当时简直是木头脑袋。"

显然，他对那位投机取巧的上海人很是佩服。

"他给我上了一课，我从这么一件小事儿当中，受到了很大启发。"

究竟是什么启发？我们从下面罗银水的发迹当中不难看出。

古画赚得头桶金

可以说，罗银水在"商海"闯荡了几年，并不是个成功者。

他的失败，除了因为他不善经营、缺乏经营者应有的素质外，还由于他对金钱占有后的任意挥霍。

他像一些充满"小农"意识的个体工商户老板一样，并不懂得把挣到手的钱用来作为资本，去投资干实业，去进行"扩大再生产"，去赚更多的钱。

他对我说："五年中，我花掉的钱有十几万。以至于到后来，我不得不到朋友那里去蹭饭。兜里有了钱，不是扔到牌桌上，就是扔到饭桌上，此外还便宜了那些'吃'我的姑娘。"

"傍"大款，是时下城市一些女孩中间的一种奇怪的现象。"傍"，并不是真想跟大款结婚，只不过是想跟他们玩玩，而这种"玩玩"的含义是不言而喻的。罗银水跟一个原来在京城某大饭店当服务小姐的妞儿，"傍"了一年。

那位漂亮妞儿，在他身上"刮"了不下两万元的馈赠。而罗银水十分坦白地说，只跟这个妞儿睡过两次。因为这个妞儿在外头，还"傍"着一位比罗银水更富的大款，人家跟他不过是逢场作戏。

罗银水折腾到三十二岁，才好歹凑合成了家，妻子是个普通的工人。成家并不耽误他在外头找"傍家儿"。何况做买卖的人天南海北，一走就是十天半个月的。他需要身边有个漂亮妞儿相伴，这除了有生理上的渴求，也有虚荣心上的满足。

"喇蜜"是大款们的一种体面，一种派。"喇"的真实含义，是往外扔钱。罗银水不在乎"情场"上的花销。据他说，有一次跟"蜜"去地安门的"明珠海鲜"吃饭，一道菜就花了两千块钱。他是有意这样摆"谱儿"的。

1984年夏天，罗银水又一次在"商海"沉了船。

那一次赔得特惨。

当时北京市场上录像机走俏，他把自己的十二万元本钱都拿了出来，又找人借了八万，从福建进了一批日本松下录像机。东西是走私货，价格特便宜。罗银水事先摸了一下市场行情，算计着这笔生意做好了准能赚几十万。

在福建的时候，他一连拆了五箱，把录像机拿出试看，质量绝对没有问题，而卖给他这批货的那个主儿自称是船老大，外表上看憨厚朴实，不会"掺水"。罗银水放心大胆地做成了这笔买卖。

等把这批货运到北京，一个个拆了箱，才知道上当了。原来这是一批劣质"水货"，东西全是福建沿海地区的小作坊东拼西凑装的，有的出不来影儿，有的根本找不到开关，罗银水等于买来一批废品。

这种买卖都是"一锤子"，即便砸在手里，也只能把牙咬碎往肚子里咽，因为你根本找不到货主，即使找到了也拿他没辙。

罗银水由"万元户"，转眼之间成了一贫如洗、债台高筑的穷光蛋。

进来的录像机一台也没卖出去。有人给他出馊主意，东西原封不动，倒给外地人。他没有这个胆儿，毕竟是蹲过大狱的人。他知道法律有打盹的时候，但睁眼的时候多。他不想"二进宫"。

罗银水回忆起这次"翻船"，真是痛心疾首："我当时真想洗手不干了，做买卖风险太大！可是不干买卖，我又能干什么去呢？我那时还欠人家八万多的债。让我进工厂当工人？苦干十年二十年，我也挣不出八万来。"

毫无疑问，"商海"大风大浪，险象环生，这种风险令人望而却步。但是"商海"又可以使人财运亨通，扬帆万里，其诱惑力，又使人欲罢不能。

正当罗银水山穷水尽之时，他抓住了一个"财神爷"冲他微笑的机遇。

天无绝人之路。罗银水坚信这一条。

他没想到那位生前对他深恶痛绝，并因为他而离开人世的父亲，能在他陷入绝境之时，"救"了他。

我们前文已经陈述过，罗银水的父亲老罗是极守本分的送煤工，他平时沉默寡言，但是他的心地厚道，与人为善的举止，让街坊四邻暗挑拇指。

老罗送煤，一向把煤送到住户的窗户根下，蜂窝煤码得整整齐齐，让人瞅着心里舒坦。碰上孤老病残，他更是显出十二分的殷勤。

有一年冬天，老罗给一位孤老送煤，这位孤老是清朝王室的后代，当时已病入膏肓。屋里灶冷锅凉，境况实在凄楚可怜。

老罗见状，动了恻隐之心，他不但把煤码好，还帮老人生着火，又自掏腰包，上街买了菜，给老人做好饭菜，端到床前，让这位王爷的后代感动得老泪纵横。

后来，老罗接长不短儿地来照顾老人。老人病危，老罗又蹬着平板把他送到医院，守着病床直到他魂归西去。

王爷的后代临终前浊泪涌眶，颤颤巍巍地把老罗叫到跟前说："我家里的床底下有个牛皮纸包着的长木盒子，你把它给我拿来。"

老罗不明其意，接过房门钥匙，蹬着平板奔了老人家的小屋，果然在床底下找到了他说的那个长木盒子。

盒子已经裂了纹，牛皮纸也变了色，落满了尘土，这东西扔在大街上，捡破烂的也会不屑一顾。老罗扫净盒子上面的浮土，把它拿给老人。

此时，老人已经气若游丝，神志恍惚地往外捯气，他舌头打着卷儿，指着这个木盒低缓地说："罗爷，你真是天底下第一大好人，我不知该怎么感激你，家里头只有这个还值点儿钱，算是我报答你的一片心意吧。"

老罗一个劲儿摆手，他照顾老人，并没有想得到什么回报。

但老人把话说完就咽了气。

老罗没有文化，更不懂古玩字画。回到家，他把牛皮纸撕开，打开那个破盒子，一看是幅纸已发黄的古画。他当时没在意，又卷上放回盒里，随便扔到床底下。直到老罗咽气，他也没想到这幅画还能卖钱。

他的老伴和儿女们也没有这种价值观念。有一年打扫卫生，老罗的老伴差点没把它当垃圾扔掉，若不是老罗觉着东西好赖也是王爷后代的一个念物，而把她拦住，这幅画也许早就到了爪哇国。

罗银水从大狱出来，一直住着父亲留下来的这间平房。房子已经老得破烂不堪，房管所担心雨季会塌，提前派人来修。修修补补已无济于事，只能挑顶，重盖。家里的东西都得倒腾到外面去。

罗银水在收拾东西时，发现了床底下的这个早已被家人遗忘的长木盒。当他打开盒子，看到这幅古色古香的画时，马上意识到这是一笔意外之财。

他悄然把字画收好，未敢声张。因为他知道如果这幅画真是古人的，作为父亲的遗产，按法律规定，他将与几个哥哥姐姐平分。那么即便能卖几万，到他手里也没有多少钱了。他的心气儿是想独吞。

几个月以后，他拿着这幅画找专家鉴定。一个专家看了不禁拍案惊奇：此画是清初画圣王石谷的真迹，堪称国宝。

罗银水感到自己的那点知识不够用了。他买了许多绘画方面的书，闷头研究起书画史来。当他发现王石谷与王鉴、王原祁、王时敏、吴历、恽寿平一起，称"清六家"时，立刻意识到此画的价值。

他不想留着这幅画，尽管他知道字画这东西与其他商品不同，它的行情是随着时间的推移而不断增值的。字画越老越古越值钱。但是他眼下正急需钱，他急切地想把这幅画"抛"出去。

他不敢走"官道"，虽然这幅画的来历不是不明，但"官道"给的是文物收购价。他曾拿着这幅画到琉璃厂的一家古玩店试着问过。

那家古玩店的经理拿到这幅画都惊呆了。经理是个有几十年古玩经营历史的老头儿。在他经手的上千幅古字画当中，看到王石谷的真迹还是头一次。他坚决想收这幅画，但咬着后槽牙说出的价儿是十万块钱。罗银水没有点头。

十万？他觉得价儿太低。"你以为我是棒槌吗？"他心里说。

古玩的价钱是没有定数的。当代名家的字画都按尺寸来论价，何况三百年前的名人。

罗银水虽不懂字画，但是做过买卖的人，懂得东西的价值。

那些日子，他经常请客，让他的一些朋友帮助打听有没有外商想买字画。

他的眼睛盯着外商。一是外商有钱，二是外商可以给美元。直接卖给外商可以减少中间商过的一道手，价可以侃得高些，此外还可以逃税。尽管他要冒"走私文物"的风险。

有个姓刘的朋友愿意帮他搭这个桥。不过提出给"扣"的要求。罗银水答应，只要这幅画能卖二十万美元，他情愿拿出一万，作为"谢仪"。

姓刘的是外企的雇员，通过工作关系，结识了一个港商。此人是个收藏家，尤其偏爱中国的名人字画。

在京城的某大饭店，罗银水与这位港商见了面。当他拿出了王石谷的这幅画时，这位有相当鉴赏能力的港商一眼就断定是真迹，并"咬"住不想撒嘴了。

罗银水现在想起来很后悔，当时没有狠狠地"宰"他一刀。

他开的价儿是二十万美元。少一分也不卖。

精明的港商事先已了解了罗银水的身份和境况，所以对他紧了"一板"。

"十五万。多一分也不要！"

罗银水不肯让步。他虚晃了一枪。

"有个瑞典商人开价二十五万，我没出手，都是炎黄子孙，我不能把国宝给了洋人。"

其实，这个瑞典商人是子虚乌有，是罗银水编造的。

港商并不糊涂。

"那你找别的买主吧。"他故意逼进了一步。

罗银水已从他的眼神里，看出他是真心想买，而又有意杀价儿，所以来了个"欲擒故纵"。

"好，只要你别后悔就成。"

他大模大样地把画拿走了。

当天晚上，姓刘的朋友风风火火地来找他。

"你的画儿还卖不卖？"

"怎么不卖呢？"

"别让我坐蜡，港商让步了。"

"他给多少？"

"十五万。"

"让他玩儿去！二十万，少一分也不卖，还是那句话。甭再往下'盘'。"

"你真是'一根筋'，就不能'缓一闸'？"

"你是让我'上扬'，还是'下跌'？"

"十五万。让他再找补你个'大件'。"

"行，十五万。再饶我辆汽车。"

"你够'黑'的。一辆汽车多少钱？"

"他要在香港买，一辆'丰田'撑死了十万。"

"行，我再跟他商量商量。不过，你这画儿，先别撒手。"

"那看怎么说，瑞典商人在等我的回话呢。人家出二十五万美元。你跟港商说，我只等他一天时间。别忘了，这二十万里头，有你一万。我他妈净落十九万。"

姓刘的走了。

罗银水琢磨着此事有门儿。他抽着烟，掂算了一下，十五万美元，按当时的市场价儿，兑换人民币是一比五点多，而黑市上却能"炒"到一比七，甚至一比八。这样一算，少说能弄到一百万。如果外加一辆"丰田"，起码二十万。他简直一夜之间成了百万富翁。

罗银水发现被家人遗忘的长木盒里装着一幅画作专家鉴定是玉石谷精品之作他马上意识到这是一笔不小的财财。

港商到底没让步，他让姓刘的找罗银水，不过是试探一下虚实。姓刘的回来一学舌，他心里有了底，罗银水并没有找到别的买主。所谓瑞典商人要买，不过是他"假途灭虢"，玩的"花屁股"。

老谋深算的港商决定沉一沉，干脆不理罗银水了。

罗银水一连几天，不见姓刘的回话，心里没了底。他舍不得这块到嘴边儿的肥肉。

他打电话找姓刘的。

"港商到底想不想要那幅画儿了？"

姓刘的跟他装孙子。

"人家'打耙'了。说那幅画儿是假的。"

"扯臊！"

"真的，他是收藏家，懂眼。流传下来王石谷的赝品很多。港商的眼'毒'着呢。"

罗银水有点儿发慌。

姓刘的却把电话撂下了。

其实，罗银水的这幅画，已经找了几个专家鉴定过，是王石谷的真迹无疑。他知道这是港商跟他玩家伙。

他一时真找不到更好的买主。看来只好让步了。

港商算计着罗银水会主动再来找他，早吃了"定心丸"。

罗银水要不是当时被债主逼得走投无路，对那个刁钻的港商不会轻易撒手这幅画的。几年过后，他入了古玩这一行之后，才后悔当初卖给港商十五万美元，是让那个家伙捡了个"大漏儿"。

最后敲定，十五万美元，一手交钱，一手交画儿。

港商留了个心眼，没有告诉他自己的真实姓名和身份。罗银水也没必要去问这个。

事后，他请教行家，人家告诉他，这幅画起码是这个数的二至三倍。

不过，笔者对罗银水所说的这幅画的最后成交价至今存疑。根据罗银水的一贯表现，我很难保证，他对我所描述的都是实情。生意人的许多内心隐秘，即使是他最信任的人，也不会和盘托出。"泄底"，是商家的大忌。

不管怎么说，罗银水靠他爸爸留下来的一幅名画，转眼之间成了令人刮目的大款。

在卖画的过程中，罗银水结交了一些古玩商，还有一些倒腾古玩的朋友。他觉得走这一"经"，比倒腾服装、百货、水果之类的油水要大得多。

古玩行里有句老话：半年不开张，开张吃半年。做成了一档子交易，就可以日进斗金。他有十五万美元做本，足可以在这一行中扑腾一气的。

入行苦修终成"虫儿"

罗银水很快就把美元换成了人民币。

那几年，出国热，外汇黑市猖獗。一些人利用有人急于出国需要美元的心理，在外汇黑市上，把美元的汇率"炒"到了一比八。罗银水不失时机地"分期分批"把手里的美元"抛"向黑市。

他发迹之后的头一件事，是置汽车。过了几道手，他买了辆二手货"伏尔加"，也许是他始终没忘当年那个开"伏尔加"的司机，打他的两巴掌。

"伏尔加"属于老爷车级别的车了，罗银水只开了一年，便一分钱没赔，把这辆车倒给了石家庄的一个大款，回过手来，他添了几万，买了辆"丰田"。开了两年，他才倒换成现在开的"奥迪"。

有了车，倒腾古玩才方便。

古玩市场上的"玩家"，多一半人走的是"黑道儿"。笔者从有关部门了解到，文物部门对清末民初往前的古玩并没开"口子"，也就是说，私自倒卖清末以前年代的古瓷、铜器、玉器、古画等均属非法。如果出手给外国人或港澳台胞人士，也按"走私"论处。但是真正值钱的古董，其年代都在清末民初以前，否则难以称其为"古"。

所以"玩家"所做的交易，都是暗里来暗里去。这种交易方式，有点儿像老北京的"撂货场子"。那年头，成交一件古玩，是"袖里来袖里去"。按"行规"谁也不问东西的来路。

倒腾古玩，可跟倒腾服装、鞋帽不一样，真得有学问，有眼力。甫瞅成交一件"玩意儿"就能成大款，但是要砸手里一件"玩意儿"也能成乞丐，让你倾家荡产。所以，没点胆儿的人，不敢往里蹚步。

罗银水有胆儿，可是他没有古玩商的"眼"。说句老实话，他的那点学问，古董商把他卖喽，他都不知道怎么回事儿。

但是上世纪九十年代的古玩"玩家"，与过去的古董商不同，所谓"玩"，并不见得真懂眼，何况，即使他真懂门里的事儿，也未准有藏货。他只需要另一路"眼"，即信息。

这头，他知道谁手里有存货（藏品），这件存货的实际价值如何，收藏的主儿肯不肯撒手；那头，他知道谁想买古玩，想买到什么样的古玩，是瓷器、玉器、铜器，还是碑帖、字画，然后，他从中撮合，实际上他是"中间人"，也就是老北京的"纤手儿"或是"经纪人"。

罗银水干的就是这手活儿，当然他也有捡"漏儿"的时候。

据他本人介绍，他在给人撮合的几档子事中，真捡过"大漏儿"，而且从此一炮打响。

这个"大漏儿"，他里外里赚了二十八万。

东城的一位老太太，家里收藏着一个青花绘龙的掸瓶。老太太只知道这是家传，并不知道它的价值。原先放在桌上是个摆设，后来搬家，添了点家具，她嫌掸瓶占地方，又舍不得扔，便放在了床底下。

老太太的儿女都在国外。前几年，她得了胃癌，住进了医院。大夫开刀一看，癌细胞已经扩散，她年岁那么大，怕她受不了，没动手术，开了刀又缝上了，让她回家静养。

老太太自知活不了多久，儿女又不在身边，便琢磨把家里的古董给卖了。她所说的古董是家里摆放的一套硬木家具，雕龙刻凤，古色古香。

她认为一定很值钱，让小保姆找古玩铺的人来看货。人家来了瞅了瞅，觉得年代太近不肯收。她让小保姆又找来收家具的，人家上门看了看，觉得这"玩意儿"过于陈旧，出的价儿很低，老太太又舍不得卖。

老太太正这儿犯嘀咕呢，罗银水得到了信息，主动找上门来。他瞅了瞅这套家具，对老太太要价码时的神情，觉得挺有意思的。

他也不懂硬木家具的门道，但是，他通过跟老太太聊天儿，知道老太太家解放前是京城的"大宅门"，心想，老太太手里肯定还有别的存货，所以，先拿话把老太太"钓"住了。

"大妈，您放心，这东西我准要，您先别找其他买主儿。"

罗银水装作憨厚诚恳的样子，而且说话嘴挺甜，先取得了老太太的信任。

这之后，罗银水隔三岔五地拎着水果或是点心，来看望老太太，弄得老太太心里挺不落忍。

"罗师傅，这套家具，你要是看着好，随便给点儿钱，搬走吧。"

老太太一发慈悲，甚至想把这套家具白送给罗银水。

"那哪儿成呀，您这么大岁数，身体又有病，我不能白要您的家产。"

罗银水已经打听到南城的一个大款，想淘换一套硬木家具，而且越古越好，他决定把老太太的这套家具买下来。

老太太要的价儿是一万五千块钱。罗银水一分不少，把钱给老太太拿了来。他为了讨老太太的欢喜，没有讨价还价。

老太太觉得他挺实在，只收一万，那五千块钱不要了。罗银水坚决不收，弄得老太太挺不好意思。

罗银水找人搬家具时，发现老太太放在床下的掸瓶，尽管上面落满了尘土，他仍然觉得这是一件古董。

但罗银水嘴上却没露出来。家具搬完了，他指着那个掸瓶说："大妈，这瓷瓶您有用没用？如果没用，送我拿回去养花得了。"

老太太说："嗨，一个旧掸瓶也不值钱，你要是有用，就拿走吧。"

罗银水从兜里掏出一张十块钱的票子，放在桌上。

"我不能白要您一个瓷瓶，这点钱，留着您当零花儿吧。"

老太太急了。

"你这不是打我的脸吗？一个破瓷瓶，本来想扔没扔的东西，我能要你十块钱？快把它收回去。"

就这样罗银水一分没花，把这个青花绘龙的掸瓶弄到手了。

老太太那套硬木家具，他是三万块钱出的手，"敲"了那个大款一下。古董，本身没有定价，三万是它，五万也是它，那个大款对古董也是"咕咚"，并不懂眼，还以为捡了个便宜。

再说罗银水把青花绘龙掸瓶拿回家，用清水洗去尘垢，擦拭干净。只见掸瓶的胎质洁白，釉层晶莹肥厚，浓艳的色泽之中泛出隐现的黑斑，黑斑和浓艳的青蓝色相互辉映；瓶的造型也很美观，白色的坯体上用蓝色绘成的青花龙，栩栩如生；掸瓶的整体看上去青翠拙朴，色调明亮，显得非常典雅。遗憾的是掸瓶没有刻着年款。

罗银水知道这是个很值钱的古董，但是以他的学识，辨不出其年代和品位。他找了个解放前在琉璃厂开字号的古玩商鉴别。

那古玩商看了以后，爱不释手，经过反复把玩，鉴定是康、雍瓷器。这种瓷器虽然珍贵，但并非价值连城，因为康、雍瓷器散落在民间，并不鲜见。

罗银水对瓷器虽然是外行，但是也晓得一些皮毛，尤其是鉴定古瓷，一个人的眼力有限，怎么着也得多过几遍"眼"。他接连又找了几位行家，也都断定掸瓶是康、雍瓷。

正在他感到扫兴时，国内一位有名气的古瓷鉴赏专家，给他打电话说，要看看他的这件瓷器。他乐不可支地拿着掸瓶上了这位专家的家。

这位古瓷鉴赏专家让他把撺瓶留下，经过一个星期的考证鉴定，认为它是永乐青花瓷。

"何以见得呢？"事后，我问罗银水。

罗银水用学到的那点古瓷知识，像个行家里手似的跟我"侃"山。

"人家专家真够意思，不但对这撺瓶作了鉴定，还把肚里的'玩意儿'掏给咱哥们儿。以前还真不知道青花龙瓷器，是明代景德镇瓷器的主要品种。"

罗银水对我说，青花釉色，在元、明初期，用的原料大多半是从波斯进口的，里面含有钴、锰、铁、钨之类的矿物质。

后来到了永乐年间景德镇工匠改戏了，换了一种天然出产的黑褐色矿物钴古矿，也被人称"株明料"。匠人把这种料磨成细面，加上水，弄成像墨汁一样乌黑的液体，然后在干燥的瓷坯上绘画图样，最后再挂上白色的长石釉，在一千二百度的高温中烧。烧后，乌黑色绘成的图样就成了非常漂亮的蓝色。

这种瓷器除了极少数器皿有篆书年号，多数没有年号。康、雍时期，一些工匠仿永乐青花瓷器很多，而且大部分散落在民间。所以一般的主儿辨不出真伪。

可以说不是真正的行家，拿给他一件青花瓷，他鉴定不出哪是永乐瓷，哪是康、雍瓷。永乐瓷跟康、雍瓷一比，那可就差着行市呢。较比说，永乐能卖五十万，康、雍也就三十万。

我问他："这件瓷器，你后来出手了吗？"

"本来不想出手，那位专家说它属于国家一级文物。我一怕卖出去招事儿，二是想，这东西在手里越摽时间长越值钱。可是当时，我相中了一块地皮，想把一个倒闭的餐馆'盘'过来，开个古玩店，手里正缺钱。加上那时正碰上了一个真正的买主儿。你也甭问他是谁了，反正是个港商，他在东南亚和英国有好几个买卖，专好收集名瓷。"

"你把东西卖给他了？"

"对，我是通过一个哥们儿认识他的。他一眼就看出这是永乐瓷，而且非要不可，出多高价儿也要。我当时犯傻了，说要二十五万，想不到他特他妈的大方，又给我加了三万，我动心了。最后二十八万，东西归了他。"

"你等于白捡二十八万。"

"嗨，我傻帽儿了。等到后来我吃上古玩这碗饭，才知道这东西，卖他妈的一百三十八万也有人要！"

"后来你又去那老太太家了吗？"

"去了几回，本来是想再'憋'几样古玩，可老太太已经快不行了。她的儿女都从国外回来，给她准备后事。我一看老太太身上挤不出什么油水来，赶紧'歇菜'吧。等到我的古玩铺开张，老太太已经进了八宝山。我还上那儿添什么堵去？"

"你的古玩铺我看过了，规模太小。"

"嗨，古玩铺不过是个'影壁'，靠它赚不到大钱。我是用它了解市场行情，因为真正值钱的文物，并不敢往外摆，都是私下的交易。"

"你也收购古玩吗？"

"当然收。我出高价聘了几个顾问，都是老古玩商。像样儿一点的东西，由他们过眼，因为有的玩意儿，我也吃不准。古玩这行当，道儿太深。我也是边干边学。"

说到这儿，他的语速放缓，欲言又止。我猜出有些属于商道的玄机，他不想跟我泄底。我有意点化了他一下："这几年，你没少往乡下跑吧？"

他扑哧乐了，看了我一眼说道："看来你没少接触古玩行里'虫儿'？"

我烧了他一句："当记者的嘛，不了解点儿内幕，也不敢接触你呀。"

"你说得对。玩古玩的都知道，中国的地下文物在陕西，地上文物在山西。这两年，我一直没怎么在家待着，主要是'吃'河北、河南、西安这几处。河北的易县有清西陵；河南的洛阳、安阳一带，因为是古都，古墓特别多；西安附近也是这样。凡是古墓多的地界，农民家里都有点玩意儿，刨着刨着，就能刨出个古瓷或是青铜器来，他们以为那东西不值钱，生活上也挺穷。所以在那些地方，掏个十块八块的，就能淘换到一些古董，有时还能捡个'大漏儿'。"

"这么说，这种'大漏儿'，你捡过不少。"

"看怎么说了。"他不置可否地笑了笑，接着说道，"北京城玩古玩的主儿，几乎都到那些地方去'憋宝'，加上当地人，我看现在已经让人们'吃'得差不多了。"

"你就这么大模大样地去收购？"

"那哪儿成呀，这不明摆着往枪口上撞吗？当地警察也抓，而且逮住就以走私文物论处，少说得判你几年。再说这年头，人们多少都有点商品意识了，当地的有些农民也'黑'着呢。不过，农民到底是农民，他们并不懂眼。"

"这话怎么解释？"我问道。

他犹豫了一下，给我讲了一个故事：

"我有一次碰上这么一档子事儿，一个老农要卖我一个青花瓷碗，我一看就知道这不是古瓷，撑死了是民国的玩意儿。可是这老农愣说是从古墓里刨出来，开价五千块钱。这东西'馇'不了我的眼，我怎么能当这份冤大头？

"可是我突然用眼睛的余光瞥见他家里桌子上，摆着个蜡烛台，是件青铜器，锈迹斑斑的。青铜器这玩意儿，锈得越厉害，越说明年代的久远，当然也就越值钱。

"我见老农死乞白赖地非让我买下那个瓷碗，而我却相中了那个蜡烛台，我先跟他拿着行家的劲头'绕'他。讨价还价，可是老农都他妈一根筋，他说出的价，你怎么讨还，他也不肯退步，弄得你一点没脾气。

"其实，我跟他为那碗讨价是虚晃一枪，我的真心是要他的蜡烛台。看'火候'差不多了，我说，这瓷碗我要了，不过你得给我搭点儿东西。

"他说，搭什么？我一指那个蜡烛台说，就把它给我吧。老农说，行，这东西值不了仨瓜俩枣的，你要是看中了，就拿走。这笔交易就这么成了。

"回到北京，我找专家一鉴定，这个蜡烛台是青铜器，按市面上的行情，起码要值五万块钱，而那个所谓的明代青花瓷碗，还真让我蒙对了，果然是民国时期的玩意儿，撑死了能卖一千块钱。要不说'玩'古玩，玩的是胆儿，玩的是运气和眼力呢。"

"你每次外出，总能逮回点'玩意儿'来吧？"

"也不见得，现在奔那儿跑的人太多，空手而归是常有的事儿。不过，我比一般人多动了动脑子。"

"动什么脑子？"我问道。

他说："因为我自己有车，来去方便。每次去，车上都带着点儿北京街面上流行的服装啦，百货啦，鞋帽啦，吃的喝的啦，像是到那儿做买卖。我把车直接开到村里，然后在村口摆摊，不是为了卖钱，而是以物换物。"

"嘿，你这招儿够绝的。"我忍不住笑道，"玩的是'假道伐虢'。"

他笑道："这年头，农民都务实，给他吃的用的穿的，比给他钱高兴。一来二去地，我跟当地的村民也都混熟了。有时，他们想在北京买什么大件的东西，也让我捎。当然，他们手里的古董，也很乐意卖给我。有时，别的买主儿来买他们的'玩意儿'，他们不卖，专门给我留着。"

看起来，罗银水非同等闲之辈，除了有心眼，也有点儿经营头脑。

这种经营之道，让那些老古玩商自叹弗如。

颐指气使砸金表

从 1992 年起，雅宝路服装市场南侧，紧邻使馆区的一片小树林，成了倒买进口手表的自由市场。手表，一水儿的俄罗斯产品，甭问，都是从俄国"倒儿爷"手里逮来的。

倒表的，人称"表虫儿"，有无业青年、工人、干部、退休职工，还有东欧、俄罗斯的"洋倒儿"。

某电子管厂的工人陈可是表市上的常客。工厂生产不景气，上班也没有钟点管着，便把精力投入到"小树林"。倒腾了几个月，陈可成了表市上的"虫儿"。

这一天，他从一个俄罗斯胖子手里，买了一百块表盘上印有叶利钦头像的机械表。没想到这种表出手很快，十块钱一块的表，一倒手，一块四十块钱，俩礼拜都倒腾出去，一下儿赚了几千块钱，同时也让叶利钦头像的机械表爆火，这笔买卖让陈可露了脸，也出了名。

最近，听说陈可那儿又出了个爆炸性新闻，传得挺邪乎，笔者几经周折才在表市上找到了他。

我说明来意，陈可很愿意跟我聊聊。为了说话方便，我们来到旁边的日坛公园，找了个长椅坐下来。

陈可有四十来岁，白皙的脸上架着一副近视眼镜，说话不紧不慢，看上去挺斯文。

"你对手表很在行呀，玩了多少年？"我笑着问道。

他对我矜持地一笑说："没玩几年。小的时候，哦，七八岁吧，看我爸爸有块表，我淘气，愣把这块表给拆了。拆了，可就装不回去了。结果挨我爸一顿暴打。也许是有这个难忘的记忆吧，所以我对手表情有独钟。"

"看来你现在对表很懂眼了。"我说。

他想了想说道："玩表要有眼力，光靠撞大运不行。我从十几岁就好鼓捣这玩意儿，在厂里也常给同事修表，现在我家里收藏着几十块中外名牌手表，这些都是藏品，我不卖。俄国'倒儿爷'的手表一般质量不错，价格便宜，倒腾这玩意儿不费劲，砸不到手里。我倒了几个月算是入了点儿门。"

他顿了一下，接着说：

"几天前，我在表市上碰上一俄罗斯老太太，会说几句中国话。她见我对表挺懂行，畏畏缩缩地把我拉到一没人的地方，对我说，她是来北京旅游的，看一块来的人都往回倒羽绒服，也动了心，可她手里没钱，想把自己的一块金表卖给我。

"一听金表，我动心了。我对她说，我愿意成全她，但要看看东西再说。

"她从腕子上摘下表，递给我说，这是祖上传下来的，如果不是急等钱用，舍不得卖它。我拿起表看了看，凭我的眼力，这的确是一块金表。表的后盖上刻着几个俄文字母。老太太说的不是假话，这块表是地道玩意儿。

"我不想让它从我手里漏掉。我问老太太这表开价多少？她拿出计算器，按了五位数，一万块。我摇了摇头，告诉这个价太贵。老太太在计算器上显示出 9000。九千块？我又摇脑袋，老太太想走。

"我是诚心要买这块表，便把她拉住，又跟她砍了一个钟头的价。最后我把身上所有的钱都拿出来，凑了六千块，成交了。

"老实说，我玩了这么多年表，还是头一次玩足金的手表。这种表在国营商场有卖的，价码都上万，一般的主儿玩不起。我知道我捡的是个大便宜。但是我手头缺钱，不想藏这玩意儿。

"我的这块表，成了表市上的'孤品'。表市上的表，最高价过不去二百，而我的这块表开价一万。我想碰一碰运气，看能不能撞上冤大头。

"那帮'表虫儿'爱拿我的表说事儿，遇上买主就往我这儿引，其实我准知道他们不买。我让他们看，看的目的是想招点儿老外，这儿离使馆区近，美国的、西欧的、日本的，他们手里有钱。

"那天，我碰到一个大个儿美国老头儿，他对这块金表挺感兴趣，跟我砍价儿，我瞅出他不是诚心要买，但是我想跟他逗逗闷子，问他两千美元要不要？他拿起表，装模作样听了听，末了儿摆摆手。我又问他：一千美金要不要？老头儿依然摆摆手。四周围着好多瞧热闹的人直笑。

"这时人堆里探出一个脑袋，一看那派头就是大款，我心说这才是真正的买主儿。为了让这条鱼上钩，当他伸过手来要看表时，我故意不理他，继续跟老外讨价还价。

"这位款爷觉着自己有点儿栽面，把嗓门提高问：'哥们儿你这表卖不卖？'我白了他一眼说：'不卖？我拿这儿来干吗？'

"他说：'卖，你把表拿过来！'我说：'这可是金表，怕你买不起。'他说：'你别废话，把表拿过来我看看。'

"我心说这条大鱼快上钩了。还得吊吊他的胃口。

"我说：'不是小看你。看，你也没钱买。'他有点儿搓火，说：'就你这只破表，也值得跟我叫份儿，多少钱？你给个价。'我说：'一万块钱，少一分也甭想从我手里拿走。'

"他冷笑着说：'一万，你就这么牛×，见过钱没有？'

"我看跟他斗得差不多了，把表递给他，说：'哥们儿让你开开眼界吧。'

"他拿起表来，看了看说：'这表是金的吗？'我说：'不是金表我敢往这儿显摆？'

"他看了我一眼说：'哥们儿你也够猾的，真是金表我要啦！'说着话，他突然把表举起来照地上摔去。

"啊！这一摔我万万没有想到，在场的人也都惊叫起来。表在地面上蹦了两下，滚到一边儿，没事。他又捡起来，看也不看，朝一个水泥板上摔去，这一下使劲不小，表壳跟表盖分了家，机芯也散了。

"他闪开众人，冲路边停着的一辆'奥迪'喊了一嗓子，车门打开，走出一打扮挺时髦的小妞儿。小妞儿手里拿着皮箱。这位款爷打开皮箱，从里面拿出一摞人民币，面值都是百元的，打着捆儿。

"他把钱递给了我。我数了数，正好一万块。我当时傻了眼，真他妈碰上横主儿了。

"他冷笑一声冲我说：'哥们儿，没底气往后别这么随便跟人叫板听见没，摆谱儿你还差得远呢！'说完，挽着小妞儿上了车，扬长而去。

"等我醒过昧儿来，再找那块摔坏的金表，早已不翼而飞，不知是谁捡走了这个便宜。这位款爷真够牛 × 的。我还是头一次遇上这事。

"不单是我，表市上那帮'表虫儿'都没想到如今会有这种斗富的人。实在想不到他会玩这手，不知道这小子是哪儿的。"

陈可跟我讲完他的故事，脸上露出不可名状的神情说："这年头儿，有钱的大款为了摆谱儿真是挥金如土。为了夸财显富，拿钱不当钱。北京人管这叫'烧包'，我看这正是他们追求虚荣、玩世不恭的一种心理。"

我说："你是不是正是抓住了他们这些人的心态，才使大鱼上钩的？"

他不置可否地笑起来。

这位砸金表"斗气"的大款，不是别人，正是罗银水。

采访陈可的一周以后，我见到了罗银水。他打着哈哈儿跟我谈起了这档子事，情节与陈可说的一样。不过二人的感受各不相同罢了。

我猛然记起罗银水跟我说过的早年因一块"上海"牌手表，背黑锅，受污辱，挨处分，蹲大狱的事儿。

时隔二十年，这两件事难道有什么必然的联系吗？如果有联系，他砸金表，就不仅仅是"烧包"、夸富，其中一定还有更复杂的心态。

放话收藏"全世界"

叩开每个"古玩虫儿"的心扉，都会发现他们雄心勃勃的占有欲望。

这种欲望并不会因为他们已经成为"虫儿"而"见好就收"。人对金钱、财富、名望的占有欲是难以遏制的，就像一个垂钓者，他并不会因为钓上了几条大鱼而满足，就此收竿儿一样。

罗银水已是京城小有名气的"古玩虫儿"了。这种名气，并不是因为他拥有财富的多寡，而是他"吃"古玩"吃"出了名。

像笔者所采访的另外几位"古玩虫儿"一样，他怕自己出名，这里有许多不可告人的原因，其中最主要的因素是怕政府枪打出头鸟。

与沿海地区的大款不同的是，京城的大款致富以后，很少有人把钱投入到兴办实业上，建个公司、建个工厂等等。他们往往是挣到一定的份儿上，便开始闯入高消费领域摆谱儿，随意挥霍，夸财斗富。

这一点，与老一茬儿人的藏富心理迥然不同。这种挥霍与夸财斗富现象，说明了他们内心精神空虚，起码在事业上没有寄托。

而出现这种心态的原因，一方面是他们受过苦日子的煎熬，有过心灵的创伤和生活的耻辱，后来用辛勤的汗水、过人的胆量与超前的商品意识，包括靠各种投机手段发了迹，成为新生的贵族阶层，对往事的记忆犹新，以及社会上有些人的蔑视，使他们的心理上难以平衡，产生了玩世不恭的复杂心理。

另一方面，暴富的大款阶层，相对来说文化层次较低，物质财富的享有，弥补不了精神世界的空虚，造成事业上的浅视。他们在生意口儿，往往热衷于那些投资少、收益快的买卖。比如炒股、搞房地产，而不愿干投资大、收益慢的事儿。比如建个企业什么的。

有些大款一方面敢于冒险，另一方面又瞻前顾后，担心国家在政策上有新的调整，时局会出现新的变化，把辛苦挣来的钱白白扔掉。赚了钱，干什么？玩、享受，无疑成了他们生活中不可缺少的内容。

罗银水本身具有这种心态，我们也很能理解其他大款的这种心态。

夸财
显富
摆人金
表金拿
钱不当
钱
京称
这种
人是
烧包
涌方在
於京、
华。

得知他要买前门楼子的事，笔者来到了他在方庄小区新购的寓所。

他刚刚风尘仆仆地从广州回来。

居室装饰得非常豪华，客厅的三面墙，硬木立柜从地到顶，里面摆着精致的古玩。

"到我书房来聊吧。"他说。

书房里堆着许多古书，墙上挂着书画。另一间屋里是狗的世界，两条梳理得干干净净的狮子狗，在我们谈话时，摇头摆尾地跑过来，趴在他的脚下。

这两条狗他是花两万块钱，从狗市上买到的，纯德国种儿。他的本意是想过一道手，用更高的价，倒出去。谁知买回来，一看这两个小生灵挺近人性，逗得他挺开心，又有点舍不得撒手了。

"先养着吧，反正，我现在一人，有时也挺闷得慌，有它俩在身边儿解个闷儿。"

"你的业务那么忙，有时间侍候它吗？"

"我雇了个小保姆，专门侍候狗的。"

他微微一笑，喊了一声，一个挺腼腆的小妞儿推开书房的门。

"给客人沏杯茶。把'满意'和'发发'带走！"

他吩咐道。

"满意"和"发发"，这是他给两条狗起的名字。

"我讨厌那些让人听了似是而非，莫名其妙的外国名字，什么'菲菲'吧，'莎莎'吧，听着别不别扭呀？"

我不置可否地笑了。

"这次去广东没'炒'房地产？"

"没有，我这人向来不跟着哄，凉手不抓热馒头。我的优势是'玩'古玩，既然'吃'上这一口儿，别的什么再热，也不会动心。就跟北京人喝惯了二锅头，您给他茅台、五粮液他都未准喝着过瘾一样。股票也好，房地产也好，绝不是是个人就能'玩'的。没点根儿，您想'炒'房地产？开玩笑！"

"你这次去广州有什么贵干呀？"我笑着问道。

他笑了笑说："还贵干呢？没那么多讲儿！我就认干！我认识一哥们儿，原先是在国家一什么部委，当副处长，去年'下海'了，拉着另外俩人奔了海南。操，不到半年，成了千万富翁。干吗？'炒'房地产发的。丫挺的打电话要我去。前些日子，我飞着去了。你猜怎么着，这小子在三亚，置了五套小别墅。'炒'的。那儿的人'炒'房'炒'得眼睛都红了。全是内地的人。回头我一打听，多半都有根儿。没根儿，您大把大把的钞票等于白扔，全甜乎了别人。"

"怎么着？你也动心了？"我问道。

"我？嘿，你以为我是棒槌？土地是国家的，你以为是个人就能'炒'呢？真得上头有根儿，甭别的，'国土局'一个批文，顶你几千万的钞票。我爸爸是送煤的，我上哪儿找批文去。我在北京是大款。到了那儿，歇菜！那儿，手里有一千万，也是小巫见大巫。没有多大的尿儿。我那哥们儿拉我也'炒'房，我说，你干脆让我跳南海得了。一看嘿，那儿真不是咱们这号的玩的。我回北京，踏踏实实'吃'古玩吧，别自己跟自己过不去，奔火海里跳。"

他冲我眨了眨眼，诡秘地一笑。

"我同意你的说法，改革开放嘛，发财的道多了，干吗都挤一条道儿呢？"

"人到什么时候，也得知道自己吃几碗干饭，饿着，难受；撑着，也难受。我怕自己得噎嗝。真的。"

"你对'炒'房'炒'股，真不动心？"

"一点不动心，不蒙你。我估摸着这东西日子长不了，什么事'火'到一定份儿，就得咔嚓一下。就跟下网捞鱼似的，捞上一网的，算你抄上了，赶上这一拨了。捞不上，算你不走运，没有这福分。不能愣叫劲，努大发了，掉进河里了，'完菜'！我真不信，海南的房地产老那么'火'，跟股票市场的行情似的，有涨有落，有热有冷，有上房的也有跳楼的。可是古玩，'玩'着放心、踏实。尽管也有投机性，可是通这道儿的不多。我算计着，用不了几年，古玩这行当就得'火'。"

"怎见得呢？"

"你想去吧，现在的大款，哪个手里没有百万千万的？房子有了，家电有了，汽车有了，'大哥大'有了，情妇有了，宠物有了，你说他还'玩'什么吧？玩集邮？那东西忒'瘦'，也没有大的意思。再加上美元打着滚儿地往上蹦，人民币跳着脚儿地往下跌。存银行？那点利，还不够牌桌上'提拉'一下的呢？玩'古玩'，等着吧，大款们早晚都走这条道儿。"

"你真这么看？"

他说道："古玩，不仅是保险保值的人民币储蓄，也是一种文化，一种雅好。而且古玩放的年头越长，越值钱！世界上的大款，百万富翁，亿万富翁，几乎到后来没有一个不染上收藏癖的。你数去吧！美国石油大王哈默，好收藏世界名画。名画是什么？古玩呀！华人首富李嘉诚，不抽烟不喝酒，不搓麻不玩女人，喜好什么？收藏！真的，你琢磨去吧。收藏，也就是'玩'古玩。人发财发到一定的份儿，必得走这条路，这叫水流千遭归大海。古玩的行市早晚有一天得涨。市场的潜力大了去啦。兄弟，我选这条道儿，没错儿。别瞧有些人'玩'股、'玩'房地产'玩'大发了眼热，有他们笑的时候也有他们哭的时候。我？不笑也不哭，踏踏实实干我的事。"

"看来你的眼界还挺开阔，思路挺宽！"

"谈不上这些，我不跟你玩虚的。人要想干大事儿，就得往远处看，不能学我爸爸，他给人送了一辈子煤，眼睛就盯着煤了，自然也他妈的跟着倒霉。当然，我们爷儿俩赶上的时候不一样。你说我能走他的路吗？当年，不是毛主席教导我们，胸怀祖国，放眼世界吗？说真话，也许有一天，我要走出国界，到世界各国去收购文物。"

"你野心正经不小。"

他看了我一眼，口若悬河地说："人没野心，不如趁早'歇菜'。你说说看，世界上谁没有野心？人往高处走，水往低处流。挣一万，他会想到挣一百万；买了'桑塔纳'，他会想到换'奔驰''凯迪拉克'；当了处长，他会琢磨什么时候当局长、部长；当了硕士，他会巴望有一天能当博士。拿你来说也是如此：写了一本书，又会想到第二第三本；当了记者，又会想到当作家；拿了三等奖，又会想到去奔一等奖。你咂摸去吧，三岁小孩想多喝几口牛奶，多要几个玩具，这算不算野心？八十多岁的老头儿，他想再多活几年，活到九十，活到一百，算不算野心？人连临咽气还有野心呢，他琢磨着上八宝山，找个进口炉子烧他。野心，谁都有，只不过有些人装孙子玩。有，他嘴上不说罢了。野心，也没什么不好的，人要是没野心，也就没了追求，醉生梦死，浑浑噩噩的，人也就没什么希望了。我的野心，没别的，'玩'的是古玩，就想把全世界的古玩都'玩'个遍。全世界的文物等着我去收藏！当然，野心归野心，奢望归奢望。人的所有野心并不是都能实现的，但是，人活着不能没有野心。我说的，话糙理不糙，不信，你慢慢品去！"

这就是当年那个"大鼻涕"吗？

听了他的这番高谈阔论，我如堕五里雾中，禁不住睁大了眼，重新审视着坐在我面前的他。

他显得那么从容不迫，那么充满自信，那么扬扬得意。

我实在难以拿他，跟当年那个在小胡同儿，望着远方的前门楼子，脸上流着黄黄的鼻涕茫然若失的孩子，产生什么必然的联想。

『买卖虫儿』沉浮记

沙里淘金方为"虫儿"

"买卖虫儿"是北京人对有志于"商道"之人的一种调侃。这是一种谑称。

"买卖虫儿",很难归类。经商之道,本无定律。经商,是一门只可意会、难以言传的学问。老北京人有句话:三年,学出一个手艺人。十年,学不出一个买卖人。往白里说,经商的道行,不是能从书本里悟出来的。

您甭瞅经济学家讲经商之道,可以满腹经纶,好像一经点拨,便可走出迷津,蹦跶几下就可以闹个经理、董事长当当。其实,这多少有点卖弄学问挣饭吃的味道。甭别的,您让他当几天经理试巴试巴。

自然,那些手里拿着"牛津"或"剑桥"博士文凭的主儿,做起买卖来,能少绕点道儿,但是博士的头衔,对买卖的作用并不会直接见效。因为，毕竟做买卖不是做学问。所以，从古到今，大买卖主儿，并不是靠学问打得的家底儿。靠什么？三句话两句话说不清。

"买卖虫儿"，一般来说并没多少学问，完全是靠自己在商海中闯练出来的。既然把他们称之为"虫儿"，那么，他们绝不是一般人，有人把做买卖的条件归之为：精明加机遇。这未免有些简单。

做买卖的道行不是语言所能概括的，这就好像文学家，您看他能写小说，能写剧本，问到他成功的秘诀，他只能坦然一笑。当然他可以道出其中的幺二三来，可是您照着他说的去做，十个有九个得走瞎道儿。

因为每个人的自身条件在那儿摆着呢。您是个什么坯子，就能成什么材，这一点没什么商量的余地，强努儿，只能给自己找罪受。

"买卖虫儿"是"虫儿"。"虫儿"在某一行当里能进出自由。您甭瞅他这档子买卖赔了，但是他也许在那档子买卖上就能翻过身来。您说您不服行吗？

行为怪诞人称奇

在我采访过的各类"虫儿"当中，霍爷——霍春生的确是个人物，他可以说是条非常各色的"买卖虫儿"。他那诡谲多变的人生，以及对生活所持的那种玩世不恭的荒诞不经之举，令我现在想起来也难以理解。

我曾跟他作过几次深谈，但他给我描述的个人发家的道路和四十多年走过的人生旅途，是那么地缥缈茫然，以至于使我听后觉得那是天方夜谭，是他在跟我调侃人生。可是，事后我从他的几个朋友那里摸底，人家告我，他说的都是真事儿，并没掺"水"。

看来是我孤陋寡闻，而不是他逢场作戏。

我第一次接触霍爷，是 1992 年夏天，当时他夸财斗富，在京城爆了个"冷门"——掏一万二千块钱，点了一首歌。

从我的朋友王旭那儿听到这件事儿，我的惊诧是可想而知的。

一万二千块钱，当时相当于我三年的工资！

惊诧之余，我想到了另外一个问题，是不是他看上了那个唱歌的演员？或是跟那家歌舞厅的老板有什么"默契"？我急于想知道他如此"烧包"的动机和隐衷。

王旭告诉我："你说的这些都不对。他单为赌一口气。"

"为赌一口气？就舍得拿一万二千块钱，打'打水漂儿'玩？"

"这在霍爷那儿，是常有的事儿。"

王旭不以为然地笑道。

王旭在西单夜市练服装摊儿，认识许多款爷，虽然他"下海"时间不长，还没完全扑腾起来，现在还不够款爷的档次，更够不上"虫儿"。

"你能不能带我见见这位霍爷？"我对王旭恳求道。

"实话说，我跟他也是半熟脸儿。他是生意口儿上混的'虫儿'，成天价不着家，到处飞，找他不容易，不过我可以试试。"王旭有点儿为难地说。

"别跟我废话了，我什么时候求过你呀？"我将了他一军。

王旭吃硬不吃软，见我把脸沉下来，马上换了一种语气说："好吧，我想办法让你跟他见上面还不行吗？"

"这还差不多。"我笑道。

王旭想了想说:"但是有一样,你见到他,千万别露自己的身份。他可不愿什么人来写他,你要见他,也只是说来谈生意的怎么样?"

"可以。只要你能把我介绍给他就行。谈什么,我会随机应变的。"我说。

以后的十多天,我一直在等王旭的电话。我对这个采访对象产生了浓厚兴趣。在跟他见面之前,我又从另外一个"买卖虫儿"那儿,了解到霍爷的一些轶闻。

霍爷平时不修边幅,他不像有些大款,把富态尽显其表,西服革履,手指头戴着金戒指,手里拿着"大哥大",趾高气扬的劲儿。他身上的"行头"跟街头巷尾收废品卖花生仁的老农相差无几。

他的这种扮相,的确让人莫测高深。当然也时常让人"打眼"。尤其是眼下的社会风气,衣貌取人是最普遍的心理。

那些不摸底细的人,以他的这身装束而稍有怠慢是难免的。逢到这时,他不急不恼,也不跟人"比眼珠",他只用钱来"说话",弄得对方窘迫难堪。

有一次,他到某五星级饭店请客。把门的门童和礼仪小姐上下打量他一番,把他当成了乞丐,挡在了门外,大堂的经理也走过来,告诉他走侧门。

霍爷知道走侧门的意思,侧门是饭店倒垃圾的地方。霍爷冷笑起来,他的笑充满了轻蔑和冷漠。

后来我在采访时,多次看到过他的这种冷笑,那是狂傲不羁、蔑视一切的笑。你会从这种辨不清是喜是怒、是苦是辣的神秘莫测的狂笑中，体会到一种玩世不恭的人生游戏或人生恶作剧的意味。

可能当时那家饭店的当班经理，错以为遇到了一位神经病。他们连推带搡、连说带劝地想把他逐出大门。

霍爷依然狂笑不止，笑够了，他问道："什么人可以进饭店？"

经理说："起码要有一定的消费档次，我们这里一杯酒就二百块钱，够你花半年的。你还是到别的地方去吧。"

霍爷说："一杯酒才二百块钱是吗？那你们这儿太便宜了。我先'喝'两杯怎么样？"

说完，他从满是油垢的破衣服兜里，掏出一沓子面值百元的钞票，数出四张，交给经理："去吧，我要到你们这儿最牛 × 的餐厅摆一桌。拿着，这是你的小费。"

经理一时愕然。他当然不能收这钱，于是乖乖地领着霍爷走进饭店，乘上电梯，来到最好的餐厅。

霍爷落座后，给他的朋友打电话，宴席改在另外一家饭店。然后让餐厅经理，把刚才接待他的大堂经理叫过来。

他问大堂经理："吃没吃午饭？"

大堂经理告诉他："没有。"

"好，今天我请你，我得谢谢你刚才的热情接待。"

大堂经理连忙说："别别，别价嘿。实在对不起老板，我们误会您了。我们有纪律，怎么能让您请我吃饭呢？我们有工作餐。"

"我不管你有没有工作餐，我说要请你吃饭，就请你吃饭，吃不吃是你的事儿。"霍爷转过身，让餐厅经理把菜谱拿过来，一气儿点了几千块钱的菜，随后结了账。

没等菜上桌，他对大堂经理说："坐下吃吧，客气什么？今天，爷请客！"

经理一脸尴尬地说："不不，我们哪儿能吃您的饭呀？"

霍爷冷冷地看了他一眼，嘿然一笑道："那你自便！"

说完，他一摆手，便扬长而去，惊得饭店经理和服务小姐面面相觑。

第二天，霍爷还是那身扮相，再次来到这家饭店。门童和礼仪小姐殷勤接待，经理也慌忙跑过来作陪。

"您有什么需要，尽管说。"经理满脸堆笑道。

"我没什么需要，就不能进来吗？"霍爷把脸一绷问道。

"您是贵宾，想什么时候来，我们都会热情接待的。"经理笑着说。

霍爷掏出烟，经理立马给他点着。

霍爷抽了一口烟，莫名其妙地大笑起来，笑得让经理如堕五里雾中。

霍爷轻蔑地看了经理一眼，突然把烟往地上一扔，用脚踩灭，转身走了。

霍爷要的就是这个"范儿"。

一万块钱听首歌

杨胖子，也就是霍爷点歌的那个歌舞厅的老板，接受了我的采访。

杨胖子，四十多岁，长得并不胖，不知为什么别人会给他起这样的绰号。他以前是某剧团的"龙套"。混了十来年，也没"出息"

个什么"角儿"当当，一咬牙辞了职，在东四练了两年多服装摊儿。以后有点"底气"，在东四十条立交桥附近租了个门脸儿，跟人搭伙开了个歌舞厅。

这是1989年的事儿，当时，京城的歌舞厅业还刚刚冒头儿，杨胖子的生意着实"火"了一阵。

谁知，好景不长，他的歌舞厅还没站稳脚跟，京城的歌舞厅业呼啦啦起来了，一年的工夫，冒出上百家。饭店增设歌舞厅也成时髦，档次都比杨胖子的不低。当初的那些主顾，包括霍爷纷纷另谋高门，不上他这儿来了，眼看自己的业务被人"淹"了，杨胖子自然搓火。

大概是受一部电影里的某个情节的启发，杨胖子心生一计，想借"鸡"下蛋，他知道霍爷拿钱不当"钱"，到处当"大头"，于是想狠狠儿敲霍爷一下，同时也往外打打知名度。

杨胖子早年在文艺圈里混过差事，深谙圈里的路数，也认识一些在外面"走穴"的歌手。知道请那些大红大紫的"星星"上他的歌舞厅，一是人家看不上眼，二是他也拿不出那么多钱往里"填楦"。

于是他把某歌舞团的女歌手，在外头"走穴"时改名叫"映山红"的三流演员搬了来。然后暗中又找了几个哥们儿伴装成港台阔佬，在台下竞相点歌，哄抬"映山红"的身价。

杨胖子事先把"局"设好，拿着大红请柬，去请霍爷。

霍爷正好刚做成一档子甜买卖，赚了几十万块，正在兴头上，见杨胖子一脸殷勤，央告他去给"映山红"捧场，不好驳面子。

他跟杨胖子以前打过交道，杨胖子一直拿他挺当回事儿，张口大哥闭口大哥,叫得透着那么亲热。他这人有时经不住三句好话。

霍爷被安排到贵宾席。"映山红"一出场,他便与杨胖子的那几个哥们儿争起来。

一开始,点"映山红"唱首歌,起价是五十块。可是,后来那几个"港台阔佬"都抬到了五百块。

"映山红"的歌喉圆润,长得也挺"甜"。几曲港台歌终了,霍爷问杨胖子:"那几个抬价儿的主儿是哪儿的?"

杨胖子诡秘地一笑说:"是港客。"

"哦。"霍爷一瞅那派头儿,也给"蒙"住,他信以为真了。

此时,"港台阔佬"已经把点一首歌的价码儿,抬到了一千块。

霍爷的脾气上来了,一拍巴掌,叫道:"我点一首歌,两千块!"

想不到对方存心斗气,把他提的价码儿翻了一倍。霍爷急了眼。

此时身穿大红色旗袍的"映山红",在台上对他频频示意,暗送秋波,杨胖子也在一边斜睨着霍爷,缄默不语。

霍爷腾地站了起来,对众人道:"只要'映山红'为我唱首苏芮的《奉献》,我霍爷敞开口子,任她点东西,她点什么,我出钱给她买什么!"

这句话像往油锅里扔了块木炭,腾起一团火苗,众人呆若木鸡。

霍爷绝不食言,杨胖子暗示"映山红",要狠"宰"霍爷一刀,起码要辆"桑塔纳"。

"映山红"没敢开牙,只提出让霍爷为她买一只宠物。

霍爷次日开着车,携"映山红",来到京郊昌平的"神州爱犬乐园",由她随意挑选。结果霍爷掏一万二千块钱,为"映山红"买了一只荷兰种的哈巴狗。

一万二千块点一首歌，真是令人吃惊的"奉献"。

杨胖子跟我有点儿闪烁其词，显然他是因为自己做的"局"，没能狠狠地宰霍爷一刀，却便宜了"映山红"而耿耿于怀。

"不过，事后这事在京城的'买卖虫儿'当中传了出去，我的歌舞厅'火'了一把，人们都想一睹'映山红'的风采，合着我反倒替她做了广告。"杨胖子面带不悦之色地说道。

"霍爷还上你这儿来吗？"我问。

"你问他呀？他可是大忙人，偶尔到我这儿来照一面，他们这些人本来没有听歌的雅兴，来，也不过是消遣，泡妞儿，挥霍一下。"

我似乎从杨胖子这儿，得不到有关霍爷的更多情况。为了弄清霍爷到底是怎样一个人，只有采访他本人。

没过两天，我接到了王旭的电话，他说霍爷同意见我。王旭让我直接上霍爷的住所去找他，给我留下了他的地址。

采访也要抖机灵

走进北郊的一栋公寓，我叩开了霍爷的家门。

这是五居室一套的豪华公寓。它的产权已归霍爷。三年前，他用了一百多万元把它买下，室内装饰得极其豪华，木墙围拼着精致的花纹，石膏板吊顶，水磨石的地面铺着地毯。

客厅里摆着一个大写字台，旁边的方桌上放着一台电脑。室内的两面墙排列着组合柜，里面摆着许多古玩，另一面墙上挂着几幅裱好的字画。整个环境显得十分高雅，与我原来想象的大相径庭。

霍爷，四十多岁，瘦高个儿，头发略微有点谢顶，高颧骨、深眼窝、蒜头鼻子，下巴刮得很干净，一对闪着火炭似亮光的小眼。

尽管已是初夏，他却穿着笔挺的西装，打着领带。好像是有意打扮，不过要是细看，领带系得稀松二五眼。

一位挺漂亮的小姐儿把我带到他的客厅时，他正坐在写字台前打电话，显然是在谈一笔生意，所以，我进来时，他没放下电话，只是摆了摆手，让我坐在离写字台不远的皮质圈椅上。

他的这身装束与打电话时的那种矜持举止和语态，改变了我临来时，听别人介绍对他所形成的印象。他倒很像个经理呢。我暗忖。

那个小姐儿给我端来一杯刚沏的茶，并且为我点着一支"三五"，然后留给我一个甜甜的微笑，转身走了。

霍爷好像是给他的下属下什么指令，因为打电话的语气都是命令式的，极简短，极干脆。

撂下电话，他从写字台上拿起一支又黑又粗的雪茄，点上，嘴里喷出一股浓浓的呛人的烟雾，拿眼审视着我，冷漠地说："你找我来谈生意？"

"哦，是……"我突然发现他的眸子射出的光，像一把利刃，这道目光有一种令人不寒而栗的冷漠。

"哈哈！"他猛然爆发出一阵狂笑，令人难以捉摸，这让人感到这笑声里，似乎有一股寒冷的气流。

"你不是生意人。"

"哦？为什么？"我愣住了。

"你看着我的眼睛。"他阴冷地说。

我的记者职业，使我要跟各种各样的人打交道，上至国家领导人，下至普通老百姓，包括三教九流，地痞流氓。我一向不怵任何邪恶的眼睛，但是霍爷的眼睛，却让我心里打了个冷战，因为我从这鹰隼一般的眼色中，一时难以洞察到它所表露的意味。

但我还是把眼光扫向他，四目相对，疑惑与诡谲交织在一起。我不知这是一种什么力量的抗衡。

"你的眼睛好厉害呀！"我淡然一笑，试图打破这种使人尴尬的局面。

他扬声笑了，这一次笑容里带有一些能够觉察到的善意。

"厉害？那分对谁。对你，我不敢，也没必要。你说我的话对不对？你不是来找我谈生意的。"他面无表情地说。

我想我临来之前，王旭一定跟他讲我是来谈一笔什么买卖的，而我的外表和气质，的确不像是个生意人。

这一点，别说霍爷，就是换了别人，也会一眼就能识破。我怎么装也装不像，可话又说回来，我又何必跟他演戏呢？

"你说得对，谈生意，不过是个借口，我是报社的记者，找你来，是想交个朋友。"

"跟我交朋友？为什么？"

"听到不少跟你有关的故事，觉得你是一个很有意思的人，想认识你，跟你成为朋友。"

"交朋友，你就直说交朋友，干吗要说你找我谈生意？你们这些耍笔杆儿的，真是书生气十足。谈生意？就你这样儿，不是我踩咕你，我要掭坏，把你卖喽，你也许还得念我好儿呢。"

他抽了一口雪茄，淡然一笑道。

"这话怎么讲？"我故作憨直地问道。

"这年头，做买卖瞅着容易，其实这里头的道儿深着呢。我这人说话直来直去，没点手腕儿的人，干脆甭走这一经。做点小买卖倒成。弄个仨瓜俩枣的，撑不死，也饿不着，当个规矩人。您要想干大买卖，不心黑手狠，不认识几个'高层'，能成事，除非太阳从西边出来。所以我说，看你这文弱书生的样儿，不像是在生意口儿上混的人。"

我释然一笑。对他的这番歪理，委实不敢苟同，也许这只能算是他的生意经。

"找我有什么可谈的？交朋友？甭跟我玩这'哩哏儿愣'。真的，你是报社记者，能看得起我们这号人？是不是想从我这儿找新闻素材呀？"

"假如您这儿真有新闻，宣传一下不好吗？"

"扯臊去吧你！我这儿能有新闻？得啦，手头缺钱花，你就明说。眼下，你们当记者的不是讲究'吃'企业，'吃'老板吗？你趁早别在我身上打主意，我这人一身的'土腥儿'味，上不了台面儿。找零花钱，你甭客气，直说。"

"你别太小看人了，你以为我们当记者的，都像你说的那样没骨气，不嫌寒碜，伸手就跟人要钱吗？"

"嚯，你倒是像有骨气的样儿。说吧，找我什么事儿。"他冷笑了一声。

"我是真心实意来跟你交个朋友，你要看得起我，咱们就别玩虚的，好好儿聊聊，你要看不起我，我决不给你这儿添乱。"

我做出十分生气的样子，背上挎包，站了起来，要走。

他的深眼窝里，"小火炭"闪了闪，笑了起来。

"气性不小呀你。你要走，我绝不拦着你。可有一样儿，这不是我轰你走。兄弟，在外边闯荡，别那么小肚鸡肠。我能看不起你吗？"

"瞧你这态度。老实说，我采访谁，也不会像你似的。"我又"烧"了他两句。

这时，电话铃响了，他拿起电话，用手示意我坐下。

电话可能还是刚才那人打来的。

霍爷对着话筒，不是在说简直是在吼："不是他妈告诉你了吗，甭啰唆！就是那个价儿，多一分钱也不行！什么？我去谈？我去谈，要你干吗？你的脑子让狗给叼走了？不会多动个心眼儿吗？甭废话，这个买卖放跑喽，别怪我跟你翻脸。"

"咣！"他把电话放下了。转过身来对我耸了耸肩道：

"你倒是个'局器'人。得，咱俩今儿算是认识了。往后我们就是哥们儿。实在抱歉，你瞧见没有，我手下雇用了一帮废物，屁大的事儿也找我拿主意，得我亲自出马。这是个甜买卖，我不能把到嘴边儿上的肥肉，白扔喽。我得去一趟，陪不了你啦。"

他喊了一嗓子。刚才那个小妞儿迈着轻盈的步子走过来。

"你陪这位先生，到好一点儿的饭馆吃顿饭，口儿高着点。"他吩咐道，又转过身对我说："我是大老粗，没喝过什么墨水，小时候，背过唐诗，《琵琶行》知道吧？白居易的。里面有一句：'商人重利轻别离'。真他妈是这么回事。买卖人，买卖一来，连亲爹亲娘都得先甩一边去。我不能陪你，但也不能让你白跑，等这笔买卖办成，我请你到郊外待一天，咱们好好儿聊聊，怎么样？"

我也站起来，装模作样地看了看手表，说："我正好也有点儿事，那我听你的信儿，咱们改日谈吧。"

"正是饭口儿，你别空着肚子走，让我的秘书陪你吃顿饭总可以吧？"他指了指那小妞儿。

我婉言谢绝了。倒不是我故作"清廉"，而是我实在不敢"沾"他们这种人，我搞不清他走的是"黑道"还是"白道"。

他似乎对什么事也不勉强，尤其是场面上的事，只有在做生意时，他才寸步不让。

第一次见面就这样结束了。

我之所以将这些记录下来，是便于读者对霍爷其人有个大致的认识。

无可奈何背《三国》

一个星期以后，我接到霍爷打来的电话，他说那笔买卖谈成了，心里挺痛快，邀我到他在密云水库边上刚买的一栋别墅去看看，并且要跟我一块儿聊聊。

"好，一言为定。"我愉快地答应了。

第二天，他开着"桑塔纳"来接我。汽车在京密公路上奔驰的时候，他跟我谈起刚做成的那笔买卖，显然他又赚了一个"大头"，言谈之中难以掩饰内心的喜悦。

某部委下属的一家公司，在繁华的街面上开了一个五百平方米的电器商店，开业两年，没赚钱反倒赔了，此外还欠两百多万元的债，公司方面自识回天无术，决定将商店"盘"出去。

霍爷相中了这块地皮，他凭着多年在"商海"闯荡的经验，认为可以利用它大干一场。于是把家底儿都端了出来，答应把这家商店的那两百多万元的"窟窿"补上，商店的所有商品以批发价的百分之五十全部收过来，每年给他们二十万的租金。

那家商店开始有些犹豫，五百平方米的铺面房，年租金二十万元，实在是太便宜了。可是那二百多万元的债主逼得正紧，提出不立马儿还清，利息加倍。他们在无可奈何之中，跟霍爷签了三年的合同。

为什么不签更长一点？原来霍爷已通过朋友打听出来，这家商店地处城市规划的"黄线"之内，按懂行的人说"红线"规划区内的，两年之内要拆迁；"黄线"，要在五年之内拆迁。所以霍爷的合同只定三年。他自信只要经营得法，一年就可以把本赚回来，那两年的利润，等于白落（音烙）。二十万的年租金只能算个"零头"。

让那家商店至今还蒙在鼓里的是，霍爷在谈这笔交易时，从中使了"楂儿"。他得知商店的债主是某公司，便事先与某公司的主管串通好，向商店施加压力，逼商店立马儿还债，某公司得到霍爷的好处，自然十分卖力，拿着一摞债单，向商店的老板"叫板"，使商店的老板"饥不择食"。

而与此同时，霍爷又找了几个大款，以"盘"这家商店为名，把价码"炒"到一定的高度，又猛跌下来，弄得商店老板晕头转向，情急之中抱住了霍爷这条"佛腿"。合同签了，还直劲儿念霍爷的"救命"之恩。

我听了霍爷的这段即兴道白，暗自折服他生意口儿上的精明。

"做买卖就像是赌钱。凭运气，也凭胆量。"霍爷说。

"是不是还应该有谋略？"我说。

"那当然，但胆量本身也就是谋略。你看过《三国》吧？"他点着一支烟，吸了一口，看着我问道。

"你问的是《三国演义》，还是《三国志》？"

"当然是《三国演义》了。"

"看过。听说你会背《三国》？"我笑着问道。

"嗨，那都是陈芝麻烂谷子啦。"他不以为然地说。

我发觉他虽然话是这么说，但提起他背《三国》这件事，还是很有兴致的。

"你怎么想起背《三国》呢？想去说书吗？"

"我哪儿是干那个的料呀？我是'六八届'的初中生，中学毕业的时候，我们这届的几十个学生没去农村插队，分到京西煤矿，我在煤矿背了几年煤。"

"这可是苦活儿。"

"是呀。当'窑花子'那会儿，待着没事，找了本《三国演义》，包上《毛选》的封面，天天背。我这人记性不赖，背一页，撕一页，等到我从煤矿出来，上下两册《三国》，也就让我撕干净了。"

"这么说，你都能背下来了。"

"那时候，你可以随便说出《三国演义》的一个章节，或者是一段对话，我都能告诉你是哪一页上的。"

"有这么厉害？"我笑道。

"当时一块儿背煤的有个哥们儿，跟我打赌，他说我吹牛。我说你把哥儿几个都叫上，拿着《三国》，咱们当场测验，你说三段，我要是有一段说不出是哪一页上的，我这一个月的工资不要了，请哥儿几个上'老莫'。"我插话道："'老莫',莫斯科餐厅,当时是京城有名的俄式餐馆。"

"对。我跟他说,如果我都说上了,你这一个月的工资甭想要了,请大伙儿上'老莫',是你的'东家'。但有一样儿,你拿的《三国》得是人民文学出版社的本子。"

"他说什么?"

"他满口答应了,叫来了七八个'窑哥们儿',都是城里的学生。他翻了翻书,念了三段,我记得有一段是第一百零五回里的'武侯预伏锦囊计,魏主拆取承露盘'。我不但把他找的那三段说出在书的多少页,而且还接着他念的段落把它背完,这哥们儿算是服我了。"

"把他们都给镇了吧?"

"那还用说吗?可是那小子他妈的抠门儿,临到请客时,又变了卦,结果这顿饭还是我请的。"

"嘿,还是你仁义。"

"嗐,小事一桩。这都是二十多年前的事了。那会儿在矿上,吃饱了混天黑,待得浑身痒痒,干吗去呀。背《三国》,不过是我的一乐儿。现在您再让我背,我可能一段也背不下来了,差不多都就饭吃了。不过,你也许想象不到,这部《三国》,后来在我做生意时起了多大的作用!"

他沉吟了片刻,减慢了车速,点着一根雪茄,说:"据说日本的企业家,把《三国》作为必读的经典。可惜的是中国做买卖的主儿,真懂《三国》的不多,有些人'下海'做生意,纯粹是他妈的浑水摸鱼,包括我在内。虽然说能把《三国》背下来,但是有时派不上用场。不过话又说回来，如果眼下中国做买卖的主儿都懂《三国》，我也就赚钱没那么容易了。"

他说完径自笑起来。这一次，他笑得很开心，很坦荡。

我想了想说："谁说中国的'买卖虫儿'不懂《三国》？我看开歌舞厅的杨胖子就懂。"

他知道我是说点歌的事儿。反光镜里，他的脸上掠过一丝阴影。

沉了一会儿，他说："我不是吹，杨胖子的那点儿'道'，差远了。你以为我是入了他设的'局'是吗？"他冷笑了一下。

"哦，这么说这里还有故事？"我纳闷道。

他哼了一声，说道："实话说吧，他的那两下子，我一开始就瞅出棱缝来了，我是成心顺坡下驴。他这些年也不容易，我不能让他下不来台。我这人讲仗义，我知道他的歌舞厅正走'背'字，扔一万二，甜乎了那个唱歌的，实际上我是给杨胖子圆场。"

"我以为你让他给涮了呢？"我笑道。

他回过头冲我撇撇嘴，说道："他这小子想算计我？不是我吹，他还毛儿太嫩。找几个哥们儿，装他妈的港商，你说他蠢不蠢吧？我真给他留着面子，不然，我使个心眼儿，就能让他歇菜，买卖关张。"

"这些都没逃过你的法眼？"

他扑哧笑道："做买卖，没他这样干的。我跟他没冤没仇，不想拆他的台，但是我把这话撂在这儿，就他这种经营法，歌舞厅早晚得塌架，不信咱们就走着瞧。"

"你为什么这么说？"

霍三儿
给几个
背煤
的哥们儿
背
三
国里面
的三段
真让这
哥几个
服了
淘劳作

"我这人做买卖也好，做人也好，只信一条，别置人于死地。错来，做买卖总免不了要坑人，俗话说商人就是'伤'人，可不能把事儿做绝，更不能在朋友身上打主意，兔子不吃窝边草。"

"这倒是一句古训。"

"就是嘛。有本事往外打，净他妈的拨拉小算盘，算计别人。您说这买卖能长得了吗？一万二，算我霍爷'烧包'，摆了一次谱儿，这都是表面上的事儿，可谁知道这里头的戏呢？"

"这话倒是透着深沉。"

他迟疑了一下，说道："这年头，商潮闹得人心都浮躁起来，都想急功近利，都想抓大钱，而没人去琢磨水面下边的人复杂的内心世界。当人人都追求一种虚荣的时候，虚荣往往掩盖了自私和伪善。你可能也听到一些有关我的事儿，否则你不会来找我。你也许被那些假象所迷惑，觉得我这人怪诞不经，暴富之后，难以抑制寻找失去的本来应属于我的自身尊严的冲动，也就是说极力夸财斗富，向世人证明什么，显示什么，是不是？"

"是有一些传闻。"我坦言道。

"这实在是一种错觉。"他自我解嘲道，"不过这种错觉，正是我想要达到的目的。你在没了解我个人生活经历和我的性格之前，一定会对我的种种荒唐之举，抱以嘲弄的讥讽。是的，我是一个草民'坯子'，我不管做何种努力，也难以摆脱骨子里的草民意识。不过，正是这种意识，使人在成为大款之后，产生了对社会偏见的某种报复心理。"

"报复心理？是这个社会让你富起来的呀。为什么还要报复社会？"我十分不解地问道。

"你也许难以理解，我所以做出的一切，是在跟我的人生做一场游戏，是我在跟社会开一个大的玩笑。在生意口儿上，我似乎是英雄。但在社会舞台上，我却是懦夫。在人们的观念里，社会的等级似乎早已排列好了，而我跃不上不属于我的那道台阶。"他长长地叹了口气。

"这……"他的话，让我一时无语了。

这一路，他开车，我坐车。我在车上一直在静静地听他的内心独白，沿着他的思路，我体味着他的人生感叹。

过了好一会儿，他说："人生真是一场梦，人生也是一把牌，跟谁赌呢？自己跟自己赌。"

在后视镜里，我观察到他的脸，他的话像是他的脸一样凝重。

听了他跟我的这段对话，我改变了以前对他的看法，我看出他不是跟我这儿玩深沉。只有心灵受到重创，只有内心世界极其复杂的人，才会发出这种人生的感慨。直到这时，我才意识到，他是个谜。他的所有行径似乎都是抛向社会的一个谜团。

"到我的别墅，我们再详谈吧。"他把燃烧了一半的雪茄掐灭，双手握住方向盘，狠踩一下油门，车像野马一样向前冲去。

绝不起哄架秧子

霍爷的"别墅"坐落在离水库不远的山坡上。说是"别墅"，其实只是十几间砖瓦房。

用红砖砌成的高大院墙，使这个院子有几分神秘感，其实院子里并没什么建筑，只有几棵新栽的树和一些花草，树我叫不出名字来，只认出有柿子树，显得十分空落，正房有八九间，东西厢房有四五间，是老北京三合房的格局。

霍爷住的正房，里面摆着一些简易的家具，只有床是新的。他特地从城里雇了个退休老头儿，给他看家。

老头儿姓张，是城里某工厂的工程师，老伴死了多年，一直孤身独处。两年前，他得了脑血栓，差点儿"弹了弦子"。医生建议他静养，正好霍爷从当地的农民那里买下了这个院子，需要有个照看的人。

老头儿愿意来，一来，霍爷每月给他三百块钱，比他的退休费不少。二来，此处依山傍水，正好养病。此外，他还喜欢钓鱼，清清静静，何乐而不为？霍爷派人，每周从城里给他拉些吃的用的东西，生活上没急着。

霍爷把车直接开进了"别墅"的院里，老头儿很热情地把我让进屋。落座后，他沏茶招待我们，笑呵呵地说："早晨刚钓了几条鲫鱼，个儿不小，正好中午下酒。"

霍爷似乎看出我对他这座称之为"别墅"的小院，有几分疑惑。

"你是不是觉得这个院子有点寒酸？"他问我。

"跟我想象的有点儿距离。"我实话实说。

他点着雪茄，眨了眨那对小眼，说道："中国人干什么事儿都起哄架秧子。就说'炒'房地产吧，听说深圳、海南，炒房地产能赚大钱，便夹着皮包，纷纷南下，好像是个人都能在那儿买地，是个人都能大把捞钱似的。其实，他们也不动脑子想想，房地产那是国有财产，国家就那么轻易地把这笔钱让你挣走？你不认识人，连国土局的门也进不去，更甭说弄到批文啦。我去过深圳，也去过海南，不过是到那儿看看行市，让我往那儿投资，我却没那胆儿。第一，我不能舍近求远，守着京城这块风水宝地，跑那儿去现'挖井'。第二，我知道自己吃几碗干饭。没有路子，没有根儿，你就是投上几百万，最后也是白饶。搞投机生意，我历来不跟着哄，走自己的道儿。"

他并没直接回答我的问题。

见我脸上的不解神情，他沉默不语，带着我，在"别墅"的周围转了一圈。

我猛然发现这几间房的位置，处在一个缓坡上，离水库只有一箭之遥。山上绿树成荫，山下水库碧波如镜，眺望远方黛色山峦，俯瞰脚下的一池碧水，风光旖旎，令人心旷神怡，真是难得的消夏避暑之地。

远处的山坡上有人在大兴土木，三层小楼，红白相间的彩色水泥墙面和高高的屋脊，在晴朗的阳光下显得格外耀眼。工程还没结束，脚手架上的工人正在工作。

"我这几间房马上就要拆了。"霍爷沉思了一下对我说，"准备也盖两栋三层小楼，图纸已经找人设计好了。"他指了一下远处的工地说，"盖起来，要比他们的讲究。"

"你这几间房和院子，花了多少钱？"我问道。

"十万。"他用手比画了一下。

"才十万？"

"两年前有个哥们儿拉我到这儿钓鱼时，我便相中了这一块宝地。正好这几间房的主人要搬到县城里住，我通过关系，把它盘了过来。其实真到他手里，撑死了三万块钱。但是我'把'过这几间房，还要办手续，要过户，要交税，要打点，全加上，十万块就打不住了。"

沿着蜿蜒的小路返回小院时，他诡秘地一笑道："用不了五年，我的这套别墅能值三百万，信不信由你。你看这儿的地理环境，说实在的不比北戴河差，尽管那是大海边上，可是海边有海边的好处，湖边有湖边的好处，更何况这儿离北京只有一百多里地。以后城里的那些款哥款姐周末度假，也许再没有比这儿更好的地方了。"

"确实如此。"我点了点头。

他颇为自信地冲我笑了笑说："眼下按国际上富有阶层的生活水准看，第一是住房，第二是汽车，第三是别墅。有些人还没预料到这一点，也就是说还没看清楚这一步。闹闹哄哄到特区去搞房地产生意，其实眼皮底下的生意，他们却没看清楚。我手里是没贷款，有的话，我会在京郊的几个风景区，多买几块地皮，现在地皮还比较便宜，过不了两年就会'炒'上去，不信咱们走着瞧。"

也许他是属于土生土长的贫民暴富的大款阶层，他对中国的国情看得挺透，而且把发展的眼光始终盯着农村这块广袤无垠的沃土。这在他下面为我讲述的个人发家史中，可以清楚地看到这一点。

张老头儿的烹饪技术不错，中午饭完全是乡土味儿，清炖鲫鱼，棒子面贴饼子，绿豆小米粥，一盘煮花生米，两碟自己腌制的小菜。

霍爷吃得挺香，两杯"二锅头"下肚，脸上布起了红晕。他显得十分兴奋。

"又吃到这种顺口儿的饭菜了。说实话，饭店里的西餐大菜，或是粤鲁川淮的美味佳肴，我一点儿吃不惯。有时花上百块甚至上千块钱点一道菜，除了应场，再就是摆谱儿，吃起来真没有棒子面贴饼子香。有时候，我每道菜只动一筷子，回到家，却吃热汤面和炸油条。"

霍爷的嘴边掠过一丝冷笑。

"大概许多人跟你有同感。"我笑着说。

"人有时挺怪。想得到的东西，得不到时，绞尽脑汁去奔命，赶到你真得到了，又觉得就那么一回事儿，还不如原来的好呢！就拿我来说吧，拼命挣钱，在商场上尔虞我诈、斗心眼、使耙子，真成了买卖地儿的'虫儿'，反倒觉得没什么意思，心里空得慌，还不如当工人那会儿自由自在、无忧无虑。"

"难道你在事业上的成功，就没有一点愉悦感？"我惑然不解地问。

"事业？你太高抬我了，我哪有什么事业？说白了我不过是商海里的一条'虫儿'，'买卖虫儿'，你懂吗？难道你以为当了'虫儿'，发了财，就是事业吗？"

"不是事业，又是什么呢？"我反问道。

"过去社会上，管我们这号人叫'倒儿爷'，现在又叫'买卖虫儿'，说了归齐，我们不过是拿钱倒来倒去，像是打麻将，或是打扑克牌一样。"

"你不准备干点实业吗？"

"不想。起码暂时不想。"

"为什么呢？"我点着一支烟问。

"为什么？我现在好像在社会上没有找到位置。'定位'懂吗？

现在人们不是常说要在社会上定位吗？"

"我觉得你已经'定位'啦！"

他把碗里的粥喝净，放下碗，点着雪茄，略有所思地说："人的思想是极其复杂的，而有些时候，人们只看人的表面，不去分析人的复杂的内心世界，就像水库里的水，表面上看挺干净，其实，里面也有鱼虾，也有泥沙，也有水草杂质，如果把它拿到显微镜底下，可以发现许许多多的微生物。但是，人们在喝水的时候，往往不会去琢磨这些。你问我为什么不干实业，为什么正当年却整天像个悠哉公似的，有时还摆谱儿，还'烧包'，还夸财斗富，其实，这正是我复杂的内心世界的反映。可是人们往往看不到这一点，我花一万两千块钱听首歌，别人就会骂我'烧包'，社会也会对我提出非议。如果这一万两千块钱，捐给了学校，或是'残联'什么的，人们也许会说我思想觉悟高，富了不忘社会，我也许会得到一张奖状，也许会在报纸上留个名儿，在电视里留个影儿。"

"那是肯定的。"

"可是人们就没有想到，假如我这么干的动机，纯粹是一种'野心'呢？也就是说，我本来是个无赖，是个骗子，靠为社会赞助，换句话说花钱买名儿，是为了当个什么政协委员，混个人大代表。那难道不是在欺骗社会吗？"

他的这番话说得我一愣。

他看了我一眼，接着说："我认识一个大款，有一天我们俩喝酒聊天，他突然良知发现，说我们挣了这么多钱，有什么用呢？走在大街上别人并不知道你是大款，那些中款小款，比咱们还'烧包'。我给他出了个主意说，你不是想出名儿吗，好办，你向学校或球队或'残联'或大奖赛，赞助三万五万的就能出名。果然这傻哥们儿照我说的办了，那效果自然很好，他真出名儿了。"

我对他的这种论调不敢苟同："你为教育为社会福利事业赞助，总比你花一万两千块钱听一首歌有意义吧？"

"你这话没错儿，一万两千块钱能养活十几个乞丐。可是你为什么不探究一下，我这么做的原因呢？"

"你有一万条原因，这样做也让人难以接受。社会上的大款都像你这样，咱们国家怎么能富起来？"

"可是世界上的穷人，都等着大款救济就能富起来吗？"他突然提高了嗓门，显得有些激动。

我猛然发现他这个人很善于诡辩。

他沉默了一会儿，说："你是个记者，你们往往站在社会公正的角度去观察、分析一些现象的，但是，恕我直言，你们的评判，有时会忽视人在做每一件事时的动机，而这种动机，往往是被一些表面现象所掩饰的。"

"你说这话是什么意思？"我不解地问。

"我从来不在公开的场合，扮演所谓慈善家的角色，我甚至没有公开露过向灾区和社会福利事业捐一分钱，但是这并不等于我从来没捐过。1991年安徽发大水，北京的个体户纷纷捐款，名字都写在大红帖子上，却没有我。可是外人哪里知道我匿名向灾区捐了十万元？"

"为什么呢？"

"我之所以隐姓埋名，是有原因的，我怕有些人背后骂我。比如说，我公开捐十万，那其他大款是不是会说，就他妈的显你霍爷了，你捐十万，我们捐五百，你这不是寒碜我们吗？所以我不能给朋友们添恶心。"

"你这么做，是不是多心了？"

他顿了一下，说道："不，不是多心，是多思。说句实话，我并不主张赞助或募捐一类的事。陈嘉庚发了大财，可以盖集美学校，李嘉诚有钱可以建一所大学，我霍爷有朝一日真发了财，良心发现，也许也会建一所大学什么的呢。这是正经八百的干实事，你说你捐那么万儿八千的，拿到灾区也就是杯水车薪的事，反倒激发不起他们战天斗地的士气。除非他是丧失了自救的能力，一般情况下，我绝不掏这份钱，宁肯自己挥霍掉。"

"这不是你的真心话吧？"

"我知道这样说，有悖于社会的良心，有悖于人之常情，会受到公众的非议，我当然也不希望所有大款都像我这么自私自利。但是我这样做有我自己做人的道理。你可以记住我这句话，一个人若是永远企望得到别人的援助、别人的恩赐，他永远也成不了大事。即便成了大事，也早晚要碰壁，要栽跟头，塌秧儿。我不单是对外人如此，即便对我的兄弟姐妹也是如此。"

他见我用怀疑的眼光望着他，挥了挥手，叹着气说："你也许不知道，一个让社会，甚至自己的亲人都不理解的人，内心有多么痛苦。"

"他们为什么不理解你？"

"因为我从没给过他们任何好处。我有一姐一妹，两个哥哥。按说，他们混得不比我差，他们都有正式工作，我姐姐是医生，妹妹是工厂的工会干部，我的大哥是北京一家国营公司的会计，二哥是出租汽车司机。他们都成了家，有了孩子，而我却是一个个体户。最初，我走背字，落难时，他们没一个人来看我，用我父亲的话说，我是这个家庭的忤逆，我是个孽子。"

"这确实让人有点儿心寒。"

"但是等我完全靠个人奋斗发了起来，他们却找上门来，跟我哭穷，那意思再明白不过，他们想跟我要钱。我姐姐的儿子辞职办公司，一伸巴掌就跟我借十万。对不起，我手里的钱宁肯都挥霍了，也不借他们，也不甜乎他们。"

"你这是不是……？"

"不是我没有骨肉之情，我说，我发家是赤手空拳，当年在生意口儿上闯荡，我要你们谁的钱啦？我现在要感谢你们对我的冷酷无情？你们当时要救济我，扶我一把，也许我不会有今天。我正是冲这个赌气自强的。你们那时看不起我是对的，谁让我没本事，栽了呢？你们现在看得起我也是对的，我不是成大款了吗？但是跟我要钱，我不给，甚至连借也没门儿。我不能拿钱灭了你们的志气，软化了你们生活的勇气。我这人就这样。他们恨我也好，骂我也好，拿我没脾气。这也许就是我的个性。"

我们整整谈了一下午。他十分健谈，有时不容我插话，我想他一定是很难得找到我这样的忠实听众。

直到张老头儿把晚饭准备好，他才收住话头，跟我随便扯起了钓鱼和养鸟。他说如果有财力，很想在水库边儿上开一个度假村，"村"里设一个鱼塘，供人垂钓，因为水库是禁止人们钓鱼的。

晚饭后，霍爷和我在水库的堤坝上散步。暮色苍茫，晚霞映在平静的水面上，像涂了一层金色，周围的景色分外安谧静美柔和。

他说，难得有这样的悠闲。而我若不是为了采访他，也不会享受这种雅兴。

"我想你的少年时代，一定是无忧无虑的吧？"我试探着叩击他的心扉。

他不置可否地淡淡一笑。

"怎么说呢？你难道从我们的谈话当中，发现了我少年时代心灵受到了创伤和它所留下的阴影吗？"

"有这么一点感觉。"

"感觉？哈哈，感觉的东西往往不能深刻地理解它，只有理解的东西，才能深刻地感觉它。实话说，我的少年时代很幸福，尽管我过的是穷日子，但那种生活是无忧无虑的。我的大起大落是十六岁以后，也就是说'文革'以后。"

他陷入了沉思，半天默默无语，只是一个劲儿地抽烟。

我们在湖边找了个台阶坐下，他深邃的眼睛在朦胧夜色中闪动着，用低缓的语调，给我讲起了自己的故事——

不堪回首少年事

我一直以为自己根红苗正。我的父亲是印刷厂的工人，据我父亲讲，我爷爷在解放前是拉洋车的。这样的家庭，在讲阶级斗争的年代，也许是"正牌"的无产阶级。

所以"文化大革命"一开始，我理所当然地戴上了红卫兵的袖标，上街造反，抄家，破"四旧"。其实什么是"四旧"？我那会儿也弄不清，只要瞅着不顺眼，就是"四旧"，就是一通儿乱砸。

我们那个学校，在西城区是出了名的造反学校，四十岁以上的教师，没有没挨过皮带的。我清楚地记得斗我们校长的情景，那老头儿秃顶，背有点驼，挺胖。斗他的时候大伙儿让我押着他上台，因为他们觉得我壮，小时候练过几天武术。

其实，老头儿没有什么罪，可那时候，莫须有的罪过还不是大把抓。什么执行资产阶级反动教育路线，什么鼓吹学生走"白专"道路，什么家庭出身反动，说你什么是什么，他一点儿不敢犯滋扭。

可是这老头儿属于那种"顽固不化"的"花岗岩"脑袋，宁死不屈。身上挂着大牌子，就是不低头。台下的红卫兵挥着语录本，一个劲儿地喊"打倒"，台上主持会的红卫兵头儿，一个劲儿地对我使眼色。我明白他的意思，是让我动武。

我一拧老头儿的胳膊，照他后腰就是一脚，老头儿打了个踉跄，台下的红卫兵喊起口号来。我一把拎起他来，又是一脚，我旁边的那个红卫兵更"黑"，解下皮带照他脸上狂抽，这一下他再也没起来。

批斗会结束后，老头儿被送进了医院，大约过了一个月，老头儿就咽气了，那会儿，死个人根本不算回事儿。我居然还让红卫兵组织表扬了一番，大伙儿推举我当了小头儿。

我本来可以一直"红"下去，何况我的出身是根儿正苗红。你不要小瞧这一条，在动乱年代，出身好，就是一种资本，一种进身的凭据，要不是占着这一条，那时候，我不会也不敢穿着军装，戴着红袖标，拎着皮带，在胡同儿里耀武扬威。

我倒霉也在出身上，正当我在造反派里拔尊"抖份儿"的时候，我们家老爷子出事了。敢情他在解放前上中学时，入了"三青团"，尽管那是起哄架秧子的事儿，以后他一直也没混出息过，中学一毕业就当了工人。

但这一段历史从档案里翻出来，他成了混入工人阶级队伍里的异己分子。加上他的脾气暴，"大跃进"时，因为大炼钢铁，车间的头儿非让他把我们家立柜上的铁合页入了炉。他为这个碴儿跟头儿红过脸，而那个头儿在清理阶级队伍时是工作组组长。您想，我们家老爷子"犯"在他手里，那罪过能轻得了吗？

我们家老爷子被"揪"出来了，一张大字报贴到我们家大门口："混入工人阶级队伍里的叛徒、内奸、工贼。"老爷子成了历史反革命，我们家也被抄了个底朝天。抄家的工人说，我们家藏着国民党特务联络图，我母亲跟他们争辩了几句，挨了一顿皮带。抄我们家的时候，我正在东城抄别人的家。

你也许能想象得出，我回家后看到母亲被打得下不来床，屋子里凌乱不堪时的模样。那真是一种从天上掉到地下的感觉。

我的头再也抬不起来了。几天以后，红卫兵组织的头找我谈话，说我欺骗了组织，欺骗了群众，是混入红卫兵组织的"狗崽子"。我没有话可说了，造别人反时的那股子锐气全没了。我乖乖地将胳膊上的红袖标摘下来，放在桌子上。

这就完了吗？那个红卫兵头儿本来跟我不错，此时此刻，我在他的眼里无异于"甫志高"。

他走过来，重重地扇了我两个大嘴巴，血顺着我的嘴巴流下来。他身后站着几个红卫兵，其实平时都是跟我一块儿的，此时也如同面对一个革命队伍里的叛徒。

"把丫挺的捆起来！"那个红卫兵头儿说了一句。几个红卫兵过来二话不说，把我五花大绑。我被关进了一间由教室临时改成的"囚牢"。

他们让我写悔过书。我不知道犯了什么罪，难道我们老爷子的错，也是我的错吗？他们让我揭发我爸爸的历史罪行，我没的交代，也没的揭发。我让他们痛打了一顿。这几个小子手挺黑，我的肋骨一定是被打错了位，痛得我倒在地上直打滚。

这真是一种报应。多少年后，我想起这一戏剧性的变化都这样认为。后来，我被工人民兵关到劳动人民文化宫的小院，也挨了一顿打。那时，我心里十分坦然，我觉得，一切都是"罪"有应得。只不过后来那次挨打，是为了在政治上寻求解放，有点咎由自取的意味。

挨别人打，想起我打别人时的那种滋味儿，我的灵魂得到了一种自我的解脱。也许皮肉之苦，正是对我灵魂的一种惩罚。

我跳窗户跑了出去。本来我也不是什么要犯，他们对我的惩罚，完全是发泄一种私愤。那是人在受到欺骗以后所能产生的原始的报复心理，他们以为我欺骗了红卫兵组织。

打我的那个红卫兵头，后来到北大荒插队去了。几年前，我在深圳偶然见到了他，他后来上了大学，眼下是一家大公司的头儿。我这人不记仇，请他到饭店撮了一顿，破费了几千块钱。我们谁也没提那段不愉快的往事，那个年代，人们都有一股政治热情，我不能怪他。

我父亲被厂里关了整整一年，出来以后，人已经变了形。他以前身体特壮，经过一年的折腾，人瘦成了一把干柴，同时，他的哮喘病也犯了。

他没法上班了。从他被放出来，到去八宝山报到，在家躺了五年多。

我们兄弟姐妹五个，我妈那会儿已经不行了，病病歪歪的，她本来也没正式工作，是个家庭妇女。工厂只给我父亲发六十多块钱生活费，你想想，我们的日子怎么过吧。

我的那几个兄弟姐妹都挺老实，用我父亲的话说，家里只出了我这么个忤逆。忤逆就忤逆吧，我不能整天饿肚子。

自从我被红卫兵组织"开除"，我跟造反无缘了。我们家反倒成了造反对象，不过，我父亲是个工人，家里本来没什么底儿，造反也反不到哪儿去。我走了另外一条道儿。

家里断顿，揭不开锅时，我跟我二哥，捡过破烂。那会儿，北京街头的大字报铺天盖地，几天一换，大字报纸糊得像是硬纸壳巴。我找了四个轴承，做了个小车，每天晚上从西单到东四，这一路能"捡"回一车大字报纸。有的是趁人不注意，把刚贴上的就扯下来，卷成小席筒子似的纸卷儿，拿到废品站。

我没想到捡纸会"捡"出娄子来。有一天晚上，我和我二哥到东四冶金部大院撕大字报时，被造反派组织当成小偷抓住了，也许是他们刚贴出的大字报让我们哥儿俩给撕了。他们挂了火，把我和二哥揪到地下室，二话不说就是一顿打。然后，把我们锁进了一个小屋，说第二天再作处理。

半夜，我们哥儿俩跳窗户跑了出来，为了发泄胸中的怒火。临走，用大砖头把办公楼的玻璃砸了二十多块。

从那儿起，我再也不干这营生了。我们胡同儿，有个副食店，后门离我们住的那个大杂院隔着几个门。有时，饿极了，我就翻墙溜到副食店的后门，从窗户里钻进库房，偷吃点心。顺便还带回来，给我们家老爷子吃个鲜儿。

我爸爸这个人挺要强，特要脸面，见我三天两头往回拿点心、水果，有点儿纳闷，问我这些东西哪儿来的。我随便编个瞎话说别人送的。一次两次，他没在意，时间长了，老爷子起了疑心。

有一天，老爷子见我又带回家一包蛋糕，拿给我妈，他把我叫到跟前，立愣着眼问："这东西是从哪儿淘换的？"

我支支吾吾地说："是同院张老师给的。"

老爷子说："你拿过来我尝尝。"

我不知他什么意思，把蛋糕拿到他的跟前。没想到，他劈手就给我一个大嘴巴，拿起蛋糕扔到了院子里，气喘吁吁地骂道："你他妈蒙三岁小孩呢！别跟我这儿装孙子。你嫌这个家穷，立马儿滚蛋，甭在外头偷鸡摸狗地给我现眼去！从今往后，你他妈不是我的儿子，我也不是你爸爸，我们霍家门儿不要你这个畜生。"

老爷子气得浑身乱颤，老泪纵横。我也掉了眼泪，不是因为挨了这个嘴巴，而是老爷子的话伤了我的自尊心。我知道，我干了对不起老爷子的事儿。

穷，人要是受了穷，脸面就是他妈的王八蛋。可是我们老爷子为人正直，他不希望自己的儿女让人戳脊梁骨。

本来事儿到了这份儿上，骂我一顿，打我一顿，就可以息事宁人了。可是我姐姐也跟着数落我，她一添乱不要紧，把同院的一个姓赵的娘儿们的耳朵给牵了来。

这娘儿们是个"破鞋"，三天两头奔家招野汉子，她的爷们儿那玩意儿不顶事，对她放任自流。可是院儿里街坊看不惯，一些女人爱扯老婆舌，把丫挺的这事儿捅到街道。

那会儿，搞"破鞋"也是一条罪。结果，街道的老太太们把她打成了"坏分子"，脖子上挂着一双破鞋在胡同儿里游街。可是人要是迷上这一经，抽筋扒皮也不管用。游了街，斗了几次，风平浪静之后，她又接着茬儿干。

错来我对这种事向来不感兴趣，我正为我的肚子问题发愁呢，哪儿顾得上听这路腌臜事儿呀。可是，有一天夜里，我从副食店的库房里偷吃偷喝出来，正撞上这娘儿们在电线杆子下头，跟一个汉子亲嘴。

我没存心跟她起腻，把"顺"来的点心往衣服里一裹，大大方方地走过去跟她打了个招呼，就回到家了。

没想到这娘儿们吃心了。她以为我把她的事往外"扬"了，对我记恨在心。这次，我们老爷子一打我，我姐姐一数落我，我把偷东西的事都如实说了，正好让她都听了去。

第二天，这娘儿们就把这事儿捅到了副食店。副食店一查，发现了我经常出入的那个窗户果然是活动的，再一查账，好嘛，把他们卖亏了的和平时糟践的都算在我的头上了，说我偷了他们多少箱蛋糕，多少箱点心。副食店的保卫干部二话不说把我关了起来。

我们家老爷子连急带气，犯了病。我姐姐也一个劲儿地找副食店"斗私批修"。她的这种"革命"表现简直是在毁我。若不是同院的张老师认识副食店经理，直劲儿给我说情，我非"折"进分局，判几年大刑不行。

我真得感谢这位张老师，他是中学教历史的，家庭出身有点砸儿。那当儿学校已不正经上课,他在家赋闲。自打我出了这档子事,院里的街坊四邻瞅见我,都像瞅见贼似的,不愿搭理我。

可是张老师却不是那种落井下石的人,他见天儿让我陪他下象棋。一边下象棋,一边讲历史故事,讲做人的道理,还把家里藏的古书让我看,我后来看的那本《三国》就是张教师送我的。赶上他们家吃饭,张老师就让我吃,待我像他的亲生儿子。

我从京西煤矿回城时,张老师身子骨儿还挺结实,后来就不行了,到我发了点儿财,想让老人得我点"济",享几天清福,他却得了脑溢血,"走"了。我不知道怎么一下子感情变得十分脆弱,一连大哭了几天几夜。

在我生活道路上,我碰到过几个好人,张老师是一个。我想,要不是碰上他,我也许早他妈的挨枪子儿了。

你不知道,我小时也"牲"着呢。从打我在副食店偷东西的事"犯"了之后,街坊四邻,尤其是那个告我的臊娘儿们对我的冷脸子和幸灾乐祸的轻蔑,是多么伤我的自尊心!我真有心,拿一把刀把他们一个个都剁巴了。

人到了一定的份儿上,什么都可以豁出去,更何况我那当儿是个生瓜蛋子,家里外头挤对得我没有"正道"可走。他们的本意是让我走"正道",而他们的行动却让我与"正道"叛离。因为他们想让我规规矩矩做人,可是他们又不让我吃,不让我喝,甚至不让我笑,不让我照正常的孩子那样生活,他们实际上是在扭曲我的心灵。

张老师真是我的恩人,他不是用生硬的说教,而是用那颗善良的心感化了我。多少年后,我看了雨果的《悲惨世界》,书中的冉·阿让偷了卞福汝主教的银器。而当警察追查时，主教却对警察说，是他让冉·阿让拿走的。这种宽容的掩饰，我看了大受感动。要知道主教的做法，实在是拯救了一个灵魂。冉·阿让正是通过这种宽容，灵魂受到了震颤，走向新生的。可惜的是，我们的社会，像卞福汝，像张老师这样的人太少了。

你接下来会听到我蹲大狱的事儿了。

因五百块钱当囚徒

我觉得一个人只有蹲一次大狱，才能最真切地理解人生。因为在大狱里，人生的一切都是赤裸裸的，无须任何伪装，甭管你原来是什么官儿，甭管你血管里流淌的是贵族的血，还是贫民的血，甭管你过去有过怎样的尊严，或是怎样的卑贱，人仿佛回到了最原始的部落。

说起来。事情再简单不过了，我因为五百块钱，被判了五年刑。

一九六八年底，我被分到京西煤矿，当了"窑哥儿"。按学校的分配方案，我是要去陕西插队的，其实，当时对我来说，插队或当矿工没有多大区别，因为我急于想离开那个家。

我实在不愿看到我们家老爷子一见到我时，那副愁眉苦脸的样子；我更不愿看到街坊四邻对我轻蔑敌视的目光；甚至我姐姐的那种冷嘲热讽的神情，也让我感到畏惧。我可以忍受家境贫寒带来的饥饿和窘迫，但是我无法忍受世俗偏见带来的歧视。

在我分配之前，我二哥已打起背包，到云南军垦兵团去了。我母亲不忍心让我也离开她远远的，母亲对儿子的疼爱无处不在，尽管我在我们家老爷子那里早已被开除了"户籍"。她颤颤巍巍找了几次学校领导，讲了一大堆家庭的困境，使学校格外开恩，把我分到了煤矿。因为按当时的情况，去煤矿等于留在了城里。

我不想过多地讲在煤矿当"窑花子"的经历，井下劳作的艰苦，无须我对你陈述。我只说为什么我会被判刑。你听了也许会觉得好笑。

我这个人平时不爱说话，除非遇到知己。

在煤矿上班，我是一个月回城一次，平时都住单身宿舍。那时，我们这帮"窑哥们儿"除了干活，业余生活非常单调，那会儿除了八个"样板戏"几乎没什么电影电视，也不兴跳舞、唱卡拉OK之类的，只有厂部有一台黑白电视机，平时也轮不到我们看。你说下了班我们干什么吧？除了喝酒聊天。

也不知是哪个哥们儿起的头，这帮"窑哥们儿"凑在一块儿打扑克赌起钱来，开始是一根烟，后来是一瓶酒，再后来动了真的。我最初没跟他们往一块儿掺和，因为那时，我正背《三国》，业余时间并不空虚。

我没想到我一个"窑花子"会走"桃花运"。

说出来你也许不信，别瞧我长得其貌不扬，也没有什么出人头地的本事，可是偏偏却有个姑娘看上了我。

谁？我所在的那个矿区食堂的炊事员，也是城里的学生，她比我小一岁，不知怎么分到这儿来的。她姓唐，模样儿一般，可是在矿区，女的以稀为贵。她，瞅着还顺眼。

她怎么会看上了我呢？

说来也巧，有一天我到食堂买饭，正赶上炊事班卸大桶的花生油，我看这几个女将搬着挺费劲，就走过去帮了一把。她们自然挺感谢我，其中这位姓唐的特意白饶了我一个"甲菜"。

从这天起，我对她有了好感。我常到食堂去，赶上卖力气的活儿就帮她们干。她呢，当然也非草木之心，对我好像也有了那么点儿意思。

那时的青年人思想都挺"革命"的，这点儿"意思"，不过是俩人找到了一种感觉，而这种感觉都挺好。如果说爱情，也是朦胧的。何况我这个人一向挺自卑的，我怎么能奢望人家能看上我这个"窑花子"呢。

可是，后来她居然越"雷池"，约我看了一场电影，并且给我买了一件汗衫，这大概是她芳心萌动的一种表示吧。

我这人一贯大手大脚，看她为我买东西，我大为感动，月底发了工资，我给她买了一块上海牌的坤表（女人戴的手表）。当时买块手表，算是"大件"了，不亚于现在人买辆汽车。她特高兴，很爽快地收下了。

这种事儿，纸里包不住火，没过多少日子就传出去了。我没想到把我师傅得罪了。我师傅比我大七八岁，敢情这小子早瞄上了姓唐的姑娘，在此之前，我压根儿不知道他有这心气儿，否则，我不会沾姓唐的。

那天晚上，我师傅把我约到矿区的山坡上，开门见山地说，姓唐的是他的人，从今以后，我不能沾她。

我听了一愣，问他，你喜欢她吗？

他说："喜欢。并且追她一年多了，我们俩已经有过那种事了。"他显得有点儿无所谓地说。

我当时差点儿没背过气去，我没想到姓唐的会欺骗我。可是，我冷静下来一琢磨，他说跟姓唐的有过那事儿，一定是在蒙我，我不是三岁小孩，连这点棱缝儿也瞅不出来。

我说："既然你把她'玩'了，我也就别跟着添乱了，我让步了。"

我当时还挺能理解我师傅的，他是山里的娃子，以后出去当兵，复员后，来到矿上，已经三十好几了，还没对象，我怎么能戗他的女人呢？

其实我对他做出让步，心里也挺不是滋味儿。你想呀，姓唐的能爱上我，把心交给我，说明她喜欢的是我，而不是我师傅。当然，我当时并不知道他跟姓唐的关系发展到哪一步了。

隔天，我把姓唐的约出来，我们俩沿着矿山的小道散步。我跟她摊了牌，我们俩的关系到此终结。

我假模假式地说，我一个"窑花子"感谢她能看上我，但是我已经另有所爱的人。她听了伤心地哭起来。

我想要断，就一刀两断，别他妈的闲扯臊！所以，我没把我师傅跟她那种事儿点破。有什么不是，全揽在我身上，让她恨我无情无义好了。

我当时，心也够狠的，头也没回，就跑回了宿舍。那一宿，我真不知道是怎么过的，一瓶"二锅头"，喝得见了底。

以后，姓唐的又找我几次，我都没理她。她把我为她买的那块表，让一个姐妹又还给了我。我不知道使的什么性儿，当着那个姐妹的面，把表给摔了。我想这事儿，传到姓唐的耳朵里自然会极为恼火。

事后，我才知道，我师傅跟姓唐的根本没有那种事儿，他只不过死皮赖脸地总缠着她，而她之所以要跟我好，正是为了摆脱这种纠缠。她一个城里姑娘，根本看不上我师傅。

几年以后，我回了城，她也前后脚儿地回了城，不过我们再也没有联系，也许我伤了她的心。前年，我碰到一块当"窑哥们儿"的同事，他告诉我，姓唐的后来嫁给了一个汽车司机。

说心里话，我当时所以要把姓唐的让给我师傅，是出于我的个人野心。

第一，我不可能一辈子在煤矿上混日子，我师傅是土生土长的，虽然他不是什么官，但是跟矿上的头儿都有关系，他本人又是党员，我将来回城，要有赖于他的帮助。

第二，我当时二十出头，还想干一番大事，不想过早地谈恋爱。我自以为比当时的同龄人思想要成熟一些。当然这种"思想成熟"并不是政治上的，我似乎看得很清楚，谈恋爱的最终结果是结婚养活孩子，而这却是我最不想过早地投入精力的事。

所以，我不像有的青年那样沉溺于爱河之中难以自拔，在我看来，爱情的价值就是为此要做出牺牲，包括青春与事业。我之所以后来与妻子分道扬镳，也是出于这种考虑，这是后话了。

但是，让我真献出爱情而讨好我师傅时，我确实挺伤心挺痛苦的。

那些日子，我心情十分烦闷。《三国》看不下去了，闲极无聊，我便加入了打牌的圈子。我说过，这种打牌，实际上是一种赌博。而他们一局赌几毛钱的玩法，我又觉得小家子气，自打我入了"围"，我就把钱数提到了几块有时甚至几十。我觉得这才过瘾。

开始，我总是赢家。赢了钱，我就请客，下馆子喝酒。我清楚，我在糟践自己，但是心里窝着气，总得找个地方发泄。因为，我的良心告诉我，这么轻易抛弃姓唐的，我的心灵显得很卑鄙。

那几个"窑哥们儿"输了钱，心里也窝火，虽然我赢的钱，实际上都"共产"了。后来他们哥儿几个绑到了一块，暗中"做局"，一玩牌，我准输，输得挺惨。而大凡赌家，越输越想玩，总抱有一种侥幸的心理，把输的钱赢回来，结果越输越多，最后，我背了三千多块钱的债。

那会儿的三千块钱，恨不能顶现在的三万。我陷入了十分难堪的境地。若不是矿上抓劳动纪律，打击赌博风，我也许还会继续输下去。

这笔钱，直到我从矿上调回城，在一家机床厂当了钳工以后，也没还清。

我回城是应名照顾我母亲，在此之前，我们家老爷子已"撂了挑子"了（北京土语，死了）。我母亲向矿上提出了申请。我师傅还真帮了忙，帮我疏通了关系，所以调动手续办得倍儿顺。

我从这件事上，也多少受到些启发，凡事施恩于人，事后必有所报，在以后做买卖时，我也是如此。

回城以后，那几个"窑哥们儿"三天两头找上门来，约我出去。我准知道他们找我的目的是要债，后来，我被他们逼到了绝路上。

我这人虚荣心特强，我不愿意有人背后戳我脊梁骨，勒紧了裤腰还债，最后还差五百块钱，我实在没了道儿。

那几个"窑哥们儿"也跟我装孙子，跟我哭穷，不是说等钱娶媳妇，就是说他们那边债主也逼得紧，最后限我十天之内，还这五百块钱。

我二两酒下肚也"把"不住自己了，许下大话，到时候不还就卖血。

眼瞅十天限期快到，我上哪儿去找这五百块钱去？我当时一个月的工资才五十多块。我当然也不想卖血。那时二百毫升血才二十多块钱，身上的血抽干净，也还不上这笔债呀！到这份儿上，我只好动了邪念，拿出当年偷副食店点心的本事来。

我发现厂子里由国外新进了一批铜丝，这批铜丝造价较高，存放在仓库里专人看管。我事先从街头收废品的一个老农那里，打听到他急需收购铜货，河北省的一个乡镇企业答应他高价收买，因为那个工厂专做景泰蓝的坯料，没有计划内的原材料指标，只能走这条路。

我跟老农"套磁"，得到这个信息后，直接跟那家乡镇企业挂上了钩。我冒充是某工厂的业务员，告诉他们有批处理的铜丝。他们听了自然很高兴，答应我给的价儿要高于废品收购站两倍，我说你们准备好车，等我的话吧。

看仓库的老头儿，平时爱喝酒。那天晚上，我揣着两瓶"二锅头"，一只烤鸡，找老头儿喝酒。把老头儿灌醉以后，我赶紧给那家乡镇企业挂电话，说卡车拉货白天不行，交通警不让进城，要拉就晚上来。他们不明真相，派了辆"130"（当时的一种轻型卡车），直接开到我们厂门口。

这时，已经夜里一点钟了，我装作保管员，从仓库给大门口值班的挂了个电话，警卫便让车进了门。我打开仓库，跟司机一起搬走五盘铜丝，然后又偷偷地开了个出门条，交给司机，司机把出门条交给警卫，大大方方地把铜丝拉走了。

我锁上仓库，回到仓库值班室，看仓库的老头儿还在睡着，鼾声如雷。我把一切弄得不留痕迹，倒在值班室里的凳子上，睡到天亮。老头儿醒了以后，以为我也醉了，还跑出去给我买了油饼和豆浆。

我第二天便到那家乡镇企业去领钱，因为是进口铜丝，质量很好，他们给了我两千块钱，其实那五盘铜丝价值五万多人民币。

我没想到乡镇企业那头出了事儿。原来他们收购到废铜，要到炼铁厂去回炉冶炼。而炼铁厂发现那五盘当作废铜的铜丝，还打着入关时检验的标记。这样就引起了他们的怀疑。

正赶上那段时间，一些农民进城偷窃公用设施上的铜铁器，已引起公安部门的警惕，当地的公安部门在炼铁厂布置了"眼线"。这五盘铜丝正好撞在枪口上。人家顺藤摸瓜，一下儿就找到了我的单位。

管仓库的老头儿还没发现库里的铜丝被盗的时候，我的名字已在工厂保卫科立了案。

我拿到那两千块钱以后，先还了债，又请了帮哥们儿在饭馆撮了一顿，剩下那一千来块钱，我打算给看仓库的老头儿买酒买烟。我的想法是得了便宜，一个人不能独吞，可是还没容我这么做，我就被公安局给铐走了。

我成了盗窃犯，我知道犯的罪过不轻，但是，我不想连累别人，尤其看仓库的那个老头儿。他的老伴刚死，家里有三个孩子没"出去"，日子过得挺紧巴。我不能看到他因为我而丢了饭碗。我把一切罪过都承担下来，哪怕挨枪子儿呢，我也认了。

事后，我才知道我的罪过还没到挨枪子儿的份儿上，我被判了五年。让我追悔莫及的是看仓库的老头儿和大门警卫因为我受到了处分。

我母亲知道这事儿后，旧病复发，进了"太平间"。我临进劳改农场，我姐姐给我送衣服，当着许多人的面儿，骂了我一顿。她又"抖搂"出当年我们家老爷子骂我的那句话：你是这个家的忤逆。

我听了简直无地自容，我让我姐姐把送来的衣服拿回去，否则，我也要把它扔喽。

我对她说："天大的罪过，我一个人承担，我跟你，跟这个家没关系。"

我就是这么一个人。我姐拿我一点辙没有。汉子嘛，得有点汉子样儿。我做了见不得人的事儿，我走了"背"字，怨谁呢？谁也不怨，怨我自己。

拉车也要玩心术

记不清谁说过一句话：监狱是一所人生的大学。也许只有蹲过几年大狱的人，才有这种体会。

从这样的"大学"毕业，那点儿"学问"真够你受用一辈子的。

先甭说别的，仅凭"蹲过大狱"这四个字，就等于你被社会判了刑。走到哪儿，人们得拿另一种眼光看你，好像你身上带着一股子邪味儿。

常听有人说"失落感"这个词儿，那大概像是从电视台发射塔掉下去，还没落地之前的那种感觉。

从劳改农场回来，我当时就处于这种感觉之中。

上哪儿去呢？我突然对家这个概念感到茫然了。

厂子是不要我了，大约在我被判刑的同时，我已被除名。

家呢？我的父母已然到另一个世界享福去了。我的姐姐和妹妹已出嫁，我的俩哥哥也已经结婚，都自立门户，单过了。人家谁会舍脸收留我这个"蹲过大狱"的不争气的兄弟呢？

我并没指望他们收留我，我当时很希望他们能给我个笑脸，请我喝杯茶，吃顿饭，问我在劳改时洗心革面的一些情况，这我就知足了。可是我敲谁家的门，遇到的都是另外一种眼光，好像我是乞丐，我是个瘟神。

世情知冷暖，人面逐高低。兄弟姐妹之间也如是。尤其是我这个正在寻找失去的世界的人，更为敏感。

我能看着他们的冷脸子，听着他们的冷嘲热讽，去端他们不情愿拿出的饭碗吗？人要是穷困潦倒，只有受挤对的份儿，哪个社会也如此，只不过表现形式不同罢了。

我过去那些哥们儿，我更不愿去"沾"他们，我能想象出来他们的冷漠。

人混到这一步，真想找个地缝儿钻进去。

世界上还是有好人，到什么时候，我也信这句话。正当我没着没落儿，不知该怎么走下一步路的时候，我们院的老邻居张老师拉了我一把。

他给我出了个主意，通过房管所和公证处，把我二哥住的三间房，"切"出一半，给了我。这三间房是我父母留下来的，他们死后，我二哥住着，按遗产继承法，应该有我一份。好赖我总算有了窝儿。

按张老师的意见，我也许能在街道针织厂找个临时工干。因为，我回来后，把关系就转到了街道。街道不能看着我这个五尺汉子饿肚皮，正好清洁队招工，他们打算让我去清洁队当装卸工。

我干了十多年的苦力活，倒不在乎清洁工的工作，我当时憋着一口气，暗自发誓要混出个人模狗样来，让我的俩哥和我姐姐看看，霍爷不是笨蛋。可是一旦进了清洁队，一辈子也许就定在那儿了，更何况我这个"劳改犯"走到哪儿也不会被人待见，所以我把这个差事给辞了。

正好张老师有个学生，在那家针织厂当厂长，他说只要我同意，他会力荐的。我琢磨来琢磨去，还是谢绝了张老师的好意。我这号的，别给人家张老师的学生添事儿。要干，我就自己闯天下，不端"铁饭碗"。

我之所以这么做，是有自己的考虑的。

首先我得感谢改革开放的国策。1978年那会儿，个体户已然在社会上出现。我的一个在"号"里认识的哥们儿，放出来后，跟我的命运差不多。但是他办了"照"（搞个体经营的营业执照），在西单夜市练服装摊儿，混得不错，我看出这步棋，觉得我的最佳选择是走这条路。

但是做买卖要有资金，我那时可以说一贫如洗。我不想让张老师为我筹款，假如我真提出来的话，他会想方设法替我找些资金的。

当然我也不能有非分之想，经过在劳改队的几年改造，我总该长记性了，宁肯饿死，也不能去偷去摸。唯一的路子是凭自己的力气挣钱，于是我决定去当"板儿爷"。

当"板儿爷"的好处是比较自由，那时候北京的三轮车运输业刚刚恢复，干这营生的人不多，税也少，每月交一百五十块税钱，干多干少，就是它。而凭我一身力气，一个月怎么也能抓挠个千儿八百的。再说，我没家没业，可以拉"夜活儿"，而"夜活儿"的价码儿可以比白天翻一倍。

于是，我跟张老师借了五百块钱，买了辆三轮车，领了"照"，加入当代京城"骆驼祥子"的行列。

当时，我所在的那个区，"板儿爷"才四十多人。主要是三种人，一是退休的工人，二是在原单位不怎么样的，三是像我这号的"两劳"释放人员。

我压根儿没想蹬一辈子三轮。我当"板儿爷"的目的很明确：攒钱。也就是积累资金，为下一步做买卖打底儿。所以一边儿蹬三轮，我一边了解市场的行情，琢磨着有了钱以后，干什么买卖合适。

北京人的聪明都放在打小算盘上了。北京人之所以落下了"京油子"这个不雅的名声，一路人是嘴头子上有功夫，能侃能吹，可是真干的时候却"三思而行"了。即所谓的"天桥的把式，光说不练"。

另一路人是斤斤计较，玩小聪明。就拿"板儿爷"来说吧，当时在社会上名声并不好，碰上"老外"或外地人，总想方设法"宰"人一刀。

我碰上一个"板儿爷"，由北京站拉到建国门使馆区，只有两里多地。他却拉着人家在东单兜圈子玩，临完要人家五十块钱。

玩这哩哏儿愣。他也不想想，这么干，时间长了，会不会砸自己的饭碗。自然，拉客就是一锤子买卖的事儿。可是人家万一告你一状呢？这年头，谁那么心甘情愿挨别人"宰"呢？

我看不惯这个，要挣钱，就光明正大，不能坑人。但是，只抱着不坑人、老实巴交蹬车的想法，是没法儿在"板儿爷"这个行当里混出来的，尤其是我想比别人挣更多的钱。

当"板儿爷"的，没有一个不盯着客人腰包的，只有傻瓜才不为挣钱卖力气。拉客，是"板儿爷"们竞争的主要方面。

谁也不愿在车口上"撂单儿"，可是五辆车"抢"一个客的时候，就要凭资历，凭嘴皮子，凭你在"板儿爷"当中的地位了。年纪大的人自然要沾光。大家伙儿也都认头。年纪一般大的，难免要有一争。争到手与没争到手的，难免要失和。

这种竞争与纯商业竞争不同，多少带有点儿帮派色彩和人情味儿。为了抢一个客人，比如一个单为过过人力车瘾的"老外"，毫无疑问，这是甜活儿，只要抢到手，也许够拉几个外地人挣出的钱。互相间为争一个甜活儿，结了仇，以至于翻了脸是常有的事。

我不愿裹入这种是非的旋涡儿，我动了一下脑子，想出个高招儿来。

在北京站，我"雇"了两个小伙计。他俩是我在建国门立交桥下认识的，四川来的，想在北京找工作，等了一个多星期，也没碰上雇主。

我对他们说，你们俩待着也是待着，干脆跟我干吧。干什么呢？我让他俩在火车站的出口等着，看见拎大包小包的外地旅客，就过去帮他们的忙，让他们俩直接把大包小包，拎到我的三轮这儿来。我把他们拉到旅馆，挣到的拉脚钱，我从中"劈"给他们点儿，反正一天能让他们挣个三块五块的。

这一招儿还真灵，那两个小伙子也挺卖力气的，我甚至没有闲下来的工夫，一天最多时能跑三十多趟活儿，当然有远有近，平均一趟活挣十块钱，一天下来，就是三百多块。

我还跟旅馆那边打了招呼，有客人赶火车，给我留着，一个客人，我给旅馆服务员两块钱。你想，他这两块钱等于白捡，何乐而不为？所以，我往返很少拉空车，这头儿，一天下来也能赚个百十来块钱。

枪打出头鸟的俗话，已然被人们引以为鉴。但是，凡是人没有不想当出头鸟的，而拿枪打出头鸟的并不都是猎人，常常出自鸟类自己。我动用了一点儿小聪明，每天比别的"板儿爷"多挣几倍的钱，自然算是"出头鸟"了。

当我的"秘密"武器，被这些"板儿爷"们发现，我成了众矢之的。但是，他们并不敢把我怎么样。一来我体格健壮，模样长得也凶，平时沉默少言，不苟言笑，爹妈给的这一点儿"优点"，在劳改时已让我大大受益。二来，我是蹲过五年大狱出来的。这一污点在某些场合，在某一特定的人群中，反倒成为一种资本。所以，"板儿爷"们见了我都有点儿发怵。但是人的嫉妒心，并不会因为发怵就打住，相反会更加搓火。

这帮人上下左右一串通，憋着找碴儿整我一下。有几个哥们儿也走我的路，想戗我的行。可是没容他们转守为攻、杀回马枪的时候，我已然决定洗手不干了。

因为这时我已经赚了四五千块钱，做买卖已经够本了。而且这当口，我相中了一个可以发笔大财的机会。

我的突然举措，令"板儿爷"们大惑不解，因为在他们看来，我正在势头上。但是事实证明我的下一步棋又走对了，因为没过多久，市里便下了文件，开始整顿三轮车业，我的那个招儿，也属整顿之列。但是，此时我早已改行了。

蘸糖葫芦当"大王"

现在的人称做买卖的是"下海"。"海"指的是"商海"，说得有点儿文绉绉的。我当时做买卖练摊儿，可没人这么高看，我们干个体的被人称为"倒儿爷"。这就有点儿调侃的味儿了。

市井的语言也是随着时代的发展而变化的。二十世纪七十年代末，"倒儿爷"这个词儿还是贬义的，仅次于坑蒙拐骗。现在的人做买卖，却没人说是"倒儿爷"了，看来"倒儿爷"这个词也该给"平反"了。

其实，中国人喜欢在概念上兜圈子。做买卖，本身不就是"倒"吗？大到国家，小到个体户，不"倒"那叫做买卖吗？

我前面说过了，我并不是那种智商高的人，只不过我比别人爱动脑子罢了。当然，我看准了的事儿，就义无反顾地一直干下去。我比别人胆儿大，能豁得出去，因为我没有后顾之忧。

你说我怕什么呢？光屁股一个人。其实，世界上的事儿说透了，就是那么回事儿，人只要什么都豁出去了，没有干不成的事儿。

你可以去翻世界级的企业家、政治家、军事家们的传记，他们哪一个最初不是白手起家的？都是真刀真枪干出来的。我说的这话对不对？

我说了，当"板儿爷"，只是我的权宜之计，而我玩的那手小花活儿，也只是"小儿科"。我当时瞄上了新行当。

1978年那会儿，北京市场上，老百姓喜欢吃的冰糖葫芦身价不菲，一串儿糖葫芦，小贩卖到了一块钱一串儿，而且山楂的个儿还挺小。我记得小时候，一串儿糖葫芦，撑死了一毛钱。后来涨到了两毛钱。

为什么一下翻了那么多倍呢？我开始琢磨这事儿。敢情跟人们的胃口变化有关。报刊上一个劲地宣传，山楂可以降血脂，可以防癌。这两样儿，正是人们所担忧的事儿。

其次，过去糖葫芦都是食品厂加工，然后批发给副食店，现在工厂搞改革，实行承包制了。糖葫芦利小，一般的食品厂不愿干了，而个体摊贩加工糖葫芦，进的山楂却由商业公司批发，中间增加了几道环节，成本自然就高了。

我摸清了市场行情以后，决定把糖葫芦的市场拢过来。说实在话，咱中国人干什么事儿都喜欢一窝蜂，跟着哄。最早"下海"干个体的那拨儿人里，起码有一半干过服装。八十年代初，北京的新潮时装大多是从广州过来的，倒一批服装，走铁路小件，一转手就能赚个千儿八百的，可是大家伙儿都走这条路，路就显得窄了。我不想跟别人的屁股后头凑热闹。

我曾经在西单商场门口的一个卖糖葫芦的老太太摊前，蹲了几个下午，发现她每次带来的一百多串儿糖葫芦，不到两个小时就卖完了。她的女儿又拿来一百多串儿，到晚上七点多钟，也都卖了出去。对这种市场购买力，我着实吃了一惊。

我敢保证她这一下午，能赚一百多块钱。我掐着手指头给她算了一笔账，一串儿糖葫芦一块钱，一串儿至多八个山楂，一斤山楂至少有三十个，而蘸糖葫芦的饴糖只有两块钱一斤，一斤山楂按零售价也只有两块钱一斤，你说她的赚头还小吗？

此外，我还注意到，卖糖葫芦的没有几个有营业执照的，税一分钱没有，赚多少都进了个人腰包。一个老太太，一个月下来，少说干赚三千块钱。

别小看卖糖葫芦的，当时，大学教授一个月能挣多少钱？撑死了五六百。难怪当时有个顺口溜：拿手术刀的，不如拿剃头刀的；造原子弹的，不如卖茶鸡蛋的。

要干，我不能学那个老太太，我的野心是想学"傻子瓜子"年广久，办个糖葫芦公司。

第一步，我得先找货源。糖葫芦的原料主要是山楂，也就是山里红。而北京的山楂产地主要在昌平、怀柔、门头沟、密云。

当时正好是冬天，我坐长途汽车到怀柔山区走了一圈儿，想出了个主意。

几天以后，我托人买了十瓶"五粮液"，把我的家底儿都带着，奔了山里。

山区的农民实行包产到户，果树已经承包给个人。我一连走了几个主产山楂的山村，进了村，先找生产队长，一瓶"五粮液"，把他灌得晕晕乎乎，直拍我的肩膀叫大哥，见火候到了，我开始摊牌。

我说想在京城开个糖葫芦公司，要进一批山楂，质量要绝对好

的。我想包几百棵红果树，一棵树三十块钱。如果质量好，结的果
儿超过五十斤，我再另加钱，如果遇上灾年，结不了果儿，这三十
块钱算我白扔。

山里人比较朴实，听我这么一说，队长合计了一下，很痛苦
地答应了。我说，咱们谁也别君子，谁也别小人，只重"义气"两
个字。合同我也不订了，我要承包二百棵山楂树，这事儿就交给
你了。

那个队长听了满应满许。我当场拍出七千块钱，从里面抽出
一百块，作为队长的劳务费。队长差点儿乐晕了，借着酒劲儿，跟
我许下大愿，一定要帮我这个忙，并且让山民伺候好这些果树。秋
天挂果儿的时候，派人把山楂树看好，以防有的山民"做小"，事
先摘果儿。

第二年的秋天，红果大丰收，我所包的这二百棵树，结了八九
千斤果儿。我找了两辆卡车才拉回来，仅此一项，就干赚五六千
块钱。

在承包了山区果树之后，我从果品公司批了上千斤的山楂，在
朝阳门外租了几间农民房，雇了几十个进京打工的农村姑娘，蘸起
糖葫芦来。然后，我又雇了十几个打工妹，把蘸好的糖葫芦拿到城
里的繁华地方去卖。

我找了个过去在北京厂甸专卖糖葫芦的老头儿当顾问，同样的
糖葫芦，他蘸出来的味儿不一样。我让那些雇工专拣个儿大的山楂
蘸，剩下的做山楂糕或山楂罐头。所以我蘸的糖葫芦个儿大，味儿
地道。

同时我还压价，别人卖一块，我卖八毛，一下就把市场占领

了。以前那些卖糖葫芦的打听到我，想从我这儿批发。这正中我的下怀，于是我专门搞加工批发了，一串儿糖葫芦批发价五毛钱，那些小贩卖一串儿一块，干赚五毛钱，于是都到我这儿批发来了。

那年，正赶上地坛庙会恢复，我让那个顾问琢磨了一些花样。有山药的、有樱桃的、有橘子瓣的，有一串儿五十个山楂的大红果儿的。五颜六色，透着那么鲜亮。

那八九千斤红果，一个冬天便全变成了糖葫芦，进入了市场。我一炮打响，被小贩们称为"糖葫芦大王"。

我苦干了两年，钱当然没少挣，但是坦率地说，我当时也钻了点儿政策的空子。因为我这个"糖葫芦大王"，干了两年，连营业执照都没有，当然也就没有缴税。挣的钱，都进了我的腰包。

二十世纪八十年代正是改革开放之初，公民的纳税意识普遍较低，加上税法不健全，税务管理才刚刚起步，我这样的漏网之鱼很多。我曾跟那个当顾问的老头儿琢磨过这个问题。

他解放前做了二十来年的小买卖，也没有我一年挣的多。为什么？跟我前后脚儿干个体的人都发了财，为什么？不缴税，这是其中一条。

打一枪换一个地方，这是我做买卖信奉的一个原则。我不能总守着一棵树，什么事，都见好儿就收。

我没等到糖葫芦遍地开花，便又改了行。我手里有了几十万块钱，胃口也就大起来，底气也就足了，我想干大买卖。

迫使我这样干还有另外一个原因。

霍三请

琉璃厂的师付蒸出来的糖葫芦什么样让姑娘们看

婚姻破碎方知梦

还是我当"板儿爷"的时候，我娶了个媳妇。介绍人是张老师。

这老爷子的心真善。他看我成天价漂在街面儿上，干了一天活儿，累得贼死，回到我那个小窝，清锅冷灶的，透着清寂，动了恻隐之心。

他劝我找个对象，好赖也算是个家。我那时挺悲观，心说，我这样儿的，哪个姑娘能看上有前科的人呢？嫁我，除非她有菩萨心肠。

这个女的是张老师教过的学生，比我小两岁。我当时已经三十多了，她的岁数也不小了，是待业青年，"六九届"的学生，刚从东北建设兵团回来，还没找到工作，混得也不怎么样。

张老师最了解我，尽管我蹲过大狱，但在张老师看来，那实在是生活所迫，我的本质还不是个坏种。他把这些原原本本地讲给那姑娘。我头一次跟她见面，也把自己的那点儿德性，都实打实地告诉了她。

我看出她挺犹豫，内心挺矛盾的。结果呢，她并不好看的脸上充满淡淡的忧郁，而女人的忧郁往往掩饰着一种轻佻，更能打动男人的心。

她确实并不美，可是眉眼之间流露出来的那种忧郁和沉静，使我觉得心里很舒服。因为我的性格内向，而且当时我是在一种沉闷压抑的心境下，苟且为生的。她好像很迎合我的心。

总之，她那时并没看上我，也许是当时她处境不好，加上自己也是徐娘半老，出于一种很勉强的同情心吧，在张老师的撮合下，我们结婚了。

结婚后，我一直没让她出去工作，我挣的钱足够家里的一切挑费。一年后，她为我生了个儿子，我在外头奔，更有了劲头。男主外，女主内，我信守这句古训。

我万没想到她会背叛我。世上的万事万物最让人猜不透的就是人心了，即使最要好的朋友，也得留个心眼儿。但是，我这人偏偏没有走这个脑子，我把精力都投到糖葫芦生意上了，而忽略了我还是一家之主，我是丈夫，也是父亲。

生意口儿上拴人，商人，不仅"伤"外人，也"伤"家里人。我没有那么多闲情逸致，去品味爱情这俩字。做买卖的，我指的是真正的买卖人，把时间当作金钱。除非他有了雄厚的资本，才有可能去雇代理人，去当二老板，退居二线，享清福。在闯荡社会的创业之初，商人要去拼命，缓不过手来去照应女人。正是这样，我让人钻了空子。

我在京西煤矿当"窑花子"的那个师傅，在我回城不久，也辞职不干了。他是因为作风问题，受到了处分，才走这一步的。

我一定是欠了他什么债，否则他不会一直盯着我。他追我的第一个"恋人"没追成，许是失意后受了刺激，把另一个大姑娘给玩了。那个姑娘是农村来的，开始受了他的欺骗，他一开始跟人家说要娶她，等人家肚子大了，他已经在老家结了婚。

他似乎没脸在矿上干下去了，便交了辞职报告。回到门头沟老家，开始倒腾点儿土特产，以后又办了个汽水厂。他三天两头奔城里跑，推销他的那些矿泉水。打听到我正经营糖葫芦，便来找我，于是我又成了他算计的对象。

我这人在花钱上一向大手大脚，我信奉大出大进的生财之道，"千金散去还复来"。这小子恰恰在我身上找到了突破口。他很会说话，而且说瞎话一向不脸红。我这人吃捧，别人给我两句好话，我便不知姓什么了。

他见了我，嘴总是抹着蜜，把我迷惑住了。他提出跟我搞联营，是合伙开发矿泉水，我没答应。他生产的矿泉水，我喝过，说白了是井水灌上瓶，贴个商标而已。这东西唯一的好处是比那些"六六六"兑水灌进白瓷瓶的"茅台酒"，对人身体没多大伤害。我想赚钱发家，但赚这种昧心钱，我不干。我不想再蹲大狱。

他又提出了许多"开发"项目，比如开食品厂、开出租汽车公司、搞旅游商品等等，我一听都是纸上谈兵的玩意儿，当然打个哈哈儿就过去了。我虽然不了解他心里憋着什么主意，但是对他的为人，还是知道一些，跟这种人合作，得有拿钱打水漂儿的胆儿才行。

他在生意口儿是个生瓜蛋子，可是在情场上却有一手儿。我那时在朝阳门外的农民房里做糖葫芦，一个礼拜回家一次。我没想到，他却成了我家里的座上宾。现在想来，他在我面前的一切花言巧语，其实都是烟雾弹，他跟我的妻子早背着我勾搭上了。

直到她跟着他带着孩子，卷走了我的家底儿跑了，我还蒙在鼓里。

她走的时候，只给我留了一张纸条。我不是傻子，尽管当时我看到这张纸条，傻了眼，但是，我一下子明白了是怎么回事儿了。

我当时很想找那小子算账，即便是追到天涯海角，我也要捅了他。

张老师拦住了我。

他也有些懊丧，觉得对不住我。因为他是我们俩的大媒。他把我约到北海公园，我们坐在长椅上，聊了整整一个下午。最后，他说，为一个女人，值得我去为她玩命吗？

我掂量着他的话，悟出点儿道理来。

几个月以后，她回来了，把离婚协议书交给我。我没急也没恼，心平气和地跟她到办事处，办了离婚手续。

临分手，我对她说："等着吧，霍爷不是脓包，你早晚要后悔的。"

我似乎没别的可惦记的了。这次婚姻像一场梦。当这个世界上，又剩下我孤零零的一个人去闯荡的时候，我没有别的可想。不混个人模狗样儿出来，我不如找根绳去上吊。

谁卑鄙呢？我到现在也说不清。也许我跟她结合本身就是一个错误，就是一场游戏。

我不信在这个世上，找不到比她强的女人来，不过，经过这次婚变，我对一切女人都有了一种距离感，这是一种莫名其妙的厌恶。

我至今仍没再娶，尽管以我现在的家产，找个漂亮的小妞儿易如反掌，但是我对婚姻已经失去了兴趣。

我曾有过两个"傍家儿"，一个是歌厅里的业余歌手，一个是饭店里的服务员，但是那只是玩玩而已，我不想娶她，她也不想嫁我。解闷儿，排场——更准确地说是应场，仅此而已。

现在，我对女人已索然无味，我觉得大款们玩女人，除了往外扔钱，再就是摆谱儿，这很耽误事儿。至于说找个漂亮妞儿是为了感情需要，满足一种虚荣，满足一种占有欲，那纯粹是瞎掰。我从不把女人当作自己的私有财产。

南下巧取生意经

在我当了"糖葫芦大王"以后，我很想干点事业，我不能总是这么小打小闹的。我的野心随着金钱的占有欲而膨胀起来。我相中了东四的一块地皮，决定开一个餐馆。

要干就像点样儿，我去了一趟广州，使我大开了眼界。

广州的改革开放步子，比北方快了整整一拍。我说这话绝不夸张。

在广州，我结识了几个个体户，人家的观念、做法、思路，就是比北京人透着新。

有个叫"肥仔"的广州人，在一家有名的餐馆请我吃早茶，一气儿点了三十道菜。我们整吃了一上午，最后一结账。姥姥的！花了五千一百八十八块。

我问"肥仔"："哥们儿，你是跟我摆谱儿呀，还是每天都这么花？"

你猜他说什么？"每天都是如此，但是今天请你，我特地凑了个吉利数儿——五一八八，那意思是'我要发发'。"

我问这个哥们儿："你一天挣多少钱？"

他说："我现在一分不挣。"

我说："一分不挣，你怎这么花？"

他说："正是一分不挣，我才这么花。"

我说："那为什么？"

他说:"花光了,我好再拼命去挣。"

你瞧,广州人的观念比北京人绝不?

我是北京人,最了解北京人的心理,手里有两块钱,他只舍得花一块,那一块,他要留着下次花。而广州人却手里一个子儿不留,也许留一个子儿,他就给自己留一分的惰性。全花光了,他才不给自己留后路。这使我想到"破釜沉舟"的典故。人只有到了这份儿,才能勇往直前。

细琢磨,真是这么回事。

其实,人跟人,从智力上讲,有多大区别?谁是天才?谁的脑瓜真比别人灵?一个没有。天才除了勤奋,就是观念跟别人不一样。我就不信北京人比广州人笨。

为什么北京人折腾半天,挣的都是小钱,仨瓜俩枣的,关键是没有商品观念,缺乏经济头脑,眼睛只盯着几个小钱,不敢赚大的。

广州之行,让我长了见识。

我这一趟南下,另一个收获是找到了一个合作伙伴。我们合计好,联营在北京开一个粤菜馆。

那时,北京的餐饮界,鲁菜已经没落,川菜风头正劲,而且独占鳌头。四川有个姓刘的女的,在西单开了个"神仙豆花庄",一年就赚了八十万。而粤菜还刚刚在北京冒头。我要跟姓刘的竞争一下。

姓刘的女将,最大的本事是善于揣摩食客心理。其实,她那"神仙豆花庄",有绒线胡同的"四川饭店"出名吗?说起川菜,那可是京城头一号,可是愣让"神仙豆花庄"给戗了行。你说她凭什么?

我特地去了趟"四川饭店"，又去了一趟"神仙豆花庄"，两边一比较，那种感觉还真是不一样。其实，花的钱差不多。可是在"神仙豆花庄"，我花五百块钱，能吃到几十个味儿，在四川饭店却不行。

我并没有贬四川饭店的意思，人家是老字号，到什么时候也拔头份，我是单从做生意的角度来这么说的。酒好不怕巷子深，好馆子到什么时候也有人去。

反过来，我要开餐馆，我就得琢磨一下，走什么路数。

风生水起当大款

经过一番思索，我想要让粤菜馆一炮打响，首先要有个好经理。老北京开饭馆，讲究"一堂二灶三先生"，"堂"，就是现在的大堂经理，过去叫堂头。"灶"，就是厨师。厨师炒的菜品固然重要，但要有堂头对外张罗宣传。客人来了，堂头能主动把菜品介绍给他们，让他们品尝到可口的，二者缺一不可。

雇厨师我不怕花钱，请的是广州最牛的特级厨师，一个月两三千块钱，相当于一般厨师的五倍，我心甘情愿。要做就做最好的粤菜，端上桌的菜，让人觉着够味儿，这才是硬道理。

其次要有好环境。过去北京人吃饭，是不讲究环境的，我指的是一般老百姓，吃好喝好就得，即便是周围乱糟糟，他肚子舒服就齐活。

其实，这是在人处于温饱阶段的满足感。而饮食本身是一种文化消费，当人们手里有了钱，吃饭已不仅仅是为了填饱肚子了，所以开始讲究菜的品位和环境的优雅。用行话说是"吃环境"。

再有一点，就是抓回头客。开饭馆的，必须得有回头客，这些回头客不是那些进京出差的，或是普通市民偶尔上饭馆开开斋的，而是那些生意口上的人，他们手里有钱，他们是高消费者，只有把这些人盯住了，我的买卖才能红火。

我几乎把所有的家底儿，都投到餐馆的门脸装修上了。雇的服务员，除了由我进行特殊的调训外，都统一制作了服装，我不怕花钱，每人给她们置了一身衣服，保证服务是一流的。

此外，我还使了几个招儿：第一招儿，凡来餐馆吃饭的主儿，白送三样粤式小菜和两样儿小点心。最后结账时，零头一律抹去，比如九十八块，只收九十；一百二十六块，只收一百二十块。

第二招儿，餐馆里放轻松音乐，晚上八点以后，还开办歌舞晚会。第三招儿，给老主顾建账，设信用卡，来这儿吃饭可以不先交钱，一个月一个季度或一年再结账。

最后一招儿，食客可以预约菜，比如要生猛海鲜，我保证是从广州那边当天空运来的，还可以直接送菜上门。

这几招儿，果然见效。不到半年，我的粤菜馆，便在京城闯出了牌子。餐馆设了三十多个桌子，五个包间，赶到饭口儿上，几乎没有空着的。百分之六十的回头客，在这儿建账的有七八十人。

一年以后，我找了个哥们儿，把新闻界、文学界的名人请到餐馆，白吃白喝了一顿，每人给了个瓷实的红包，让他们帮着做些宣传。餐馆不宣传已经很火，这么大张旗鼓地一宣传，生意更透着红火了，平时就餐要预约，中午吃饭要拿号。

我当然知道公益活动的影响力，遇上什么大的社会活动，我的餐馆就赞助几千块，最多的时候捐过上万元。嘿，我的粤菜馆在京城的知名度越来越高。

头一年，我赚了九十万。因为是跟广州人搞联营，我们是"四六开"。第二年，我赚了一百二十万，我们是"五五"开。

在我的粤菜馆正红火的时候，我并没有干吃这块肥肉。我把赚到手的钱，投资开了一个时装店。第二年，我又投资在京郊与人合开了个食品厂和鱼塘。

做买卖，就得是吃在碗里看着锅里。钱只有在不断扩大再生产中才能"生蛋"。

我买了车，买了房，我还想干更大的事——搞一个合资企业，把产品打到国际市场。

我之所以想这么干，是因为在当时，搞合资办企业的势头，刚刚由南方往北推进，而北方人尚心有余悸，我很想利用这个机会，干一场。因为我当时经营着三四个买卖，年收入几百万，我有这个实力。

张老师劝我悠着点。

他成了我的"诸葛亮"。我走的每招儿棋，都有他的主意。不过，我知道他毕竟是"老派人"，一向比较稳重，讲究步步为营，稳扎稳打。我需要身边有这么个人给我出些点子，以防我心血来潮，走错了步儿。

生意口儿上，一招儿棋错了，满盘皆输。我深知这里头的奥秘。

但是，没等我向张老师要主意，他突患脑溢血，一下儿就"弯"回去了。当时我正在郊区，他的女儿小霞——就是你到我家，招待你的那个小姐，她现在是我的秘书。她当时给我打电话，把张老师住院的事儿告诉我。我一听急了，从郊区开着车直奔医院。可惜，我到晚了。

张老师，真是世上的一大好人，活着的时候，他对我像亲儿子一样，我不知道该怎么报答他。

他的丧礼，是我出面办的，搞得很隆重。我专门定做了个镶金边的骨灰盒，把老人家送回山东老家。单买了一块风水好的地，立了碑，周围种了几十棵松柏。整个丧仪花了十五万多，我知道按张老师的本意是不同意这么挥霍的，但是我对自己的恩人，不知该怎么报答。

张老师的老伴早他五年就去世了。他有个大儿子在西安，这个小女儿当时正上大学，她大学毕业以后，我把她招到我的公司，每月给她开几千块钱。应名儿是我的秘书，实际上是我养活她，眼下，她正攻外语，准备参加托福考试，到国外留学，一切费用，我全包了。

小霞也挺重情义的，她曾流露过嫁给我的想法。我当时真想打她一顿。

我是什么人，嫁我？嫁我，你的前途不就全毁了吗？我狠狠地说了她一顿。

别看我现在有钱，但是做买卖的，钱是王八蛋！今天是富翁，也许明天就是穷光蛋。而她还是个二十五岁的姑娘，怎么能嫁给我呢？

再者说，我的名声本来就不好，即使现在是大款，别人并不因为我有钱，就能改变世俗的偏见。一个受过高等教育的大学生，应该到世界上去闯一闯。

她是我从小看着长大的，很听我的话，现在父亲去世了，哥哥又不在身边，我就是她的哥哥。事后我才从她嘴里"套"出话来，她之所以提出嫁我，有两个原因，一是报恩，二是当时她正失恋。

她在大学里的一同学，也就是她的男朋友，到美国去了，把她甩了，她挺失望。我说没关系，年轻人搞对象就那么回事儿，好的小伙子多了，何必要找他呢。你只要想出国，我帮助你。我把我的钱，提出五十万，落在她的名下，单为了她出国用。

现在，她一门心思要考"托福"。我像大哥哥照看小妹妹，把她生活上的一切都承包下来。但有一样儿，我不准许她像阔家子弟那样挥霍，吃穿上要简朴，要做好艰苦奋斗的思想准备。

别看我在外头玩世不恭，花天酒地，一掷千金，但是我不希望她学我。我有我的处世哲学，她应该走正道。我这辈子就这样了，即便混个亿万富翁，也就那么回事儿，而她却前程远大。

生意口儿上的事，真是难以预料，人不可能总行顺风船，跑的路多了，难免栽跟头，但是我没想到这个跟头栽得这么狠。

1988年，真是我走"背"字的一年。

祸不单行，没错儿。人这一辈子，谁也难免会碰到屋漏偏逢连阴雨的时候。

一不留神栽跟头

我的经历和性格，使我必得走单枪匹马闯天下的路。

我不能指望任何人能对我开恩，给点儿什么关照，赐予什么恩赐。一切路，全凭我自己去蹚，我没有任何靠山，也没有任何根蔓。

这也许注定了我难以成大气候的命运。

我的小聪明，有时也会使我误入歧途。何况我一直是摸着石头过河，难免有失足落水的时候。

假如我不听信那小子的一派胡言，我也许不会摔得那么惨。

我不是要搞合资吗？合资总得有开发项目吧。在郊区搞鱼塘时，我想到饲料这块"肥肉"。

现在网箱养鱼，遍布全国乡村，而养鸡场、养猪场、养牛场以及养肉鸽、养兔、养鹌鹑，都成了农民发家致富之道，但是，市场上的饲料却供不应求，而且国内厂家生产工艺技术也不行。我想利用外资，在京郊建立一个现代化的饲料生产加工基地。

我琢磨着，这一准能在市场上打响，甭多了，两年就能赚回成本。我找人帮我参谋，人家对我的建议大加赞赏！"农办"也很支持，我又找到郊区的某县县长，这位县太爷听了我的想法，也立马儿拍了板，答应跟我一起投资搞。

当然搞合资要找"外办"，一切官面上的手续，人家全包了，我真为这一大胆的设想而兴奋。

我当时手里的资金只有几百万，我还有三个买卖，不可能都投进去，所以，我要找的合资伙伴必须有相当的实力。

我的一个哥们儿认识一个外商，这小子是加拿大籍的华人，其实，他过那边儿只有五六年。他自称在美国，开了一个大的饲料公司，产品销往二十多个国家，资本和技术力量都挺雄厚。我跟他在昆仑饭店谈了几次，对他所说的都信以为真。

按常规，搞合资立项总要出国去考察一下，我对他所说的也要证实一下。他满口答应邀我出国考察，并且帮我办理护照、签证。

我的关系都在街道，出国是挺费劲的事儿，但是有他的证明，手续还好办一些。他看到我把证明都开了出来，说要先贷给他一百万。

他在南方某市合资的化肥厂面临倒闭，要我先接济他一下，讲好年息是二十四，等我从国外回来，他连本带息一起还我。

我看他为人挺忠厚，不能见死不救，就从银行取出钱来，让他拿去。他说要到南方那座城市走一趟，等把那边的事办好，跟我一块去加拿大，再去美国，往返机票和在加拿大、美国的吃住，我掏一半，他掏一半。

说得挺好，我揣着开好的证明，在北京等他。可是过了两个月，也没见这小子照面。我这儿抓了瞎，赶紧去找我那个哥们儿，这小子又跑海南去了。我又坐飞机追到海南，在海南待了十多天，愣没找到他。我心想，这一次算是大意失荆州了，一准儿是受了骗。

果不其然，我通过公安部门一打听，这个自称是加拿大的华人，实际上是香港的一个骗子，包括我在内骗了五个人。

敢情这小子在香港赌输了，背了上千万元的债，跑大陆来坑蒙拐骗来了。最后通过公安部门，总算把这小子抓住了，但是骗到手的钱，他全还了债，一贫如洗。

到这份儿上，你就是活剥了他，他也拿不出骗走的那笔钱。而我借给他的钱，又没走公证，完全是私下交易。一百万等于打了"水漂儿"，钱追不回来，也只能自认倒霉。

我栽了这么大一个跟头，还没缓过神来，餐馆那头儿又出了事儿。敢情餐馆的位置，属于城市发展规划的红线之内，通知限期拆迁。这还不算,跟我合伙经营的那个广东人,得到这个信儿,带着两个厨子先跳了槽。

因为我一直在外头折腾,餐馆的事,没怎么过问,临走一算账,那个广东人愣告诉我赔了八十万。他事先在账上玩了猫腻。

我只好回过身来,跟广东人掰扯,一笔账一笔账地往回捯。

这头正打得热窑似的呢,郊区投资的食品厂又出了错儿,生产的一批月饼变了质,卫生防疫站一查,原料里的七项指标不符合卫生标准,厂子让人给封了。而这当口,鱼塘又他妈的闹鱼瘟,上千尾鲤鱼翻了白肚儿。

真是全线崩溃!

我真得感谢张老师当年送我的那一套《三国》,假若我不懂《三国》,这几档子事凑到一块儿,我得去跳护城河。

等我一档子一档子把事儿都掰扯清,"摆"平了,我的存折上,不但分文没有了,反倒背着二十多万的债,我又成了穷光蛋。

折腾了五六年,竹篮子打水一场空。关云长有"过五关斩六将"的时候,也有"走麦城"的时候,我如今彻底走了"麦城"。

关键的时候,小霞说,把立在她名下的钱拿出二十万来救急。我摇了摇头。人不能怕栽跟头,这个跟头栽得好,它使我明白了许多道理,人到什么时候也不能太贪心,还是张老师生前告诉我的那句话,要稳扎稳打。

我不信自己不能东山再起。借了三十万,我决定去闯海南。

在海南,我放开了胆儿,做了两笔甜买卖,第一笔,倒了两万吨钢材,第二笔是做了五十亩地的房地产生意。一下儿就赚了二百万。我又拿出一百万到上海去炒股票,净赚三百万。

这纯粹是投机性的买卖。有了这笔钱，我见好儿就收，把钱存入银行，当了一年多的"吃息族"。

我想看看风头，然后再决定下一步棋怎么走，再不能猛张飞似的蛮干了。

我什么时候也得记住，"买卖虫儿"是条虫儿，不是龙。

东山再起谋大计

有人说 1992 年，是发财年。小平同志南方讲话，使中国的老百姓看到了又一个发财的机遇。

的确，识时务者为俊杰，我不能错过这次机会。闯荡了这几年，我感到政治环境比什么都重要，改革开放，社会安定，做买卖才能放开手脚。

我依然没忘当年的那个梦——搞一个饲料加工基地。但是，这一次我不能操之过急，要看准了再干。

1994 年，我申请注册了一个开发公司。自任董事长，聘了几个离退休的高级工程师当顾问。在下边设了三个子公司，有房地产，地点在天津；有娱乐中心，包括餐饮、卡拉 OK 歌舞厅，地点在京郊；还有一个贸易公司，主要经营家电、汽车等。至于饲料加工基地，我打算资金雄厚了，自己干。

现在我们公司是股份制，贸易已发展到俄罗斯、东欧、北美。公司的经理都是二三十岁的年轻人。平常，我不过问他们的业务，每个月开一次董事会，他们向我汇报。

而我，除了把主要精力投入到公司经营上，便是想找个地方深造一下，否则就跟不上时代的列车了。

我已经把我发家的经历讲给了你，你也许会从这些经历中，了解到我的内心世界。

一个人只要真想干事儿，成为一个大款，并不是很难的事。这是我的体会。但是要想树立社会形象却很难。要想彻底改变人的观念就更难了。

我之所以有时玩世不恭，那是我把人的最本质的东西都已看透。

也许我现在的生意正火，但是谁敢保证没有再栽跟头的时候。所以我并不指望在事业上有多大的发展，见好就收，现在还没有见到"好儿"，所以还不到"收"的时候。

……

霍爷的故事讲到这儿，留下了一个问号。我并不想探究他所说的这些是否具有真实性，因为他为我描画了一个"买卖虫儿"的发迹史，而这种发迹的经历并不鲜见，只不过他的独特的性格和怪诞的行径格外引人注目罢了。

显然他在个人奋斗中，是个成功者。但是他的内心世界却又是一个矛盾体，他与我们的社会有许多格格不入的地方，但是他却又利用社会的种种偏见和弊端，找到自己的生存点。

当我把霍爷的故事讲给他人听时，有人说他的一些夸财斗富之举，是出于戏弄社会的某种荒唐心理。但是如果你读完他的自述，冷静地分析一下，也许就不会显得大惊小怪了。

人的外表往往有一种虚伪的光环，甭管你是否承认。人不可能赤裸裸地向社会袒露一切，霍爷的复杂心理，也被一种虚伪的光环所掩饰着，难道不是吗？

『票虫儿』大揭底

过手是云覆手雨

"票虫儿"是北京人的叫法，上海人通常把他们叫"黄牛"或"黄牛党"。北京人还有另一种称呼，叫"拼缝儿"。

为什么叫"黄牛党"？有一种说法是，形容他们抢火车票时的场面，像黄牛群的骚动。但就他们的种种暗箱操作的举动，我认为还是冠以"票虫儿"更形象。

按照市场的规律，有需求，就会有供给，所以"票虫儿"的应运而生，不足为奇。

按照市场的规则，所有的交换，从它的本质意义上说，都应当是等价的，所以"票虫儿"们没有遵守这个基本法则，理应取缔。

市场经济的运行有其自身规律，犯规——"票虫儿"敢无视市场运行规律，不仅因为他们把价格"炒"翻了多少倍，而且因为他们的这番操作，使社会秩序付出了更大的代价。

　　如果这篇故事您觉得好看，这番道理却得琢磨琢磨才能明白。

　　假如您在京城街面儿上留神观察，就会发现在火车站、影剧院、体育场馆、邮票公司等出售票证的门前，时常会聚着鬼鬼祟祟的一伙人。他们或交头接耳，或窃窃私语，或侃侃而谈，或暗中会意。这就是人们所说的"票虫儿"。

　　眼下，在街面儿上办点事儿，"路子"很重要。"路子"说白了，就是关系网，这种网是无形的，看得见却摸不着。"票虫儿"表面上看"吃"的是票，其实"吃"的是"网"。

　　"票虫儿"的"路子"一般来说相当野。他们手眼通着各种道儿。再紧俏的票，这些"票虫儿"也能"吃"到嘴里。只不过票一过他们的手，就会被金钱的贪欲染成了黑色。北京人管这叫"黑一道"。

　　北京到广州的火车票，尤其是加卧铺的，历来吃紧。如果您急着要到广州办事，一时买不到票抓了瞎，只要找到"票虫儿"，肯定能让您准点儿上火车。不过那票的价码儿，已经是面值的两倍到三倍了。

　　"工体"有场国际足球赛，门票也许早在开赛前三天告罄了。如果您是球迷，非憋着到现场去看才觉得过瘾。不要紧，您只管放心大胆地踩着钟点儿到"工体"去，保您能从"票虫儿"的手里买到门票。只要您肯掏比票面价码儿高出两倍到三倍的钱。

　　几年前，港台歌星赵传在首体搞了两场音乐会，门票最高价是四十元，却让"票虫儿"炒到了二百块钱一张。

　　1992年3月，法国"浪漫钢琴王子"理查德·克莱德曼在首体举办三场个人钢琴音乐会，三万六千张入场券一天之内被订购一空，其票价当时创下了京城演出的最高纪录，贵宾票达一百元一张。

可是，到了"票虫儿"的手里，一张贵宾票竟翻了四倍。花四百块钱，到体育馆听一场音乐会的"追星族"大有人在。

笔者事后采访一个"票虫儿"，他颇为得意地说："奔到手的三十张贵宾票，全都翻着跟头出了手。"

1994年5月15日，在工体举办的意大利桑普多利亚队与中国队的足球对抗赛，门票价创历届球赛门票之最，特票二百八十元一张，往下票价分别是一百六十元、一百二十元、八十元、六十元、四十元（学生票），然而，在"票虫儿"手里的特票，已卖到了八百元。八百元看场球赛，在大款看来并不新鲜。

如果按一张"黑票"翻一个"跟头"（一倍）来计算，三十张票就让"票虫儿""吃"进去多少钱？

一位"票虫儿"曾跟我"泄底"，碰上甜买卖（指赶上"好场"，即精彩的音乐会或球赛），一次能进"四本"（一"本"指一千元人民币）。四千块钱。几乎是当时一个科级干部一年的工资！

"票虫儿"没有年龄区分。据笔者从北京市公安局朝阳分局了解到，他们去年在工体门口抓到一个"票虫儿"，只有十一岁，刚上小学五年级。而海淀分局去年在首体门前捞到的一条"大鱼"，已经七十八岁了。

京城的"票虫儿"的成分相当复杂，但是分析起来，以无业游民即社会的闲散人员为主。也有人把这当作"第二职业"。东城区社会治安综合治理办公室1993年11月在北京站抓住一个"票虫儿"，竟是国家某机关的处级干部。

近几年，外地人口大量涌入京城。其中极少部分人是不务正业的游民，他们也相中了这条道儿，跻身"票虫儿"的行列。

令土生土长的京城"票虫儿"开了面儿的是，这些外籍军团在倒票的同时，手里还攥着一把空白发票，在北京人的碗里争食，他们显得更加老到。

难怪笔者在采访一位家住北京站附近的老"票虫儿"时，他竟愤愤不平地说："眼下干什么都有竞争，即便是'吃'票也不例外。"

谋暴利铤而走险

京城"票虫儿"有多少人，显然这是个永远搞不清的未知数。因为有的"票虫儿"吃饱了怕撑着，干几档子，捞一笔，就洗手了；有的就是一锤子买卖。长期吃这碗饭的"虫儿"，据市公安局一位同志估计，全城加起来，有七八千人。

"票虫儿"的活动地点不固定，活动方式也有所区别。但有一点是共同的。那就是眼面儿前，什么香"吃"什么。火车票难买，他们"吃"车票；球票"火"，他们"吃"球票；音乐会的票"俏"，他们就"吃"音乐会的票。

虽然说他们是"闲人"，脑子里的弦儿却不闲着，哪儿有"票局"，他们便闻风而动。

"票虫儿"的票源有两个途径：一是走内线，即所谓的"路子"。他们可以通过各种关系网，与车站、剧场、体育场的售票人员套上"磁"。先给人家一些甜头蹚道儿，拿到票以后再给点"回扣"，这属于"哥们儿"给面儿。有的属于"嫡系部队"。

有的"票虫儿"与剧场、体育场馆的售票部门是关系户，并且建立起"业务"联系，拿到票以后，再"批发"给"吃票族"里的雏儿。当然这种"业务"联系，往往不分"火"与"不火"，赶上球赛或音乐会"倒了观众胃口"或天气的变化，这些"票虫儿"也有窝脖的时候，几十张票倒腾不出去，砸在手里，那滋味儿也够他们受的。

"票虫儿"中的大多数属于"没路子"的。为了提前抓到票，他们就得付出点"代价"了。

这些人须具备眼观六路耳听八方的本领，每天要张着神，眼睛盯着日报、晚报、电视的广告，以捕捉票源信息。只要有看好儿的球赛或音乐会，他们便提前到售票处排队，一个人有时要占五六个号，有的要动员全家老小齐上阵。

买到票以后，先在手里"焐"上几天，不能急于出手，摸准行情，再揭锅，往外撒。

毫无疑问，"票虫儿"倒卖票证是违反社会治安管理条例的。"票虫儿"们心里清楚"吃"上这营生的危险性。但是，他们往往心存侥幸，而且他们在长时间的"吃票"当中，已各霸一方，有自己的领地。

在自己的属地活动，有一张无形的保护网，一些大"票虫儿"甚至与地面上的"黑"道"白"道都有勾结。所以老谋深算的"票虫儿"一般不亲自出马，他只在幕后操作，有的只当"托儿"。

当"票虫儿"除了要有"托儿"和多长几双眼以外，还要有点胆儿。撞进公安部门的"视线"，也有翻车打滚的时候。

"票虫儿"王晓民 1994 年在音乐厅倒票时，"走"了眼，触

了"雷子"（便衣警察）。一下儿"折了"（"折"音"舌"），被罚了
一千多块钱，因为他不是初犯，还在"班房"啃了十天窝头。

这小子后来又"折"进过两次，一次是"吃"火车票，一次是
"吃"球票。

"三进宫"出来，他改弦更张。跟我谈起当"票虫儿"的生涯，
他说后脊梁直冒凉气。因为他没"托儿"，也没"根儿"，一直在
"圈儿"外混，除了有便衣警察盯着他，还有"圈儿"里人的争斗。

"票虫儿"各有各的地面儿，稍不留神步入了别人的领地，
"黑"你一下就够受的。

北京站是"票虫儿"们活动的主要地点，每年公安部门要在广
场召开十几次打击票贩子的现场公审会，但是，没过几天，"虫儿"
们又从阴暗角落里钻出来。

公安部门的震慑作用，似乎只有几天的效果，"票虫儿"对这
种惩罚，仿佛无动于衷，有恃无恐，好像在身上挠挠痒痒。

孙某已经是"二进宫"了，但是现在依然故我。

笔者来到北京站广场东侧的站前派出所采访，在不到一百平方
米的院子里，居然"押"着三四十个"票虫儿"，一个个蓬头垢面
的"外籍军团"与衣冠楚楚的"地方军"形成鲜明对照，他们蹲在
院子里，周围是个铁栅栏。

负责看押他们的警察对笔者说：这些人有的已是三进三出了。
在被"押"的"票虫儿"中，笔者认出了孙某，他脸上带着沮丧的
神情，说："上午在倒票时，撞了'雷'，手里的五张'广州卧'刚
刚'挑'出去两张，就都被没收了。"

笔者问他为什么对公安部门的惩罚这样肆无忌惮？

他说："这叫上贼船容易下贼船难。吃上这碗饭，舍不得扔了。"

笔者又问："你难道不怕受罚吗？"

他说："我们吃的是运气饭，撞上了警察认倒霉。撞不上，出手几张去广州的火车票，兴许就能把一个月的吃喝挣出来。"

看来，"票虫儿"们都是抱着一种侥幸心理从事这种非法勾当的。

社会治安管理部门对"票虫儿"一向很伤脑筋，这些"票虫儿"很像庄稼地里的蝗虫，一旦成了灾，光洒农药不解决问题。

近两年，"票虫儿"的胃口已不仅限于入场券、车票、机票、邮票了，凡是有价证券，凡是无价证券，只要有用，都在"票虫儿"的视线之内，即使是没票，这帮人也会给你弄出"票"来。

1994年上半年，北京"人机""大楼""城乡""北旅"四家公司在社会上公开发行股票。在这当中，"票虫儿"又搅和了一下，一张"大楼"和"城乡"的股票认购中签号，居然在"黑"市上卖到了五千块。1992年，发生在俄罗斯驻华大使馆的"炒票风波"也足以看出"票虫儿"的社会危害。

插手签证倒"门票"

俄罗斯驻华使馆，坐落在东直门内大街北中街。这里原是苏联驻华大使馆。

苏联解体后，乌克兰、白俄罗斯、立陶宛、格鲁吉亚、阿塞拜疆、哈萨克斯坦等十四个独立后的国家，驻华使馆正在筹建之中，所以，他们仍暂时在一起办公，这里形同一个"独联体"。

说这话是在 1992 年的时候，俄罗斯驻华的领事机构，除北京之外，还设在上海和沈阳，但是，如果去其他独立后的国家，只能到北京的俄罗斯联邦驻华使馆办理签证。

因此，全国各地赴"独联体"的人，都到北京来办签证，这儿是"必经之路"。

自 1991 年底，"独联体"各国打开对外贸易的大门之后，"洋倒儿爷"纷至沓来，到中国大陆"淘金"者日益增多。而中国的"倒儿爷"，也看好独联体的市场，尤其是近些年，独联体各国经济持续衰退，一些轻纺工业品和民用小商品，在这些国家极为走俏。

当一瓶北京的"二锅头"，能换一件呢子大衣；一件"伊里兰"的羽绒服，能换一台名牌照相机；一个最普通的打火机，能换一块二十四钻的机械手表的信息，在北京的"倒儿爷"圈儿里传开之后，"倒儿爷"们再也沉不住气了。

走出国门，冲向独联体，一时成了京城"倒儿爷"们的"既定方针"。特别是 1992 年初，红桥、雅宝路、三里屯、和平里等集贸市场的管理人员组团，带着京城"个体户"们，以旅游的名义到俄罗斯转了一圈之后，他们大开眼界，一个个雄心勃勃，筹划着自己的发展蓝图，有想在那里投资办饭店的，有想在那里开商场的，有想在那里搞贸易中心的。

京城的"个体户"素以敢冒风险著称，他们说干就干，托关系，走门路，很快蹚出了出境的道儿。北京市公安局出入境登记处里，申请去独联体的人骤然增多。

当时，据这里的工作人员介绍，最多时，一天要办六十多本护照。北京如此，其他城市亦然。于是拿着护照，到俄罗斯联邦驻华领事馆签证的人大量涌来。

守卫俄罗斯联邦驻华使馆的武警某部干部，向笔者介绍说："几年以前，国内的青年掀起了出国潮，许多人的眼睛都盯着美国、加拿大、日本、澳大利亚，那时俄罗斯驻华使馆门前显得冷冷清清。自1992年1月，出国潮的风向有了变化，去俄罗斯的人突然多起来，从1992年2月起，这里开始升温，到了7、8月，使馆门前等待签证的人如同潮水，每天到这儿办理签证的有四千人左右。赴俄的人主要有做生意的、探亲访友的、留学的三类，其中做生意的占了三分之一。"

京城的"票虫儿"如同猫闻到了腥味儿。在1991年初，俄罗斯驻华大使馆门前等待签证的人，还没有达到高潮时，一些"票虫儿"就已经混迹其中，插手门票的交易了。

进大使馆签证本来没有所谓"门票"一说。但是俄罗斯驻华使馆的工作人员有限，不可能来一个拿护照的就给签证，何况每天到这里来签证的有数千人，按照先来后到顺序排队的常理，大使馆门前排起一条长龙。

但是，中国人排队向来没有顺序的概念，加塞儿是最常见的事，有时一个人可以拿着五本护照排队。很快，长蛇阵便乱了营，长蛇形同虚设，使馆门前秩序大乱。而这些表面上看是等待签证人主观上的因素，其实则是"票虫儿"所导演的。

"票虫儿""吃"票的惯招是让地盘儿上乱，他们的心理是只有乱，他们才能浑水摸鱼，才能找到自己的饭碗。

"票虫儿"要插手，第一步棋是乱，第二步棋是制造"门票"。

所谓"门票"，就是进使馆大门签证的排队顺序号。这种"门票"操纵在"票虫儿"的手里，焉有不"黑"人的道理？

毫无疑问，凡是领到护照的人，急于签证出国是普遍的心态。"票虫儿"正是抓住了这一点大做文章，把所谓的"门票"从五十元一张"炒"到了五百元，两个月后，竟炒到了两千元，甚至三千元。

真够"黑"的！连"票虫儿"里的一些老"票虫儿"也对他们这一手拍案惊奇。

"黑"人是"票虫儿"赖以生存的常情。您想去吧，他不"黑"人，吃什么？

老泡儿出马吃"独食"

欺诈是"票虫儿"的惯招。要想从"票虫儿"嘴里套出真话，无异于让石头开花。

是谁导演了制造"门票"的恶剧呢？

笔者为了弄清这一内幕，采访了两个当时在使馆门前浑水摸鱼的"票虫儿"，他们含糊其词，云山雾罩，说了半天，不知所云，显然不愿意"泄底"。

为了弄清事情的真相，笔者只好深入使馆附近的居民当中，几经周折，才理出一个大概的轮廓。

一位退休老工人给我讲起了几个"票虫儿"的劣迹，其中有一个外号叫"老七"的人，出于众所周知的原因，笔者在这里只能隐去其真实姓名。

老七那年大约有四十六七岁。早在六十年代，他就是东直门一带小有名气的"老泡儿"。那时，他年轻气盛，打架心黑手狠，出门总拎着"军挎"(七十年代的一种帆布军用挎包),里面放着一把军刺,打起架来,他手舞军刺,横冲直撞,如入无人之境,"花"个人,"废"个人如同家常便饭,为此留下了"黑叉"的绰号,东直门外的痞子流氓都怵他一头。

当时,北京的小流氓喜欢打群架,东城的跟西城的"碴"起来,双方约好地方,各带着一拨人,昏天黑地地打起来,不是两败俱伤,就是一方把另一方打服。东直门一带,有谁打群架必要叫上"黑叉",只要有他出场,直打得对手头破血流,呼爹喊娘,才算罢休。

1969 年,"黑叉"在一次群架当中,用军刺把人的脾脏扎破,险些要了人家的命,他为此"折"了进去,在黑龙江的嫩江劳改农场,啃了十五年窝头。

1985 年,他服刑期满,返回北京。走的时候,是二十啷当的小伙子,回来时已变成了胡子拉碴的小老头儿。

在家"耗"了一年后,他当了"板儿爷"。当"板儿爷"要有好体格,而他在黑龙江劳改时,腿被摔折,落下了病根,蹬了三年车,便扛不住了,脑瓜儿一转,当了"票虫儿"。

老七是老顽主,走黑道儿自然有点绝招儿,倒票他也有高的。他知道自己的"底儿"潮,在公安的"眼线"之内,所以不能亲自操刀上阵,于是他拉过一帮小兄弟当"票虫儿",他当后台老板。让那帮小兄弟打前阵,然后他吃"落儿"。所以,当了几年"票虫儿",他从没栽过跟头。他的小兄弟"翻了车",也不敢把他"抬"出来,因为都知道他的厉害。

1992 年初,老七在俄罗斯驻华使馆门前鬼混,发现到这儿等待签证的人很多，门前的秩序比较乱，觉得有利可图，于是便带着几个小兄弟，在这儿搅浑水。等到搅和得差不多了，他想出以维持秩序为名，发进门号的这招儿。

发进门号要得到使馆内部的认可。而使馆不是什么人都可以自由出入的，武警战士把着门，直接进去根本不可能。

老七在门前"泡"了几天，冒出一个主意，他决定打"老毛子"的牌。"老毛子"（"票虫儿"对俄国人的称呼）爱喝酒，几乎每天晚上都出使馆到附近的饭馆痛饮。他正好可以钻这个空子。

那些日子，老七乔装打扮，西装革履，透出几分规矩人的相儿，一到晚上，就"泡"饭馆。

俄国人进中国的饭馆没有款爷的派头，他们的工资待遇并不高，喝啤酒常常是"白嘴"喝，也就是不要菜，干喝。喝白酒，也不可能有七个碟八个碗的那种潇洒。老七察言观色，摸清了他们的路数。

他先是跟俄国人"套磁"，然后为表现出自己的慷慨大方，掏钱给他们上菜、上酒。俄罗斯驻华使馆的工作人员一般都能说几句汉语。一来二去地，他们觉得老七这个人挺诚恳，便跟他交上了朋友。

老七一看火候已到，便跟俄国人摊了牌，他说自己的几个朋友要到俄罗斯做买卖，办好了护照，单等签证了，可是排队的人太多，希望他们帮忙。

敢情拉关系走后门是国际上"通用"的不正之风。俄国人也不例外，他们看在老七平时酒肉相待的面上，自然不好推辞。

老七马上指派手下的小兄弟，到排队等签证的人堆里去找"冤

老七决定打俄罗斯驻华使馆老毛子的牌,请他们喝啤酒跟他们套磁。

大头"。一本护照二百块钱，对于急着到莫斯科做买卖的"倒儿爷"来说这还不是小菜一碟！

当时有几个"倒儿爷"就把钱拍了出来。老七一下让俄国人办了十几本，没动地方，赚了几千块钱。小试牛刀，老七尝到了甜头，胆子也大起来。

不明真相的人，以为老七有点儿来历，跟使馆有内线，托他提前办签证的人蜂拥而至。

老七一看时机成熟，便向使馆工作人员提议，为了维持门前的正常秩序，由他负责发进门号。使馆工作人员考虑到签证的人日益增多，门前混乱影响正常工作，也就采纳了他的建议。

老七摇身一变，仿佛成了使馆雇用的工作人员，每天一大早儿，手里拿着一把"门票"，按排队的顺序发。

表面上看他发号是按排队顺序，其实他耍的是花活儿，每次发出的号几乎都给了那帮小兄弟，再由小兄弟暗地里去倒卖。所以，有的人在门前排了一个星期，也不会轮到自己头上，只好伸着脖子挨宰，花大钱买黑号。

老七没用几天就吃"肥"了。您想，一张进门号，往少里说赚五十块钱。两张，一百张，他赚多少钱？何况，他的进门号是打着滚儿往外抛的。

争抢地盘大"火并"

老七吃"独食"正吃得得意之时，京城其他地面儿上的"票虫儿"不干了。没过几天，西直门的、安定门的、永定门的、北京站的、和平里的、前门的"票虫儿"像闻到了腥味儿的苍蝇，纷纷杀向俄罗斯驻华大使馆。

"票虫儿"的眼都"毒"，在使馆门前待上半天，就瞅出这里头的"猫儿腻"来，于是各自使出"撒手锏"，想在这里搅和一下，趁乱捞一把。诸侯争霸，必有一场"好戏"。

最先找老七发难的是安定门的一个"票虫儿"，此人外号"螃蟹"，在"黑"道上也有一定势力。老七当然不肯把碗里的肥肉白白让人。两边儿没说几句便弄蹭了，"螃蟹"打道回府。

安定门的"票虫儿"深知老七的厉害，"螃蟹"虽然手底下也有一帮哥们儿，但是这些人绝不是老七的对手。一提老七的大名，手下的哥们儿先打了退堂鼓。"螃蟹"单枪匹马跟老七斗不是个儿，于是他想纠集其他地面儿上的"票虫儿"，搞"联合舰队"。

本来"票虫儿"们的活动都是跑"单帮"的，可是贪欲使"票虫儿"们抱起团来。俄罗斯使馆门前的"票"价"炒"得如此火爆，"票虫儿"们心痒难耐，他们不能眼看着老七碗里有肥肉，而自己连口汤都喝不着。于是七八个地面上的"票虫儿"绑到了一块，决定同时向老七发难。

安定门的一个"票虫儿"，给老七下了最后通牒：两天之内，老七必须把发进门票的权利让出来，否则拳脚说话。

老七久经沙场，什么阵势没看过，老顽主哪儿会怵这些小玩儿闹？在他的眼里，这些"票虫儿"都是雏儿。

谁也没想到"联合舰队"的心特别齐，老七的蛮横，使这帮"票虫儿"大为光火。

第二天，一封"战书"传到了老七的一个小兄弟手里：晚上九点，东直门立交桥下相见。

老七有点儿寒了。好汉不提当年勇，今非昔比，蹲过十五年大狱的他，已经是灶台上的油渣了。他不想在这上面栽跟头。但是，他又不肯跌这个份儿，于是京城的"票虫儿"，展开了一场罕见的肉搏。

当晚，老七调兵遣将，让几个小兄弟赤膊上阵，他躲得远远地观战。

两边的人都不软。但是老七这头儿的人，没有"联合舰队"的人多。

没过几句话，便动起手来。老七的兵寡不敌众，而那边的人，手里都操着家伙。

开战之后，老七准知道自己这头要吃亏，但鸣金收兵已经来不及了。他的一个小兄弟屁股上让人捅了两刀，见了血，其他的小兄弟撒丫子便跑。"联合舰队"的人正要追，老七迎了上去。

"票虫儿"们不管怎么说，还是有点儿怵老七。

老七让他们收起家伙。他掏出一盒"万宝路"，每人一支，拿出"老大"的做派，跟各路"票虫儿"逗了几句哈哈，算是打了个圆场，宣告自动退出这个地盘。

一场火并以老七的让步而告一段落。

从那天起，俄罗斯驻华使馆门前，再也看不到老七和他手下的那帮小兄弟的影儿了，取而代之的是"六国"争雄的局面。

一时间，京城的"票虫儿"在使馆门前，你争我斗，搅得那里乌烟瘴气。

倒霉的自然是那些等待签证的出国者。

整治"票虫儿"出重拳

进入 7 月，北京的天气热起来，而俄罗斯驻华使馆的门前更透着"热"。

这里的街道并不窄，但是被数千人挤得水泄不通。许多外地人掏不起钱买进门票，只好困守街头死等。一些去俄罗斯留学的学生，耗得口袋里的钱空了，干脆在使馆门前打了地铺。

使馆附近的居民似乎有着很强的商品观念，卖冷饮的、卖米粥的、卖烙饼的，沿着使馆的围墙摆起摊儿来。

看到签证的人风餐露宿，有人还把家里的折叠床拿出来出租，一晚上十块钱，也有租板凳、马扎的，每晚三元。

最火的是卖大碗茶的，一个姓林的老太太摆摊儿卖茶，一毛钱一碗，一个月竟赚了好几"本"（即好几千元）。

这里简直成了闹市，嘈杂喧闹声昼夜不息，人们在此吃，在此喝，垃圾遍地。由于附近没有公厕，有的人干脆就在花坛里行"方便"。

更令人难以忍受的是，打架斗殴的事接连不断，不是"票虫儿"之间的争斗，就是"票虫儿"与等待签证人的争吵。卫生混乱，交通堵塞，噪音不止，附近居民不堪其扰，只好投书上告有关部门加以治理。

当地派出所的人手太少，一时抽不出足够的警力，况且"票虫儿"们打的是游击战，你来我走，你走我来。公安人员不可能天天在这里盯梢儿。而守卫使馆的武警只负责使馆的安全，对街面儿上的事儿无能为力。

街道居委会的老大妈，面对这种混乱局面再也沉不住气了。她们知道自个儿身单力薄，不是"票虫儿"们的对手，便找了几个退休的老工人出马，维持秩序。哪知这几个老工人，也难敌"票虫儿"的凶悍，碰了几次，挨了几次"咬"，只好退避三舍。

到了9月，这里的混乱局面再不收拾已经影响整个社会治安了，居委会的老大妈们凑到一起想办法，经过一番研究，想出一个高招儿，以毒攻毒。

老大妈们把各路的"票虫儿"头目，邀请到居委会，让他们出面维持秩序，以街道的名义，把发进门票的权利交给他们。为了防止他们高价倒卖，规定每个牌二十元，押金三十元，进门时退三十元。

"票虫儿"们满口答应，兴高采烈把这事儿大包大揽下来。

谁知，一个月以后，老大妈们发现，这些"票虫儿"背后在玩"花屁股"，表面上维持秩序挺卖力气，其实转过头去，卖的还是黑号。

10月6日，维持秩序的"票虫儿"，与东直门外的"票虫儿"又要发生火并，双方带着刀子、火枪，准备开战。居委会事先得到信，通知了派出所。

派出所的几个副所长火速赶到，治安科的干警全体出动，才将这起恶斗制止。

对于社会上的不良现象采取综合治理的办法是行之有效的。为了从根本上铲除俄罗斯使馆门前的"票虫儿"危害，当地派出所、街道居委会和武警部队等商定共同采取紧急行动。

首先把发门票的权利由居委会管起来。为此居委会雇了十多名工作人员，组成了办公室。凡是进使馆办理签证的，必须到居委会领号排队，守卫使馆大门的武警只认居委会的号。这样，一下子断了"票虫儿"们的后路。

其次，对"票虫儿"采取了集中火力的"大围剿"，见一个，抓一个，绝不手软。居委会发进门号，一本护照是三十元。派出所出动民警整天在门前巡逻值班，如发现有人高价倒卖，将进行严厉处罚。在不到一星期的时间里收审了倒卖门票（号）的"票虫儿"八十多人。

经过一段时间的治理，俄罗斯驻华使馆门前的秩序已有了明显的改观。

几天以后，笔者再到这里采访，看到门口秩序井然，新建的木板房是居委会的发号处，领号排队进使馆签证的人不多。

笔者采访了值勤的武警战士，他说："现在领事馆每天只签五十本护照。一是俄罗斯对入境人员进行了控制，二是居委会的管理起到了作用。"

发生在俄罗斯驻华使馆门前的"吃票"风波已经平息了，但是，可以肯定"票虫儿"不会从此绝迹。

据笔者调查，"票虫儿"之所以在此偃旗息鼓，主要是去俄罗斯办签证的人少了，这里的"票虫儿"又转移到别的地面儿上了。

此事留给我们许多思考。我们到底应该怎样看待"票虫儿"？对"票虫儿"的产生和存在，又该怎样从根本上加以治理呢？

某工厂的停职人员张某是个老"票虫儿"，他理直气壮地对笔者说："我们倒票卖高价，一是弄票付出了辛苦，二是给急等用的人救了急，有人甘愿花这份钱，这叫周瑜打黄盖，愿打愿挨。"

　　"票虫儿"吃的往往是紧俏的票，一旦商品经济发展了，买票不用费劲了，"票虫儿"自然也就没有市场了。

　　比如头几年，北京到广州的飞机票，一张黑票能"炒"出几百元。而这几年，民航严格管理，买票要有许多证明；二是民航公司多了，北京到广州的航班平均两小时一趟，买票根本用不着排队。"票虫儿"也自然失去了可钻的空子。

　　治理"票虫儿"光靠行政命令和处罚条例，效果不明显，因为买方市场始终存在。这两年北京的服务业发展很快，兴办了许多便民的服务公司。其中就有代客购票业务。您需要什么票，只要事先给这些服务公司打个电话，服务公司派人联系，或派人替您排队购买，只收取一定的劳务费。

　　随着社会服务性行业的发展，"票虫儿"也许有一天会成为一种正当的职业，当然，这种职业是有组织的，绝不是投机倒把性质的。

四十万元一条"龙"

宠物，在北京人眼里，是随着生活水准的提高，不断变换花样儿的。

老北京把玩儿当作一种消遣，一种娱乐。新一茬儿的北京人把玩儿当作一种时髦，当作一种排场。"玩的就是心跳"。玩的就是开心。

然而，进入二十世纪九十年代，宠物却成了一些"虫儿"炒作的对象。甭管什么宠物，"虫儿"在里头一搅和，您瞧吧，准有热闹。

"虫儿"它不但使玩儿的主儿跟着心跳，也让一般人眼花缭乱，甚至为之有所动，跟着心跳。宠物，似乎已经超越了玩儿的范畴，居然成了投资的项目。

甭管您对此怎么看，玩宠物可以让人发财，却是事实。而宠物也在这种市场炒作中真成了宠物，其身价可以迅速飞涨。

几年前，坐落在昌平的中华神州爱犬乐园，一条德国牧羊犬价格是一万五千元，日本尖嘴犬四万二千元，北京巴哥犬十二万元，中国冠毛犬十四万元，北京宫廷巴狗三十万元。价码儿就贴在爱犬乐园业务室的墙上。

对大多数拿工资的人来说，这些价码儿如同天文数字，有的人也许辛辛苦苦一辈子，也挣不出这个数。可是昂贵的价格，并没把那些腰缠万贯的款爷唬住。价格越高，越能刺激他们的占有欲。据这里主管业务的头儿介绍，名犬价儿越高，越供不应求。

狗的身价敢打滚儿翻跟头，猫价鸟价鱼价也当仁不让。一只能押十个音儿的"红子"，已然卖到了两万块。而一只牡丹鹦鹉能卖到五万块。一只纯种波斯猫，三万块打不住。

正是在这种宠物越宠越热、越热越宠的行市下，原先静寂的热带鱼市场，也让"鱼虫儿"们掀起了波澜。

说起来，您也许不信，1994 年，北京的鱼市，一条巴掌大的名种热带鱼的价码，已经达到了四十万元。您不要以为这个价能把人吓住，一位新加坡的商人说，如果真有，他愿意出高一倍的价儿，全部把它买喽。

什么热带鱼有这么高的身价？笔者正是受这种好奇心的驱使，遍访京城热带鱼市。所见所闻，大开眼界。

龙鱼种类何其多

说起玩鱼，北京人并不陌生。花鸟虫鱼，号称老北京的"四大玩"。不过，北京人最早玩儿的是金鱼。

金鱼分草类和龙睛类。草类是土生土长，龙睛类算是舶来品。据说名种金鱼，清朝末年才漂洋过海传到宫廷。

喜欢玩儿的皇上，把龙睛视为宠物，宫内专门有一班"鱼把式"饲养这玩意儿。经过几十年的杂交，配种，更新换代，成为北京特有的金鱼品类，以后传入民间。

热带鱼也属舶来品，北京人把它作为观赏物，是二十世纪七十年代初的事。当时"孔雀""神仙""红箭""红绿灯"等色彩斑斓的热带鱼品种，从南方传入北京，很快在民间风靡一时。

北京人一向有"趋热"心理和从众心态。什么事儿都一阵风，像当年"打鸡血热"、练"甩手操热"、泡"红茶菌热""飞碟热""武术热"，以及后来的"呼啦圈儿热""气功热"一样，"热带鱼热"也是一哄而起。"热"的时候，男女老幼，无不以养几条热带鱼为乐。

那时家家户户，用大瓶小罐，各种鱼缸，养热带鱼成了风。甚至连办公室、车间，都可以看到热带鱼的身影。

人们凑在一起交换鱼种儿，有的玩主儿为了摆弄热带鱼，上着班也跑到河边捞鱼虫，以至于影响了"抓革命，促生产"。当时的"两报一刊"，还就此发表了抨击文章，说玩物丧志，养热带鱼削弱了革命斗志。

不过，那时人们还没有商品意识，京城仅有的两三家国营观赏鱼商店，一条上好的"神仙"鱼种儿，不过几毛钱。

像其他来如风去无影的这个"热"那个"热"一样，"热带鱼热"只维持了四五年的光景，便随着新的"热"来临而冷了下去。

然而，到了二十世纪八十年代，当热带鱼随着改革开放的南国之风，威风八面地卷土重来时，它摇身一变，已经成为一种高贵的宠物。

什么东西一得宠，其身价儿也就令人刮目相看了。如果说二十世纪七十年代的京城"热带鱼热"，是一种从众心理作祟、煽乎起来的一种消遣方式的话，那么九十年代的"热带鱼热"，已经是带有投机性质的炒作了，其种种现象令人匪夷所思。

今非昔比，以往的瓶瓶罐罐，被新型的水族箱、水族馆所取代。鱼的品种，饲养方式，跟过去相比真是"鸟枪换炮"了。

现在玩热带鱼的主儿，不叫"鱼把式"，也不叫鱼贩子，而冠之以动听的名称："水族馆经理"。"水族"，这里的学问大了。一切水里的活物，都可以归到这里头来，您咂摸咂摸这"经理"的地位吧！

热带鱼指的是生活在热带和亚热带地区水中的鱼类。据了解，目前已发现的热带鱼约两千多个品种，其中可供观赏的约有六百多种，最常见的只有一百多种，主要分布在离赤道较近的南美洲、非洲和东南亚地区。

我国出产的热带鱼，主要分布在广东和台湾省，北京的热带鱼主要是从广东引进的，少量的来自香港及新加坡、印度尼西亚。

二十世纪七十年代，北京的民间鱼市（主要指观赏鱼类）已形成，其中最大、最有名的是官园鱼市。说它大，不过是玩鱼的"虫儿"在这儿活动的时候多。

那当儿，热带鱼已然掉价儿，人们交换或出售的主要是金鱼。类似农贸市场的大棚，摊位有百十来个，买鱼的主儿拿着木盆、瓷盆。从交易上看属于小打小闹,一条热带鱼卖不过两块钱去,名种金鱼也到不了十块钱。

可是,到了1994年,官园的观赏鱼市已改换门庭,招牌也变成了水族市场,早先的露天地儿,换成了金属结构的板棚,五十多个摊位,店名均以"水族馆""水族世界宫"或"水族器材公司"往外打。别瞅名称响亮,其实"馆"也好,"公司"也罢,不过俩仁人,有的就是夫妻店。

官园鱼市"火"起来后,很快红桥、关东店、日坛、马甸等鱼市也应运而生。且势头至今不衰。

在水族市场名气较大的"鱼虫儿"老谭对笔者介绍,到1995年,北京市民养热带鱼的约有三十万之众。所养的鱼可分为三个档次:低档次的品种是"红箭""孔雀""红绿灯",一条鱼撑死了一两块钱,养这种鱼的主要是中小学生或退休工人。

中档的品种是"地图""蓝鲨""七星刀""铅笔""银龙",成色好的,能卖到几十块、几百块,甚至上千块。

高档的品种有"魔衣刀""金龙""红龙""大七彩""尖嘴鳄""红尾猫""斑马鳄""皇帝鲸"等,价码均在千元以上。眼下风靡热带鱼市场的主要是龙鱼类。严格地说,眼下的热带鱼热,其实指的就是龙鱼热。

龙鱼被称为活化石,与恐龙同科同期,考古学家曾在南美洲发现过这种鱼的化石。龙鱼除南美洲出产外,非洲、亚洲和大洋洲均有出产,所以国外有的科学家据此提出了大陆漂移学说。

龙鱼分为金龙、红龙、银龙、青金龙、红神龙、黑龙、红尾金龙等若干品种。这种鱼形体非常美观,体形长侧扁,尾鳍呈扇圆形，鱼体呈银白色或金黄色，在阳光的照耀下，闪耀出奇异的光彩。在其宽大的鱼体上整齐地排列着五排大鳞片，其鳞片之大，可称得上热带鱼之首。

龙鱼的体格健壮，生长迅速，摄食量大，容易饲养。它的性情凶猛，能吞食小的鱼类，其鱼肉鲜美可口，所以原产地南美洲的巴西和圭亚那的土著渔民常捕捉，把它当成食用鱼。

而在地球的另一端香港及东南亚等地，龙鱼则被视为"神鱼"和"风水鱼"，认为饲养龙鱼可以逢凶化吉，遇难呈祥。

龙鱼的寿命很长，平均能活几十年。由于这种鱼人工繁殖非常难，而且在原产地的数量极少，属于稀有品种，所以在1977年，华盛顿野生动物保护公约里将其列为一级保护鱼类。

金龙居然有"灵性"

近年来，龙鱼在原产地也被列为严禁捕捉的国家级保护动物，因此其身价倍增。目前，龙鱼在国际鱼类市场已禁止出售。北京的热带鱼市上常见的是银龙，一条体长二十厘米以上的银龙，价码均在数千元以上，有的能达到万元，而金龙和红龙极为少见。

一位姓刘的商人，家里饲养着一条金龙。一日，他特地邀请笔者到他家观赏。

刘总是北京西城的根儿，有五十岁左右，体形微胖，方头大脸，说话大嗓门，透着性格豪爽。

他住着复式楼房，面积至少有四百平方米，楼上楼下装饰得非常豪华。客厅的正中摆着一个将近两米长的水族箱，箱内那尾体形优美的金龙,在自由自在地游弋。

看着水箱里的金龙鱼,除了鱼的通体泛着金光,显得雍容华贵之外,我并没看出有什么地方让它如此得宠。

刘总笑着问我:"看出什么奥秘来了吗?"

我愣了一下,摇了摇头说:"什么奥秘?我没看出来呀。"

"你再看看。"刘总说。

"再看眼珠子就掉出来了。您别让我猜了。什么奥秘,直说吧。"我笑道。

他脸上流露出挺神秘的表情,对我说:"这不是普通的鱼,它能跟人有心灵感应,我说的灵性指的是这个。"

"您怎么知道它有灵性呢?"我诧异地问道。

"它能认人你信吗?"刘总笑道,"你可以体验一下,过来,你坐在水箱前边看看。"

他搬了把椅子,让我坐在水箱旁边。

"你看这鱼有反应吗?"他指着水箱里的鱼问我。

我看了看,那鱼果然没任何反应,头背对着我,在箱边游动,好像没我这个人一样。

鱼嘛,可不就这样。我心里说。

刘总哈哈笑起来,笑够了对我说:"你站起来,我试试。"

我站起来,刘总坐下了。

说来真是奇怪,他朝那条鱼看了看,并没做任何动作,那条鱼似乎知道他坐下了,头突然转过来,摇动着鱼尾,朝他游过来,鱼嘴贴着水箱的玻璃不停地嗫着,像是在跟他致意。

"怎么样,这条鱼有灵性吧?"刘总得意扬扬地对我说。

"是呀！它怎么会认人呢？"我纳闷道。

刘总为自己的试验成功感到满意，招呼他的助理，给鱼喂点食，奖励奖励它。助理从旁边的小水族箱里捞出几条我叫不上名字的鱼，放在金龙鱼的水族箱里。

刘总给我倒了杯茶，饶有兴趣地对我说："每当我在外面应酬，忙了一天回到家，身体感到疲倦时，坐在水箱旁边，这条鱼就游过来，头对着我，跟我摇头摆尾，像是在跟我聊天，娓娓交谈。"

"刚才已经看到了。"我说。

刘总道："而当我遇到心里不痛快的事，心情郁闷时，鱼似乎也失去了往常的欢喜，栖息在水箱旁，好像陪我难过。"

"是吗？"

"这种鱼还可以用手摸它，跟人亲吻呢。"刘总笑道。

看得出来。他已经跟这条鱼建立了深厚的感情。

刘总对我说："我以前养了一条'金毛'，你知道吧？是名犬。但养狗太费事，狗很脏，每天都掉毛，而且身上有病菌，要天天给它洗澡，还要天天遛它，非常麻烦，后来我把它送了人。养龙鱼比养狗省事多了，何况鱼比狗更高雅，也通灵性。"

"人对宠物，各有所好吧。"我不置可否地笑了笑。

顿了一下，他颇为神秘地告诉我，养龙鱼还可以避邪祛灾。

"您还有故事？"我问道。

"听到的和自己经历过的，故事太多了。"他对我笑道，"说说我儿子的故事吧。"

他有一个儿子在美国定居。头年，儿子从阿拉斯加乘飞机到洛杉矶讲学，本来应该乘坐晚上七点钟那个航班的飞机，但是汽车却在去机场的路上出了故障，赶到机场时，误了点。

"点儿够背的。"我苦笑道。

"你说他倒霉吧？实际上他是幸运。"

"这是怎么话儿说的？"

"他躲过了一劫。"

"啊？"

"你猜怎么着？他本来要乘坐的那个航班，飞机发生了空难，机上的人无一生还。"

"啊，他真是太幸运了！"我惊讶地叫起来。

"是呀，因为汽车发生了故障，没赶上航班，好像有人故意安排似的。"

"就是呀，怎那么寸呢？"

他沉了一下对我说："这是金龙鱼保佑的结果。"

"怎么见得呢？"我有些不解地问道。

他看我将信将疑，加重语气，肯定地说："龙鱼是神鱼呀！"

他告诉我，知道儿子要坐飞机，他就开始给金龙鱼上香，一直没有间断。显然，他对这条龙鱼已走火入魔。

这条龙鱼身长有二十厘米左右，而且鳞片已经呈金黄色，我估计这条鱼，在市场上的价格得在十万元以上。

我不揣冒昧地问他这条鱼是怎么搞到手的。他笑而不答。我又问这条鱼的身价，他连连摆手搪塞。

喝了几杯茶，抽了几根烟，我见他谈兴正浓，又提出刚才的问题，他才露出端倪。

原来，这条鱼是他到新加坡探亲时，辗转带回来的，这是他的一个远房哥哥送他的礼物。

他的远房哥哥说，这条鱼已养了二十多年，去年曾有一位香港的商人看过这条鱼，当时要出十万美金把它买走，被他婉言回绝。

刘总对我说："这是神鱼，是无价之宝，怎么能卖呢？"

龙鱼的价值如何，从这位金龙的主人一席话里，可以推断。

走火入魔"龙"封神

走进北京的热带鱼市场，如同到了动物园的水族馆。一个个长方形的水箱，码起来有四五层，五颜六色。形态各异的热带鱼游弋其间，的确令人赏心悦目。

几乎每个热带鱼的经营者都捎带着出售水族器材的业务。海盐、消化菌、海水素、海砂、潜水泵、过滤器、氧气泵、自动恒温泵，这些现代化的装置令人听了看了大长见识。

以前的观赏鱼市场，经营者以老年人居多，而现在的经营者多是二十到四十岁的中青年，他们不但有丰富的热带鱼饲养知识，更有现代的经营意识。

可以说，在热带鱼市场练摊儿的"虫儿"，几乎都是手里攥着几万几十万元资金的大款。他们有现代化的通信设备，可以随时了解国内和国际市场的信息，有的甚至与国外的宠物公司、热带鱼集团搞起了联营。

在官园水族市场，笔者采访到一位李爷，他四十岁挂零儿，衣冠楚楚，虽然文化不高，但谈吐不凡。

说起玩水族，李爷透着底气十足。1992 年，李爷和几个兄弟出资数万元，在北海公园搞了个热带鱼展览。据行家说，展出的品种和数量堪称近年之最。令人刮目相看的是，他们为筹备这个展览，用了近半年的时间，花了两万多元在广州弄到一尾二十多厘米的过背金龙。

李爷对我说："这条金龙，是迄今为止在京城面世的'大哥大'。"

"这么牛？"我笑着问。

"当然。跟你这么说，展览结束后，一位搞电脑的外商，对这条鱼看了两次，末了儿，拍出四万美金，要买这条鱼。"

"啊？四万美金？"我吃惊道。他淡然一笑说："恐怕你想不到，我愣没出手。"

李爷原是北京某印刷厂的工人，受其父影响，从八十年代开始，业余时间在官园"玩"金鱼，玩了几年，砸进去十几万，也没有搞出什么名堂，年年亏本，最后一咬牙，让摊位"歇菜"，转手给了别人。

1988 年，他到广州逛了一圈儿。看到那儿的人养"龙"成风，价码儿惊人，他瞄准行情，辞了公职，风风火火大干起来。

他跟两个兄弟购入先进的养"龙"设备和热带鱼品种，尤其是引进了一批银龙，很快在京城热带鱼市场站住了脚，并且积蓄了大量资金，成为鱼市上颇有名气的"虫儿"。

李爷对笔者介绍说，他们的买卖以批发为主，不光是北京，连天津和东北的"鱼虫儿"，都到他这儿批鱼，每天的营业额能达到几万元，最少时也能到五六千元。

笔者参观了李爷设在官园的摊位，他一边向笔者介绍鱼的品种和习性，一边大侃眼下龙鱼的行情。

他对我说："银龙目前只有东南亚地区能够人工繁殖，眼下，国内还没有掌握这种繁殖技术。而红龙、金龙，人工根本无法繁殖。"

"这是不是它身价高的原因？"我问道。

"所以它的身价特高，有的国家视红龙和金龙为国宝，一条一级品红龙在国际市场上的价格是十五万到四十万美金。现在能买到红龙的只有新加坡，但是红龙在那里被列为国家一级保护动物，严禁出口。"

目前国内最大的龙鱼市场在广州。广州专门辟出一条街，买卖龙鱼，全国各地的"鱼虫儿"都到那儿去逛鱼。那里是李爷经常光顾的地方。

但是他"玩"了三四年"龙"，在广州从没有见到过红龙。他见过金龙，最大的一条开价三十万元人民币。香港雷达公司曾在广州出售一条一级金龙，开价四十万港币。

1994 年初，中国宫廷金鱼有限公司在地坛公园，搞了一个大型观赏鱼展览，特地从新加坡进了两条金龙，听说买价是一万五千美元。李爷闻讯，特地到鱼展看了看，这两尾金龙并不是最高品级的。

目前，红龙、黑龙在国内可以说是"绝品"，所以金龙成为热带鱼市场上品级最高的鱼种，而红龙根本看不见。官园是北京热带鱼市场经营龙鱼最多的地方，但是十五厘米以上的金龙不过十来条。

广州、深圳、珠海养"龙"已经成为一种风俗。那里的宾馆、饭店都有水族箱，里面养着龙鱼，作为生意兴隆的标志。

据说一些东南亚和港澳地区的华侨和商人，一看宾馆饭店没有龙鱼，便不肯下榻，另谋他所。

那里的一些大亨富贾也以养龙鱼为荣，养的品级越高，说明越富有。就是寻常百姓，也以养"龙"为乐。

为什么他们这么喜欢龙鱼呢？一是龙鱼确实有很高的观赏价值，可以美化环境，陶情养性。二是广东人已把龙鱼当作了"神鱼"，认为它能镇宅避邪，据说家里养龙鱼，连小偷都不敢进门，怕遭"神鱼"报应。当然，这只是一种说法。

从 1990 年开始，北京人养"龙"才开始升温。眼下，京城的一些饭店、宾馆也开始摆放水族箱，设水族馆，他们不断到官园来买银龙。看来北京过不了多久也要兴起养"龙"之风了。

玩"龙"人各有门道

龙鱼是 1988 年底，由李爷他们这拨儿玩鱼的"虫儿"，从广州引入北京热带鱼市场的。那一年正是龙年，龙鱼面市，一时走"火"。

北京的"鱼虫儿"看到龙鱼的市场行情，纷纷南下购买龙鱼。很快，在大款阶层掀起了一股不大不小的玩"龙"热。

据一位养"龙"的小老板估计，现在北京玩"龙"的人有几万之众，但主要是玩银龙，而养金龙的人不过百人。因为金龙是 1991 年才在北京市场露面的，至今市场上进了不过一千尾。

笔者从"鱼虫儿"们那里了解到，北京热带鱼市场上的龙鱼，几乎都是从广州空运到北京的。从了解行情、购买鱼种，到运输和调养，需要有丰富的热带鱼养殖经验，并非常人所能驾驭。

热带鱼是很娇气的小生灵，它生长在热带，对北方的"水土"很不习惯。"鱼虫儿"们经营此道，必须有养殖技术，还要有经营头脑，所以一般人不敢轻易碰这玩意儿。

"鱼虫儿"的机敏在于动作迅速，从广州买到鱼后，打急件，走航班的装货舱，因为花鸟虫鱼是禁止直接上飞机运输的。

急件的货箱是封闭的，一般每箱加水有三十五公斤到四十公斤，一箱能装四十多条鱼，按 1992 年的货运价每公斤是十三元，运价是较高的。在通常的情况下，龙鱼在运输中不会死，当然这需要"玩"鱼的高手在装箱前输入足够的氧气，并加上适当的营养素。

龙鱼运到北京，"鱼虫儿"不能马上让它出手，一般要经过一周左右时间的调理，有的需要养殖一段时间，再投入市场。因为龙鱼长得快，从十厘米小鱼，长到二十厘米大鱼，三个月左右就能养出来。

龙鱼的等级，主要是颜色和形体上的差别。目前，广州的龙鱼价码比北京要高出一大截，加上运费，经营者要想赚钱，必须大进大出，并且具备丰富的饲养经验，调养一年以后再出手。

比如李爷花两万元买的那尾金龙，如果调养三四年，变成通体金黄色以后，其身价也许能达到三十万元人民币，甚至四十万港币。难怪有人出价四万美金，他不肯成交呢！

京城的"鱼虫儿"已经同广州的"鱼虫儿"建立了业务关系，几乎两三天通一次电话，互通两地的行情。

目前，北方的几座大城市如天津、沈阳、石家庄、长春、大连等地，也已出现了养"龙"热，由于北京的"龙"价比广州便宜，而且距离近，所以北方一些城市的鱼老板，都到北京来批"龙"。

据一位姓谭的"鱼虫儿"介绍，眼下，家庭养热带鱼，已经由中档升为高档。"龙"已经成为新的宠物，尤其受到大款阶层的青睐。

受广东人的影响，一些个体老板已把注意力转移到龙鱼上来，养"龙"的人越来越多。目前民间已出现了"龙鱼协会""养'龙'俱乐部"。他预计今后几年，北京会出现养"龙"热潮。

老"虫儿"贪财栽跟头

虽说龙鱼已成为京城玩家的新宠，并引起寻常百姓的注目与喜爱，但是，龙鱼中的极品，因其价格昂贵，使一般人望而生畏，不敢问津。

纵观时下京城玩"龙"的人，绝大多数是有钱有闲的人，他们或附庸风雅，或为弄一个好风水，镇宅避邪，或是为了陶情养性。随着养"龙"的逐渐升温，也演绎出许多光怪陆离的故事来。

马俊田老爷子"玩"了一辈子鱼，可算作老"鱼虫儿"了。他退休前是某花鸟虫鱼商店的业务员。七十年代末，热带鱼在京城正热的时候，他养的一对"五彩神仙"，曾在官园的鱼市拔过头份。

"五彩神仙"又叫"五彩燕鱼"，鱼体呈圆盘形，体长可达二十厘米，体侧有八条黑色横向宽条纹，蓝黑透红，红中带金，眼眶为金红色，色彩艳丽，泳姿也十分优美。在热带鱼中属华贵高雅的品种。

马俊田的一对"五彩"曾卖到了一百元，这在当时算是高价了。后来老马得了一场大病，卧床三年多，以后住家拆迁，由西直门外搬到了西坝河，他便从鱼市上隐退了。

这几年，京城二次出现了热带鱼热，老马再也沉不住气了。他抖擞精神，欲重整旗鼓，杀回鱼市。

不过，时过境迁，风水轮流转。当他微服私访，故地重游，在官园、红桥、和平里几个热带鱼市场转了几圈后，心里冒起了丝丝凉气。

原来，此一时彼一时，当年他不放在眼里的那拨小字辈，如今摇身一变，亮出的名片，不是水族馆经理，就是宠物公司董事长，耀武扬威地在他眼面儿前一晃。

更让他惊诧的是，如今"玩意儿"全变了，什么水族器材，什么市场信息，连当年让他大出风头的"五彩"现在也经过杂交变种，成了"七彩"，除了蓝色为体色外，又加了红、绿、黄色。当听到一条金龙的价码是四万块钱时，他的脑子差点儿炸了。

按他的岁数本该服老，年老落伍并不可怕。但是他偏要跟这些年轻人叫"叫板"。

"黄忠出马，一个顶俩"，他不信自己玩了一辈子鱼，能栽在这些小辈人手里，眼瞅着这些小字辈的"鱼虫儿"大把大把地挣钱，大模大样地在他面前摆谱儿，他死活咽不下这口气。

于是，老爷子把全部积蓄，都拿了出来买水族箱，添氧气泵，又买了一些价格低廉的鱼种，没承想到鱼市一摆，才知他的这些鱼，根本卖不出好价钱，而且有些鱼种已经过时，无人问津。

他决定也试试玩"龙"，可是一打听价码儿，傻了眼，一条普通的银龙价码成百上千，即便他把全部家底儿抛出去，也只够买一尾金龙的。

不知是出于一种什么心理，他偏要赌这口气。于是，他天天泡在鱼市上，搅和人家买卖。

买主儿来鱼市买龙鱼，卖主儿正转过身捞鱼的空当儿，他在旁边以行家里手的面孔出现，一拍人家的肩膀："这鱼是假的，哪儿值这么高的价呀！"

买主儿一见他老于世故的样子，说的又尽是行话，于是把掏出的钱又掖回去了。

您说这不等于砸人家的买卖吗？

最让人可气可恼的是，他有一次趁人不备，往一个当年他认识的小哥们儿的鱼缸里，撒了一把碱粒子，弄得人家缸里的几条名种鱼翻了白肚。

本来鱼市上的小哥们儿对他挺敬重，可是发现他心术不正，谁见了都要加一倍的小心。因为他上了岁数，跟大家伙儿又知根知底儿，谁也不好治他。

年初，小哥儿几个商量半天，想了个"黑"他一道的招儿，憋着教训一下这位老爷子。

这天，老马穿戴整整齐齐，叼着烟卷，人五人六地又来到鱼市。一个年纪稍长，外号叫大扁的"鱼虫儿"凑了过来，说有条龙鱼卖了好价钱，要请他到饭馆撮一顿。

老马本来爱占小便宜，一听白捞一顿酒席，便乐不可支地跟着大扁走了。

两个人举杯问盏，酒过三巡，面热耳酣，大扁对老爷子说：

"现在的鱼市，做买卖得有好路子，有人说跑广州进货，那多远呀？运输风险也大。他们都是在黑市上趸来的。"

老马问道："黑市在哪儿？我怎没听说过呀？"

大扁故弄玄虚地说："我也是刚知道这条野路子。"

老马沉着脸说："别跟我来弯弯绕，你是不是没少在黑市上趸货？"

"嘿嘿，这事儿你可别跟别人说。"大扁做出神神秘秘的样子。

"你不跟别人说，得跟我说呀！"老马说道。

大扁朝四周看了看，压低嗓音说："西皇城根儿知道吧？这两天，来了一拨广东人，在皇城根儿一早一晚卖龙鱼，价码透着低。"

"好。你小子够意思！"老马听了，心有灵犀。

第二天一大早，老马便揣着钱，奔了皇城根儿。果然看见一个小伙子藏头掖脑地在卖热带鱼，身边有十几个人围观。

老马凑了过去，一看鱼缸里游着十几尾银龙，心中暗喜。他跟卖鱼的小伙子过了几句话，小伙子像是广东人，操着半生不熟的普通话："刚下飞机，就到这儿来了。没有营业执照，不敢到鱼市上去卖。这是上好的龙鱼，银龙。要不是做生意赔了本，想把这些鱼出手好还债，不会卖这么便宜的价。"

老马听了信以为真。他捞起鱼来看了看。身边一年轻人问他："是真是假？"

他拿出行家里手的派头，品评了一番说："绝对没错儿，是真的。"

那年轻人连连点头称是，掏钱买走两条。老马跟卖鱼的讨价还价，最后以二百块一条，全都包圆了。

他觉得这是有生以来捡的最大便宜。一条鱼以两千块钱出手，他能赚多少钱！想到这儿，他的腰板硬起来，决定要在鱼市上爆出大冷门，来个一鸣惊人。

两天以后，他让儿子用三轮车，拉着水族箱在鱼市上亮了相。本以为别的"鱼虫儿"看他拿出这么多龙鱼，会另眼相看，没想到并没产生什么轰动效应。

几个玩"龙"的"鱼虫儿"，过来瞅了瞅他的"银龙"，捏着鼻子直想笑。

下午，来了一位天津的买主儿问价儿，老马跟人家神侃起来。岂知对方是位行家，直言不讳地说，他的这些"银龙"全是假的，是草鱼串秧儿，别说两千块，就是两块钱也不值。

老马听了如雷轰顶。他舍下老脸，找鱼市上玩"龙"的"鱼虫儿"讨教。

大家伙儿相视一笑，一个哥们儿说："您的眼神怎么啦？您养了一辈子鱼，怎么连银龙跟草鱼也分辨不出来了呢？您看看银龙是什么成色，您这草鱼又是什么成色？"

老马看了看别人水族箱里的银龙，再把自己的"银龙"端详一番，大呼上当，顿时血压上升，昏倒在地，当晚住进了医院。

大扁一看老爷子一气之下"弹了弦子"，瘫在床上，害怕了。他出面张罗，又请大夫四处抓药，经过半年多的调理，老爷子总算保住了这条老命。

但是经过这场风波，老马发誓从今往后再不玩热带鱼了。

笔者是从这个鱼市的一个"鱼虫儿"那儿，听到这个令人啼笑皆非的故事的。经过他的指点，在一个盛夏的傍晚，笔者来到西坝河的某住宅小区，叩开了马老爷子的家门。

他已然能下地行走了，但行动依然迟缓呆滞，背有点驼，脸上布满皱纹，有些浮肿，黯淡的眼睛里流露出懊丧的神情。

我们谈起了热带鱼，他连连摆手，哭丧着脸说："您饶了我吧爷们儿。"

他告诉我，已经把家里的所有鱼缸都砸了，鱼也喂了猫。现在，谁只要一提龙鱼这俩字，他腿肚子就转筋。

"那玩意儿不是好人玩的。"他愤愤地骂起来，扭曲的脸上蒙了暗影，像是撒了一层灰。

我绕着弯儿问起他，当初为什么不好好儿在家养老，偏要到鱼市上，跟那些"鱼虫儿"掺和？

他咧咧嘴道："不是我不服老，我是看这些小么大的这么'玩'鱼搓火，一条'龙'就真值那么多钱吗？比一个大活人的价码还高？太邪乎啦，我瞅着不服。我'玩'鱼那当儿，最上档次的热带鱼不过一百块，怎么现在一条红龙就卖几十万？"

老爷子大惑不解地连连嘬牙花子。

是呀，不单是他不理解，任何人听了一条热带鱼价值几十万，也会百思不解的。然而这就是事实！

老妪与"龙"同生死

以前，我听说过以狗为伴，或以猫为伴的孤独老人。他们在人生的暮年，由于身边缺少亲情，会从这些小生灵身上，得到一种生命的慰藉，以消磨苦寂的岁月残光。

但是，人到暮年，与龙鱼为伴，并且与之息息相通的事儿却是头一次听到。所以，当我走进这位姓李的老太太的卧室，第一个念头就是想看看她鱼缸里的"生活伴侣"。

李老太已经九十了，这是一个行将就木的老妪。她的身体已经形销骨立，举止非常迟缓。她用有气无力的语调，把我让到一个陈旧的沙发上。

"那就是我的宝贝儿。"她的手如同枯干的树枝，颤颤巍巍地指着一个很大的水族箱对我说。

大约三年前，李老太因肺癌，住进了医院。

她的儿子在美国，女儿在日本，只有她一个人在北京城的这个公寓里孤独地生活。

医院的大夫打开过她的胸腔，癌细胞已经扩散。看着风烛残年、瘦弱如柴的她，大夫认为已失去做手术的必要，胸腔又重新缝合上了。

大夫对专程从美国赶回来的儿子说："尽量满足她的任何要求吧，吃点好的，喝点好的，她也许只有一个月或两个月的活头儿了。"

那天傍晚，李老太静静地躺在病房里，儿子为她即将进入另一个世界，准备后事去了。

外面刮着大风，吹得窗子哗哗直响，冥冥之中，她恍惚觉得病房里来了几个人。

同病房的一个癌症患者手术后恢复得挺好，准备出院，她的亲朋好友前来探望。

那也是个孤独的老人，但岁数比她小好多。她亲友中的一个人，对她出院后如何打发清寂的日子，建议她养狗或养猫。

而另一位说，现在广州人兴养龙鱼，为什么不养条鱼呢？那小精灵又能解闷，又能避邪。

她在朦胧中，似乎产生了灵感，把这些话都记在脑子里。

她并没有很快被死神拉走。几天以后，她的神志略有好转，大夫让她出院了。

她的儿子在美国从事一项高科技的试验，不可能长期地陪伴她。临走时，儿子给她雇了一个小保姆，并给她留下了许多钱。

她很理解儿子，不想让他死守在自己身边，只是提出了一个要求，给她买一条龙鱼。

她的儿子不懂得什么是龙鱼。问了许多人，才找到官园鱼市。他不在乎钱多钱少，只要鱼好。

他买到手的是官园鱼市最好的一条红龙，并请市场的小老板，把养鱼的一切设备运到家。

儿子走了。老太太便每天与这条龙鱼做伴。龙鱼天天要吃小鱼，她让小保姆每天到鱼市去买。每天，她静静地坐在水族箱旁，看着龙鱼在水里自由自在游弋、嬉戏，她好像进入了另一个天地。病痛的折磨、人生的烦恼仿佛离她远去。

令人惊异的是，老人的病情没有很快恶化。她不知道还能活多久，只知道与龙鱼为伴，有了生命的乐趣。她忘掉了苦恼、忧愁、寂寞甚至癌细胞的折磨。

儿子从大洋彼岸，得知了母亲的生活近况，深感惊异，他特地去南美洲龙鱼的产地，出高价买到一条金龙。为了安慰病入膏肓的母亲，他托人不远万里把鱼带到了北京。

自从儿子为老人买了一条龙鱼老

太每天与这条龙鱼做伴看鱼嬉戏游戈

好像病痛的烦恼仿佛离她而去

老人有两条"龙"为伴，黯淡的生活出现了生机。一晃儿几年过去，老人的生活很愉快。

我静静地听她讲着自己的故事，一种异样的心情，使我心里涌起汩汩热流，望着硕大的水箱里游动着的两个小生灵，油然生起一种敬畏的情感。

大约在这次采访后的一个月，我在鱼市上偶然与老人家的那个小保姆相遇。这位性情温顺、长得挺俊的川妹子，手里拎着一个装着小鱼的塑料袋，神情有些抑郁。

我问小保姆："老人的身体怎么样？"

她低声说："不太好。"

"鱼呢？"我又问，她悒悒地说："这几天鱼也不怎么吃东西，头部有些发黑，鳃上有一层黏液。刚才问了几个卖鱼的，说这是得了烂鳃病。他们让给鱼换水。"

她买了一些高锰酸钾溶液，准备给鱼缸消毒。

小保姆说："鱼一病，老人也心情不好，不知人和鱼谁影响谁。"她悻悻地走了。

望着她的背影，我想该去看看老人，可是那些日子琐事缠身，总也挤不出时间来。

隔了约有半个月，我才想起那位老人和她的两条龙鱼。我骑车来到老人的住所。敲了半天门，没有动静。

我正疑惑，老人的邻居开了门。这是一个白白胖胖，说话嗓门挺大的中年妇女。

听了我的来意，她说："老太太已经死了。"

"怎么这么快？"我诧异地问道。

"老人嘛，再说她还是癌症。"

"她的鱼呢？她可是视鱼如命呀！"

"鱼也死了。听说是鱼先死的。老太太整整哭了一个晚上。第二天一早，小保姆一看，老太太早咽了气。"

"是呀？"我听了惊诧地一怔。

老人和龙鱼有某种心灵感应吗？直到现在，这个故事对我依然是个谜。

"鱼虫儿"咬人下嘴狠

陈世宽已经是腰缠万贯的大老板了，但是当年的那些小哥们儿见了他，仍然叫他的小名"黑子"。

黑子是练瓜摊儿发迹的，以后开个体服装店。去年，他在京郊投资一百多万，开了个肉联厂，可谓家资雄厚。

长年在生意口儿上奔波劳碌，加上酒色熏陶，使他年已"不惑"的身子骨儿垮了下来。这二年，他把买卖交给了他的一个内弟经营，自己养尊处优当上了"悠哉公"。

年前，他到广州旅游，住在一个铁哥们儿家。这位铁哥们儿也属大款阶层，家里养着几尾龙鱼，由此开蒙，他也想玩玩"龙"。回到北京，转遍了所有的热带鱼市场，竟没有一条能看上眼的。

一天，他喝得醉意蒙眬，在某鱼市，跟一个"鱼虫儿"吹起牛来："你们卖的龙鱼我都看不上。有时间我让你们开开眼，看看我养的红龙，我的那条鱼有三十厘米，拿出来把你们全都给盖了。"

"鱼虫儿"见他酒后神侃，就顺水推舟地说："黑哥，你别吹牛，别说你能拿出体长三十厘米的红龙，你就是拿出一条十厘米的金龙来，我把眼珠儿抠出来当泡儿踩。"

另一个"鱼虫儿"对他说："你真拿出一条金龙来，我出一万块。"

黑子一看这俩"鱼虫儿"跟他叫板，虎起脸来说："好，咱们一言为定，我倒要看看你们小哥儿俩怎么拿眼珠儿当泡儿。"

其实，他手里根本没有金龙。那俩"鱼虫儿"也明戏。

事后，陈世宽才知道这个大话吹不得，金龙并不像别的东西，只要有钱就能买到。

为了圆回这个令人难堪的面子，他对那两个"鱼虫儿"说，容我一个月时间，我拿出一条成色好的金龙，让你们开眼。

为了不栽这个面儿，他坐飞机来到广州，请那个铁哥们儿帮他物色一条金龙。那铁哥们儿费了半天牛劲，替他买了一条十五厘米的金龙，他打着急件，空运回京。由于没有经验，这条鱼到北京后，没弄两天就翻了白肚，使他懊悔不已。

眼看他许诺的一个月的期限已到，那两个"鱼虫儿"又透出口风，非要看鱼。他不肯跌份儿，只好二下羊城。

这一次他在广州的龙鱼一条街上，碰到了北京的一个熟人。这熟人似乎对鼓捣龙鱼挺在行，领他到一家鱼店，花了一万五千块钱，把一条金龙买到手，还帮着空运回来。

黑子趾高气扬地拿着新买到的金龙来到鱼市，那两个"鱼虫儿"对他心服口服，直把他吹得晕头转向。

为了显示自己的大度，黑子把这条金龙，送给了那个要拿眼珠子当泡儿踩的"鱼虫儿"。"鱼虫儿"为此请黑子搓了一顿。

酒热耳酣，一个鱼市上的哥们儿把这事捅破了，原来这条金龙，就是那个"鱼虫儿"的。

黑子此时方知中了这两个"鱼虫儿"的计，里外里赔了几万。他觉得自己虽然在生意场上很得意，但是在"鱼虫儿"面前，却显得一筹莫展。"玩"鱼这里的"道"太深奥。

为了找回面子，他酒后又诅咒发誓，一定要搞到一条上等金龙。然而他这次说出的话却没了底气。

笔者为写此稿，在鱼市见过黑子几面，他只字不提上次斗法的事，因为至今他也没找到他所说的金龙。而且他已经放弃玩"龙"的念头。

各路"虫儿"都有自己的一套"玩法"，不入"门"，隔着"窗户"往里看，瞅不出里面的"棱缝儿"，所以，没有一定的"道行"，千万不能轻易往里蹚。

"鱼虫儿"的出现，是经济发展的必然现象。随着人们生活水平的提高和新工时制的改革，人们有了更多的闲暇，开始注重文化消费的投资。养鱼、养花、养鸟，这本来属于传统的几大"玩"，也将会出现新的花样。

几年前，中国北方曾出现过"君子兰热"，一盆君子兰"炒"到了二十多万元，当时令人瞠目结舌。这两年出现的"龙鱼热"，会不会也像当年的"君子兰热"那样，独领风骚一两载，昙花一现，便冷下去了呢？结论是不言而喻的。

问题的关键在于这些卷起大浪的"虫儿"们，并不会因为某一种"玩"的消失而冬眠。他们会随着市场变化和人们的趋"热"心态，又"玩"出新的花样来的。所以说，这个"虫儿"，那个"虫儿"，瞅着不起眼，他们的作用不可低估。

"虫儿"有时能左右人们的消费趋势，当然"虫儿"也会从中得到他们所需要的东西。对此，人们的视线不能模糊，在趋"热"的现象中，保持冷静，否则就会挨"咬"。信不信由你。

图书在版编目（CIP）数据

人虫儿 / 刘一达著. -- 修订版. -- 北京：作家出版社，2024.8

（人生戏码：刘一达"虫儿系列"京味小说丛书）

ISBN 978 - 7 - 5212 - 2806 - 9

Ⅰ. ①人… Ⅱ. ①刘… Ⅲ. ①长篇小说 - 中国 - 当代 Ⅳ. ①I247.5

中国国家版本馆 CIP 数据核字（2024）第 084841 号

人虫儿（修订版）

作　　者：刘一达
责任编辑：王　烨
装帧设计：今亮后声·张今亮　闫　磊
插　　图：马海方
出版发行：作家出版社有限公司
社　　址：北京农展馆南里 10 号　　　邮　　编：100125
电话传真：86 - 10 - 65067186（发行中心及邮购部）
　　　　　86 - 10 - 65004079（总编室）
E – mail: zuojia@zuojia. net. cn
http: // www. zuojiachubanshe. com
印　　刷：北京盛通印刷股份有限公司
成品尺寸：145 × 210
字　　数：180 千
印　　张：8.5
版　　次：2024 年 8 月第 1 版
印　　次：2024 年 8 月第 1 次印刷
ISBN 978 - 7 - 5212 - 2806 - 9
定　　价：75.00 元